마우스 브리더

나남
nanam

하아무

1966년 하동에서 태어나 지리산 공기와 섬진강 물을 마시고 자랐다. 2003년 〈작가와 사회〉로 작품활동을 시작, 2007년 전남일보 신춘문예, 2008년 MBC창작동화대상을 수상했다. 현재 한국작가회의, 한국소설가 협회 회원이다. 지금은 지리산 형제봉 아래 평사리문학관에서 섬진강을 바라보고, 지나는 사람들과 이야기를 나누고, 글을 쓰면서 살고 있다.

나남창작선 88

마우스브리더

2010년 6월 25일 발행
2010년 6월 25일 1쇄

지은이_ 하아무
발행자_ 趙相浩
발행처_ (주) 나남
주소_ 413-756 경기도 파주시 교하읍
       출판도시 518-4
전화_ (031) 955-4600 (代)
FAX_ (031) 955-4555
등록_ 제 1-71호(79.5.12)
홈페이지_ http://www.nanam.net
전자우편_ post@nanam.net

ISBN 978-89-300-0588-3
ISBN 978-89-300-0572-2 (세트)
책값은 뒤표지에 있습니다.

나남창작선 · 88

하 · 아무 소설집

마우스 브리더

나남
nanam

나남창작선 · 88

마우스브리더

차 례

백제고시원

야, 임마. 만날 술만 퍼먹지 말고 밥 챙겨 먹어. 삐쩍 말라붙어 가지고 못 봐주겠다. 그는 내 바람빠진 가슴 위에 지폐 몇 장을 뿌리고 그렇게 말했다. 왜, 그러면 나 데리고 살래? 그는 못 들을 소리를 들은 것처럼 어이없는 표정을 지으며 돌아섰다. 애새끼랑 캐나다 간 네 마누라보다는 돈 덜 들 텐데, 할 새도 없이 여관방 문을 쾅 닫아버렸다. 하지만, 나도 너 같은 새끼하고 살 생각 조금도 없어.

그는 내 말을 잘 듣지 않았다. 주로 말은 그가 하고 나는 듣는 쪽이었다. 마감시간이 지났는데, 이러면 곤란하지. 너 땜에 작업이 지연되고 있어, 라든지, 저쪽 원저자가 곤혹스러워하고 있어, 이건 재테크 책이지 고상한 문학서가 아니란 말이야, 다그치곤 했다. 어쩌다가 내가, 고시원 주인이 방값 달래, 해도 스토리텔러의 역할은 원저자가 하려는 이야기를 선명하게 전달해주는 거야. 그러니까 인물 캐릭터고 구성이고 간에 간단하고 명료하게 해야 돼. 너 이 정도는 잘 알고 있잖아, 했다. 아이 씨, 그럼 전문 스토리텔러를 데려다 쓰든가, 짜증을 부릴라 치면, 야, 너 그거 아냐? 너 한 번씩 짜증낼 때 정말 귀여워 보인다, 했다. 나는 내가 사랑하는 사람이 아니면 절대 키스 안 해, 해도 그는 막무가내로 입을 내밀었다. 입술이 닿기도 전에 혀부터 집어넣으려 했다. 다음부터는 오지 말고 전화로 얘기했으면 좋겠어, 해도 부득부득 불러내 해피모텔로 가는 오 분 동안 작업 지시를 하고, 여관방 문을 여는 것과 동시에 옷을 벗었다. 회사에서 직원들과 회의할 때도 이런 식으로 일방적으로 지시해? 물어도 그는 씩씩대기만 했다. 섹스가 끝나면 그는 뒤도 돌아보지 않고 갔다. 밥 먹을 시간이 되어도, 술 마실 술시가 되어도 그는 나와는 밥도 안 먹고 술도 안 마시고 가버렸다. 누군가와 밥 먹으러, 혹은 술 마시러 갔다.

그와 나, 아니, 그와 우리는 바다가 보이는 작은 시골의 중학교에서 만났다. 그는 발령받은 지 얼마 되지 않은 국어교사였고, 자주 시를 읊었다. 박재삼 시인의 〈천년의 바람〉이 단골 메뉴였다. '천년 전에 하던 장난을 / 바람은 아직도 하고 있다. / 소나무 가지에 쉴 새 없이 와서는 / 간지러움을 주고 있는 걸 보아라 / 아, 보아라 보아라 / 아직도 천년 전의 되풀이다. // 그러므로 지치지 말 일이다. / 사람아 사람아 / 이상한 것까지 눈을 돌리고 / 탐을 내는 사람아.' 우리는 그가 시키는 대로 눈을 감고 있다가, '아, 보아라 보아라' 할 때는 서로 실눈을 뜨고 눈을 떠야 할지 말아야 할지를 살피곤 했다. 그러면 창으로 들어온 햇빛에 부유하는 먼지가 미세하게 반짝였고, 그 사이를 그는 떠다니고 있었다. 떠다니면서 그는, 여러분의 앞길은 아직 창창하다, 그러니 절대 지치지 말 일이다, 힘들고 어렵고 괴롭더라도 저 천년의 바람처럼 쉴 새 없이 되풀이하고 노력할지어다, 하다가 종내는, '뽀이스 비 엠비셔스'(*Boys, be ambitious*)로 마무리지었다. 그러다가 무슨 대단한 유머를 생각해냈다는 듯, 아니지 아니야, 너희들은 '뽀이'가 아니고 '꺼얼'이니까, '꺼얼스 비 엠비셔스'라 해야지, 켈켈켈.

그의 마누라 경숙이는 나와 중학교 동기동창이다. 시골에서는 보기 드문 이층 양옥집에 살았는데, 우리집에 오는 햇빛을 거의 막고 있었다. 가뜩이나 낮고 낡은 우리집은 더욱 음습하게 엎드려, 한 발 들어서면 마치 연옥이나 지하세계로 통할 것만 같았다. 우리가 중학교 3학년 여름방학을 마치고 등교할 무렵, 경숙이는 연신 헛구역질을 해대었다. 황망한 표정의 그가 농협 조합장이던 경숙이 아버지를 찾아가고, 우리는 뒤에서 쑥덕거렸다. 얼마 후 열 달의 절반만 채운 경숙이의 헛구역질은 갑자기 멎었고, 우리는 또 뒤에서 쑥덕거리고 시시덕거렸다.

그 후에도 그는 낮이면 태연히 〈천년의 바람〉을 읊조리고 '꺼얼스 비 엠비셔스'를 외쳐댔다. 우리는 그가 시는 〈천년의 바람〉, 영어 경구는 '뽀이스 비 엠비셔스'밖에 모른다는 결론을 내려두고 있었다. 그리고 퇴근하고 밤이 되면 일주일에 한두 번은 이층 양옥집 대문을 드나들었고 나머지는 읍내 맥줏집이나 색주가를 돌아다녔다. 경숙이네 대문 앞에서는 자주, 여관 앞에서는 간혹 나와 마주쳤는데 그럴 때마다 그는 어깨를 으쓱하며 손바닥을 보이는 미국 영화의 한 장면을 어색하게 흉내냈다. 한번은, 그게 무슨 뜻이에요? 물었을 때도 그는 그저 으쓱해 보이기만 했다. 경숙이와 그가 결혼식을 할 때도 그랬다. 우리가 고등학교 3학년 겨울방학 때였고, 경숙이의 배가 제법 부풀어 올랐을 때였다. 사회자가 신부 입장, 하자 모두들 배부른 신부 쪽으로 시선을 돌리고 쑥덕거리거나 시시덕거렸지만 나는 그를 바라보고 있었다. 나와 그의 눈빛이 허공에서 반짝 마주쳤는데, 그 순간 그는 예의 그 '으쓱'을 해보였던 것이다.

나는 부쩍 헐렁해진 브래지어와 팬티, 면티와 청바지를 걸치고 나섰다. 야, 밥 먹고 가라. 해피모텔 주인여자가 소리친다. 내 몫까지 몽땅 먹고 오만평 되셔. 나는 손까지 흔들어준다. 나는 그녀를 오천평이라 부른다. 내가 일 년 전 처음 그녀를 봤을 땐 오백평이라고 했었다. 야, 너 그러다가 죽어. 이년아, 다 너 생각해서 그러는 거니까 와서 한 술갈이라도 떠. 아이고, 됐네요. 나는 코웃음을 친다. 나는 나가서 커피 한 잔만 마시면 돼. 내 몸속에는 빨간 피 대신 까만 커피가 돌고 있을지도 몰라. 등 뒤에서 살찐 혀가 둔하게 쯧쯧쯧, 하는 소리가 들린다. 그녀는 내가 자기 모텔에서 죽어 미라 같은 몰골로 발견될까봐 그게 겁나는 것이다. 미라는 썩지 않고 있다가 다시 살아날 걸 기대하고 죽은 거니까 행복하게 죽은 거잖아. 해피모텔하고 잘 어울리는구먼, 그럼 모텔 홍보도 되고 좋겠네. 그러면 오천평은 손의 일부인 것처럼 들고 다니는 파리채를 탕탕 두들기며, 이년아, 그게 해피해 보이는 표정이더냐, 삿대질까지 해대었다. 그 표정이 어때서? 좀 마르기는 했어도 어쨌든 웃고 있잖아.

밖으로 나서는 일은 항상 쉽지 않다. 밝음의 차이 때문에 인상이 구겨지고 뇌가 오그라들면서 위축되는 느낌이다. 먼지가 한꺼번에 코의 점막에 들러붙어 신경을 거슬렀다. 게다가 바짓가랑이 사이로 들어온 낯선 바람이 오금을 저리게 하고 등줄기를 잡아당겼다. 나는 잠시 해피모텔 앞에서, 어디로 갈까 생각한다. 피부 밑 혈관이 가렵다. 아, 커피. 혈관 속으로 커피가 돌게 해야지.

고시원 앞이 시끄럽다. 안주인이 계단 위에 서 있고 몇 칸 아래 용식이 있다. 아니, 내가 며칠만 일하면 방값이야 금방 줄 수 있다지 않습니까. 하지만 안주인은 완강하다. 그 소리 한두 번도 아니고 벌써 몇 번쨀 줄 아나? 공사판 같은 데 일용잡부 일을 하는 용식도 답답하다는 듯 한 번 더 하소연을 했다. 요새 일이 좀 없어서 그렇다는 건 잘 아시잖아요. 내 월급 갖고 튄 그 새끼만 잡으면…. 안주인은 손사래를 친다. 됐어, 니 그 이야기 골백번도 더 들었어. 그만 나가라니까. 야, 이 새끼야, 나는 뭐 흙 파서 장사하는 줄 아나? 방값을 못 줄 형편이면 나가야 될 것 아냐. 왜 나가지도 않고 퍼질러 앉아서 지랄이야, 지랄은. 안주인의 악다구니에 용식은 더 말을 잇지 못하고 벌게진 얼굴로 돌아섰다. 평소 욱하는 성미로 보아 뭔가를 집어던질 기세였지만 참는 기색이 역력했다. 그랬다간 정말 지금 당장 방을 비워줘야 하기 때문이다. 그 때 안주인은 용식의 뒤통수에 대고, 병신 같은 새끼, 지랄 염병을 하고 있어, 했다. 순간, 멈칫 선 용식은 안주인을 돌아다보다가, 아후, 씨팔. 자기 가슴만 쳤다. 도가 지나치다 싶은데 안주인은 멈추지 않았다. 왜? 한 대 칠 기세네. 아나, 쳐봐라. 그래도 사내새끼라고 자존심은 있단 말이가? 용식은 고개를 숙이고 신음을 뱉었다. 그리고는 큰길 쪽으로 서둘러 내려갔다.

옆에서 보고 있던 사내 하나가, 아줌마, 그 너무 심한 것 아닙니까? 했다. 들어온 지 얼마 안 되는지 처음 보는 남자다. 그러자 안주인은 눈을 모로 뜨고, 심하기는 뭐가 심해. 돈 안 주고 밥 먹고 자빠져 자는 건 괜찮고, 그리한 돈 내놓으란 건 나쁘다고? 남자는 안주인의 기세에 한 발 물러섰다. 아니 그게 아니고, 저렇게 사정을 하는데…. 말을 중동무이하고 말았다. 새씹이 사정을 해? 그 사정 다 봐주면 나는 뭐 굶어 죽으라고? 니가 대신 돈 줄 거 아니면 암 소리 하지를 마. 명토를 박은 안주인은 용식이 사라진 쪽으로 휘휘 소금을 뿌렸다.

나는 고개를 절레절레 젓고는 곧장 아래로 내려갔다. 큰길에 면한 모퉁이 편의점의 커피 맛이 이 근방에서는 제일 나았다. 그런데 편의점 아르바이트생의 얼굴이 바뀌었다. 잘해야 이제 갓 대학에 입학했거나 그렇지 않다면 고등학생으로 보인다. 나는 잠시 멈칫한다. 새똥도 덜 벗겨진 것 같은 아르바이트생에게 일일이 설명을 해야 하나. 하지만 어쩔 수 없다. 깡통커피나 자동판매기 커피를 마시기에는 기분이 영 꿀꿀하다. 저기, 제가 여기서 만날 마시는 커피가 있는데, 여기 전에 아르바이트하던 학생이랑 사장님은 '사약'이라고 불렀던 거거든요. 그게 어떤 거냐 하면, 저기에 끓여둔 원두커피에다가 가루커피를 두 스푼하고 반을 더 타서 주면 돼요. 아, 그리고 꼭 종이컵 말고 머그잔에다 주었으면 좋겠어요. 그리고 나는 다시 똑같은 말을 반복할 준비를 한다. 처음 온 아르바이트생들은 누구나 두 번, 세 번 다시 물었고 나는 몇 번이든 다시 설명을 해주어야 그 커피를 마실 수 있었기 때문이다. 역시나 알바생은 물음표를 잔뜩 매단 얼굴로 멀뚱히 나를 내려다보았다.

야야, 커피는 내가 타줄 테니까 넌 창고 가서 캔맥주 한 박스 들고 와서 냉장고에 좀 넣어라. 마침 편의점 사장이 들어오며 말했다. 올해 크리스마스이브에 결혼할 계획이라는데, 몇 달 전에 나와 딱 한 번 잔 적이 있었다. 커피가 어떻게 혈관을 타고 도는지 보고 싶다고 했던 것이다. 짧은 몸놀림 끝에 그는 무표정한 얼굴로 말했다. 너한테서는 늦가을 갈대 서걱대는 소리, 전시용 해골이 덜거덕거리는 소리가 나서 섹스에 집중을 못하겠어. 그러고는 다른 섹스 파트너에게로 가버렸다. 야, 너 사약을 그만큼 먹었으면 골로 가도 여러 번 갔을 텐데 아직도 안 죽고 있는 거 보면 너도 참 지독한 년이다, 안 그러냐? 당할 줄 뻔히 알면서 또 도발을 해온다. 시간당 사천 원 주면서 아르바이트생들 피 빨아먹는 넌 그래, 양반이다. 쏘아주고 나는 창가 제일 구석 쪽 내 자리로 가 앉았다. 걸레 같은 년, 어쩌고 하는 소리가 뒤통수를 스쳐 지나간다. 내가 뒤돌아보자 눈을 내리깔고 모른 척한다. 야, 그거 다 넣었으면 카운터 봐. 한눈팔지 말고, 알았지? 사장은 나하고 같은 공간에 있는 게 불편하다. 나는 상관없지만.

창밖으로 많은 사람들이 지나간다. 퇴근시간이다. 많은 사람들은 일을 마치고 집에 돌아가 가족들과 저녁을 먹고 사랑을 나눌 것이다. 아직 가정을 만들지 못한 젊은 남녀라면 그런 가정을 만들기 위해 밖에서 또 사랑을 속삭일 것이다. 하지만 나는 지금 등받이 없는 의자에 앉아 독약과도 같은 커피를 홀짝이며 거리의 군상들을 바라보고 있다. 돌아갈 집도, 같이 저녁을 먹을 가족도 없다. 휴대전화가 울면서 몸을 떤다. 야, 너 아직도 안 들어가고 또 술 처먹고 있지. 아직 아랫도리에 머문 흔적이 다 가시지 않은 그가 소리를 질렀다. 무슨 일이 있어도 사흘 안에 최종 원고 들어와야 돼, 알았어? 그는 지시만 하는 게 아니라 가끔 호통도 친다. 알았어, 알았다고. 그래야 캐나다까지 가서 바람난 네 마누라 하고 제 이름이 찬호인지 마이클인지 헷갈리는 아들 녀석한테 돈을 부쳐줄 수 있지 않겠어? 생각만 그렇게 하고 만다.

술 마시지 말라는 소리를 들으니까 술 마시고 싶어진다. 이대로 앉아서 사람 구경을 더 할까, 술을 마시고 저 햇병아리 같은 아르바이트생을 꼬여서 섹스를 할까, 그의 말대로 가제《재테크 고수의 11억 만들기 비법》대필작업을 마무리할까, 선택은 쉽지 않다. 만날 되는 대로 살지 말고 우선순위가 뭔지 생각 좀 하고 살아라, 그가 어디선가 자꾸만 채근한다. 전화를 끊었는데도 아직 통화하고 있는 느낌이다. 하지만 우선순위를 정하는 것도 쉽지 않을뿐더러, 생각할수록 헷갈리기만 했다. 하기야 내가 누구인지 뭘 하는 애인지도 분명치 않은 마당이니 헷갈리는 건 당연한 일 아닐까. 나는 이 넓은 서울 하늘 아래서 뭘 하고 있는 걸까. 나는 소설을 쓰는 게 본업일까, 재테크 책 대필해주는 게 본업일까, 그도 저도 아니면 상대를 바꿔가며 잠자는 게 본업일까.

야, 너 글 쓰는 데 재주가 있구나. 국어교사인 그는 내 어깨에 손을 얹으며 말했다. 하필 브래지어 끈에 닿은 손 때문에 놀란 나는 오줌이 짤끔하는 느낌 때문에 고개를 푹 숙이고 말았다. 문장도 괜찮고 글 구성하는 것 조금만 더 연습하면 어디 백일장 같은 데 나가도 될 것 같다. 담배 냄새가 밴 입김이 귓바퀴를 간질였다. 그냥 간지러운 것과 다른 그 간지러움에 어떻게 반응해야 좋을지 몰라 나는 내내 그 미칠 것 같은 간지러움을 참고 있었다. 애들이 모두 빠져나간 오후의 교실에서였다.

〈침묵의 무덤〉이라, 아버지는 다섯 살 때 배 타고 나가 돌아오지 않았고 어머니는 본래 일본 사람이라 말을 잘 하지 않게 되었다, 그래서 집 전체가 하나의 침묵의 무덤이 되었다는 말이지? 이야기를 그럴듯하게 지어내는 솜씨가 있는 걸 보니, 나중에 소설 쓰면 되겠다. 나는 속으로 소리쳤다. 아니에요 선생님, 그건 지어낸 게 아니에요. 마치 나를 보고 거짓말쟁이라고 하는 것 같아서였다. 하지만 그에게는 침묵의 무덤이든 무덤의 침묵이든 상관이 없다는 듯 구성을 어떻게 하고 마무리할 때 주의할 것 등을 계속 주절거렸다. 그때 나는 처음으로 알게 되었다. 세상에는 사실이나 진실이 무엇이든 상관없이 자기가 믿고 싶어 하는 대로만 믿는 사람들도 있다는, 아니 많다는 것을.

글은 마음의 창이야. 글을 보면 그 사람의 보이지 않는 면까지 아주 많은 걸 알 수 있거든. 정말 그는 나에 대해 많은 걸 알고 있었다. 중학교와 담 하나를 두고 붙어 있는 고등학교에도 가기 벅찬 집안사정, 엄마가 동네 장 영감의 고깃배를 타고 사나흘씩 일도 해주고 몸도 주어가면서 겨우겨우 입에 풀칠한다는 것, 경숙이와 달리 내 배가 부풀어 올라오거나 헛구역질을 해대어도 누구에게 머리를 조아리거나 미안해하지 않아도 된다는 사실, 나 같은 아이는 대학 같은 건 꿈도 못 꿔보고 어디 조그만 사무실 경리나 보다가 고만고만한 놈팡이 같은 사내 만나 시집가고 그냥저냥 살면서 늙어갈 거란 사실 따위들 말이다. 그래선지 그는 글을 쓰지 않았다. 나는 나를 다른 사람들한테 읽히는 것보다 그들의 삶을 들여다보는 게 더 좋아.

하지만 그가 미처 알지 못했던 것도 없지 않았다. 시골 조그마한 사무실에서 담배냄새 맡아가며 전화나 받고 사내들의 음탕한 농담에 시르죽은 웃음이나 흘릴 거라고 생각했던 내가 그러고만 있지 않았던 것이다. 여고를 졸업하고 나는 장 영감의 고린내와 생선 비린내를 달고 다니는 엄마와 결별을 선언했다. 엄마는 울면서 붙잡지도 않았고, 잘 가라며 꼬깃꼬깃 접은 만 원짜리 한 장 건네지도 않았다. 어디 가서 무얼 하며 살 거냐고 묻지도 않았고, 언제 다시 올 거냐고 하지도 않았다. 묻지 않았지만 내가 영원히 안 올 거라고 하자 엄마는 등을 보이는 것으로 대답을 대신했다. 그렇게 나는 십팔 년을 살아온 침묵의 무덤을 떠나 서울이라는 시끄러운 무덤으로 들어갔다.

독서실 구석에 웅크려 자면서 주유원도 하고 식당에서 서빙도 했다. 편의점에서도 일하고 대형할인점 주차요원 일을 하면서 십오만 원짜리 고시원에 들어갔다. 그게 백제고시원이다. 명색이 고시원인데 고시공부는 안 하더라도 뭔가 해야 하지 않나 고개를 갸우뚱했다. 물론 십오만 원짜리 고시원에서 고시공부 하는 사람은 하나도 없었다. 그래서 조금 위안이 되었다. 모두들, 고시원은 개뿔, 쪽방이지. 했지만 주인은 끝까지 고시원을 고집했다. 그를 두둔하고 싶은 마음은 털끝만큼도 없었지만, 나는 말이나마 쪽방에서 지낸다고 하고 싶지 않았다. 그래서 고시원에 사는 일원으로서의 흉내를 내기로 했다. 폐지 더미에서 그나마 표지가 붙어 있는 책을 모았다. 잡지나 소설책이 내가 좋아하는 종류의 책이다. 간혹 쓰다만 공책도 나왔다. 그 다음은 틈틈이 읽고, 오려내기도 하고, 벽에 붙이기도 했고, 공책에 끼적거리기도 했다. 그리고 서울이라는 무덤에 묻힌 지 정확히 오 년 팔 개월 만인 2003년 1월 1

일 어떤 작은 신문에 이름을 올렸다.

이야, 난 네가 이렇게 될 줄 알았어. 그는, 야, 너 글 쓰는 데 재주가 있구나, 하던 억양과 똑같이 그렇게 말했다. 난 이렇게 될 줄 몰랐는데, 그는 어떻게 알았다는 것일까. 이제는 작가님이라고 불러야 되겠네, 했다. 나는 갑자기 식당 종업원에서 작가로 전업을 해야 하나 말아야 하나 속으로 심각하게 고민했다. 하지만 뭐가 달라지고 내가 어떻게 해야 하는지 전혀 알 수 없어서, 나중에는 그런 고민을 해야 하나 말아야 하나 다시 고민을 했다. 그러자 그가 처음이자 마지막으로 밥 먹으러 가자고 했다. 돼지껍데기 집에 갔는데, 나는 돼지껍데기를 굽고 그는 먹었다. 이런 거라면 별 차이가 없으니까 전업을 해도 상관없겠다 싶었다.

그는 소주를 소리 나게 들이켜더니, 첫 아이를 낳고 시골을 떠나 서울로 진출했다고 말했다. 아마 그 좁은 바닥에 계속 있었다면 난 미쳐버리고 말았을 거야. 조합장을 구워삶아서 돈을 좀 우려 아현동 구석에 사무실을 구하고 집기며 컴퓨터 사 넣고 출판사를 차렸지. 그는 장인이라고 하지 않고 그냥 조합장이라고 했다. 경숙이 애기는 하지도 않았다. 출판사와 재테크 관련 출판시장에 대해서만 얘기했다. 어떤 출판사에서 편집 일을 하고 있던 유능한 후배를 스카우트해온 일, 첫 출판물로 저작권료를 지불하지 않아도 되는 어느 철학자의 처세술 책을 새로 그럴듯하게 포장해 나름대로 잘 팔아먹은 일, 작은 출판사로는 드물게 매달 두세 권의 책을 꾸준히 내면서 내실을 다져가고 있다는 이야기, 부동산과 주식, 펀드 등 재테크 전문가들과 함께 일을 하다보니까 그들의 조언을 듣고 아파트를 넓히고 돈을 굴리는 재미도 쏠쏠하다는 이야기, 재테크 출판계도 단순히 정보만 많이 전달하는 것이 아니라 재미와 가독성 등을 가미한 방식이 하나의 트렌드가 되고 있다는 이야기 따위.

돼지껍데기 집을 나와 그는 곧장 해피모텔로 향했다. 그와 나는 아주 익숙한 사이처럼 섹스를 하고 나란히 침대에 걸터앉아 담배를 피웠다. 아마 등단을 했다고 해도 당장 어디서 원고청탁 하나도 안 들어올 거다. 그런가? 나는 몰랐다. 좀더 좋은 작품을 쓸 때까지 내가 시키는 일 좀 하고 돈벌이나 해라. 작가도 밥 먹고 잠은 자야 될 것 아니냐. 그는 내 대답이나 반응은 들어보지 않고 팬티에 다리를 집어넣으며 주절댔다. 너, 고시원에 오래 있으면 사람 폐인 되는 것 시간문제다. 하다못해 전세방이라도 구해서 나와야 될 것 아니냐. 난 고시원이 좋은데, 전에 독서실에 비하면, 침대도 있고 밥도 주고…, 입속으로 우물거렸다. 그는 책망하는 눈초리가 되었다. 임마, 그게 사람 사는 거냐. 잔말 말고 내가 시키는 대로만 해. 그러면서 그는 서류봉투 하나를 던졌다. 칫, 자기가 아직도 선생인 줄 아나봐.

너 뉴스 같은 데서 엠엔에이라는 말 들어봤지? 그거 A투자금융이라고 애널리스트가 쓴 소설인데, 미국 헤지펀드가 우리나라 기업을 통째로 집어삼키려고 한다는 내용이야. 소재나 내용은 재밌는데 소설적인 구성이 안 돼 있어. 문장도 엉망이고. 아마 손을 많이 봐야 할 거다. 나는 헤지펀드니 애널 뭐라는 따위의 낯선 용어들이 무얼 뜻하는 것인지 물어보려다가 그 용어들마저 뒤섞여서 정확한 용어가 무엇인지조차 알 수 없어 입만 벌리고 있었다. 읽어보고 내일이나 모레 전화해라. 구성을 어떻게 바꾸고 인물의 캐릭터를 어떻게 살릴 것인지도 생각해보고, 여자 이야기가 빠지면 책 팔아먹기가 어려우니까 그런 것도 잘 버무려서 좀 넣고. 계약금 조로 고시원 서너 달치 방값은 지금 내가 고시

원 들러서 주고 갈게. 그리고 이건 용돈 하고. 그가 나가고 난 뒤까지
나는 입을 다물지 못하고 있었다.

　한 떼의 아이들이 몰려들어왔다. 좁은 편의점 안은 금세 도떼기시장
으로 변해 버렸다. 나는 천천히 몸을 일으켰다. 자리를 비워주어야 할
때가 되었다. 중학생으로 보이는 서너 명이 알바생과 수작을 하고 있
는 사이, 다른 서너 명이 깡통맥주 두어 개를 슬쩍한다. 그 중 한 녀석
이 나와 눈이 마주쳤다. 뭐, 어쩌라고. 녀석은 입모양만 그렇게 해보
이고, 허튼 짓 하면 가만 안 두겠다는 듯 한 걸음 내가 있는 쪽으로 다
가선다. 야, 그거 내가 사줄게. 나는 녀석들에게 손짓을 했다. 그러자
뒤에 있던 다른 녀석이, 이 시발년이 우리가 뭐 거진 줄 아나, 했고,
다른 녀석이, 아이, 재수 없어. 가자, 했다. 그리고 녀석들은 올 때와
같이 썰물처럼 빠져나갔다. 껌 한 통 팔고 아르바이트생은 무슨 일인
지 이해가 안 된다는 듯 나만 쳐다보았다. 무슨…? 무슨 일은, 뭐 별
일 아냐. 너 같은 어리바리 때문에 순식간에 애들이 깡통맥주 두세 개
들고 튄 거지. 녀석은 창밖을 보지만 이미 아이들은 그림자조차 남기
지 않고 사라져버렸다.
　밖은 벌써 어두워졌다. 술시다. 내 앞에 놓인 길은 두 갈래다. 하나
는 '재테크 고수가 11억 만들기' 작업을 완수할 수 있게 고시원 구석 내
방으로 들어가 노트북 자판을 두들기는 길이다. 다른 하나는 그가 던
지고 간 알량한 몇 푼 돈으로 알코올을 사서 오장육부를 깨끗이 세척하
고 정화하는 길이다. 하지만 이건 고민할 필요도 없다. 내가 술시다,
하고 중얼거리는 순간 이미 재테크 고수의 필생의 작업은 후순위로 밀

려났기 때문이다.

나는 '빠리 이야기'로 향했다. 역시 손님은 없었다. 왔니? 하는 표정이지만 주인여자는 아무 말도 하지 않고 드라마만 봤다. 사십 대 초반의 그녀는 이혼녀다. 남편이라는 작자가 상해지사로 발령받아 가더니 거기서 새파란 한족 계집과 살림을 차리고 자기와 두 딸 모두를 걷어차버렸단다. 먹고 살려고 친구가 하던 가게를 인수했는데, 장사가 잘 안 되었다. 나는 그녀를 빠리 언니라고 불렀다. 빠리? 가본 적 없지. 비행기 타고 외국에 딱 한 번 나가봤는데, 언제였는지 아니? 남편을 가로챈 중국년 머리채 잡으러 갔을 때. 어떻게 됐냐고? 갈 때는 그년 머리를 다 뽑아놓을 작정이었는데, 이상하게 비행기를 타고 구름 걷힌 바다를 보니까 응어리져 있던 게 조금 풀리더라. 그래도 상해에 도착해서는 끝끝내 휘어잡으려고 했어. 그런데 남편 옆에 찰싹 붙어 있는 그년을 보니까 다리에 힘이 탁 풀리면서 그만 주저앉고 싶더라니까. 왜냐고? 너무너무 예쁜 거야. 날씬하고…, 나이 먹고 펑퍼짐한 나하고는 비교가 안 될 정도로 예뻐서, 한 마디로 전의를 상실한 거지 뭐.

그런 그녀에게 나는 가게 인테리어 바꾸라는 말을 할 수 없었다. 집에서 쓰는 식탁 같은 테이블 치우고 먼지를 두텁게 덮어쓰고 있는 빛바랜 조화를 버리라고, 값비싼 소품이나 그림을 걸지는 못하더라도 꽃무늬 벽지는 걷어버리라고, 제발 분위기에 안 어울리는 텔레비전 치우고 넣 놓고 드라마 좀 보지 말라고 말하지 못했다. 아니, 몇 번이나 말을 하기는 했다. 문제는 그때마다 그녀는 술에 취해 있었고, 다음날이면 그걸 전혀 기억하지 못했다. 하기야 맥주 한 잔이면 취하고 한 병이면 인사불성이 되고 마는 주량으로 술장사를 하겠다고 나선 것부터가 웃기는 일이었다. 그걸 타박하면 그녀는, 얘, 그래도 나, 술 많이 는 거야. 하며 헤슬피 웃어보였다. 그러다 보니 '빠리 이야기'에서 술을 마실 때면 늘 내가 문을 걸어 잠그고, 술 취한 그녀를 택시에 밀어 넣은 뒤 돌아가기 일쑤였다. 언니, 내가 없었으면 어쩔 뻔했어? 하면, 니가 있으니까 술 먹는 거야. 다른 땐 술 안 먹어, 했다. 커다란 통유리 옆 자리에 앉아 지나다니는 사람들 구경하며 술 마시기를 즐기는 나로선 빠리 이야기는 빵점짜리 술집이었다. 하지만 내가 빠리 이야기에 자주 갈 수밖에 없는 명백한 이유도 있었다. 통유리가 있는 술집에서는 내가 혼자 죽치고 앉아 있는 것을 좋아할 리 없었고, 이내 자리를 비켜줘야 할 때가 많기 때문이다. 하지만 여기는 그런 걱정할 필요가 전혀 없었다.

그런데 오늘은 그녀 혼자 술잔을 기울이고 있다. 무슨 일 있어? 하자 그녀는 나를 보고 벌쭉 웃기만 한다. 뭔 일이냐니까? 그녀는 술잔을 들었다가 내려놓았다. 죽었대. 죽어? 누가? 그녀는 다시 벌쭉 웃었다. 그 새끼 말이야. 뭐, 전남편? 흐흥, 그래, 나의 전남편, 그리고 애들의 아버지. 잘됐네, 뭘. 흐흥, 그래서 나 혼자 축하주 마시면서 이렇게 웃고 있잖니. 웃고 있는 걸 보란 듯이 다시 흐흥 웃는다. 어설프다. 나도 한잔 줘, 축하주. 잔을 부딪치고 들이켰다. 밍밍하다. 뚜껑을 따고 족히 한 시간은 넘게 저러고 있었던 모양이다. 맞아, 축하를 하더라도 제대로 알고 축하를 해줘야지. 어떡하다 죽었대? 뭐, 뒷골목에서 칼을 맞은 모양인데 범인이 누군지도 모른대. 직원들한테 심하게 해서 원한을 샀는지, 돈 냄새를 맡고 한국 사람을 노리고 있던 건달들한테 당한 건지 정확히는 알 수 없대. 벌써 보름 가까이 지난 일이란다. 알고는 있으라고, 아까 시누가 전화를 했더라. 뭐라 할 말이 없다. 그녀도 더 이상 자세히 덧붙일 정보가 없는지 말이 없다. 침묵이 흐른다.

하하하, 우리 딸. 오랜만에 아빠랑 놀이동산 오니까 기분 좋지, 그렇지? 응, 당근이지. 근데 나보다 엄마가 더 기분 좋을 걸? 드라마 속 가족만 신났다. 나는 리모컨을 쥐고 그 가족을 텔레비전에서 제거해버렸다. 그리고 손에 잡히는 대로 시디를 틀었다. 내가 갖다 둔 김윤아의 시디다. 바람이 부는 것은 더운 내 맘 삭여주려/ 계절이 다 가도록 나는 애만 태우네/ 꽃잎 흩날리던 늦봄의 밤/ 아직 남은 님의 향기/ 이제나 오시려나, 나는 애만 태우네. 새 맥주를 들고 와 일부러 '뻥' 소리 나게 따고 시원하게 한 잔 들이켰다. 좀 낫다 싶다. 그리고 다시 침묵. 만일, 경숙이가 보름쯤 지나 제 남편이 죽었다고 전화를 해온다면? 그냥, 알고 싶어 할 것 같아서, 알고는 있으라고 한다면?

얼마쯤 시간이 지나자, 그녀가 가라앉은 목소리로 말했다. 그 새끼 내가 죽이고 싶었는데. 하지만 그 말은 믿기지 않는다. 제 남편을 가로챈 계집애의 머리채를 잡아보지도 못했으면서, 싶어도 말은 하지 않았다. 정말 무능한 인간이었거든. 잘생기길 했나, 키가 컸나, 재미있는 이야기할 줄도 모르고, 잘할 줄 아는 것도 없고, 취미도 없고, 밤일조차 시원찮았거든. 그런데 그렇게 예쁜 중국년을 꼬실 수 있는 능력을 어딘가 나 몰래 꼬불쳐 두었다고 생각하자 그 새끼가 진짜 미운 거야. 그래, 언젠가부터 속으로 죽여버리겠다고 생각하게 되었어. 어떻게 죽일까, 궁리도 해봤어. 술잔에 청산가리를 넣을까, 술 취해 자고 있을 때 목을 조를까, 아파트 베란다에서 밀어버릴까. 그런데 이젠 절망스러워. 이미 죽어버렸으니, 내가 죽일 수가 없잖아. 부관참시(剖棺斬屍)라는 말이 생각났지만 나는 말하지 않았다. 대신 맥주를 가져다가 '뻥' 소리 나게 땄다. 다시 침묵. 오늘 빠리 이야기 영업은 이걸로 끝났다, 고 나는 혼자 생각했다.

술시가 지나고 해시가 되었다. 술 그만 마시고 해. 하기는 뭘 해, 난 술 먹기 전에 벌써 했는데. 재수 없는 그 새끼, 죽이고 싶은 그 새끼랑. 나는 속으로 말장난을 했다. 그 새끼라면 부관참시를 해도 시원찮을 거야. 그때 딸랑딸랑, 빠리 이야기의 문에 걸려 있는 요령이 울었다. 사내 둘, 백제고시원의 강주대와 이기원이다. 누야, 누야가 여게 있을 줄 딱 알고 왔다아이가. 여류 소설가님, 안녕하셨습니까? 둘은 이미 술을 꽤 마신 듯 얼굴이 불콰했다. 한잔했으면 들어가 잘 일이지 돈도 없는 새끼가 여러 차 갈아타고 다니냐. 주대에게 면박을 주면서 보니, 한 벌밖에 없는 양복을 빼입었다. 면접을 보러 갔었던 모양이고, 또 보기 좋게 미끄러져 술을 마신 모양이었다. 에이, 예쁜 누야가 보고 싶어서 일부러 왔는데 그카면 서운하제. 마담아지매, 우리 입가심하구로 맥주 쪼매 주이소. 마, 오늘 같은 날은 한잔 이빠이 빨아도 괜안타. 맞다, 마시고 죽자. 씨펄, 사람 나고 돈 났지 돈 나고 사람 났나. 기원도 맞장구를 쳤다. 둘은 고시원의 나란히 붙은 방에서 형님 동생 하며 지냈다. 자주 어울려 술을 마시는 용식이 오늘은 보이지 않았다. 아까 고시원 안주인에게 호되게 당했으니 어디서 이를 부득부득 갈면서 깡소주를 들이켜고 있겠지.

시원하게 맥주를 들이켜더니 주대가, 에이, 빌어묵을 세상, 했다. 행님, 내가 여게 올라온 지 두 달은 넘었고 석 달이 다 돼 가는데 그동안 이력서를 몇 번이나 냈는고 압니꺼? 백 번도 넘게 냈십니더. 그란데 백 번 다 떨어졌십니다. 주대의 맞상대가 되어주고 있는 기원이나 나도 이미 여러 번 들었던 이야기다. 내가요, 지방이지만 국립대 다님서 학점도 좋고요, 토플점수도 그런대로 괜찮아예. 지도교수도, 니 정도면 금방 취직 될끼다, 했고요, 우리집에서도 여자친구 집에서도 다들 그렇게 믿고 있십니더. 그란데 나는 도무지 이 상황이 이해가 안 됩니더. 나도 내 상황이 이해가 안 돼, 나는 그렇게 생각했다. 기원이나 빠리 언니도 그렇게 생각하고 있다, 고 나는 내 멋대로 생각했다. 인자는 집에다가 고시원 방값 보내라고 하기 미안해 죽겠십니더. 힘내, 곧 잘 될 거야, 라고 말하기도 멋쩍다. 처음 한두 번이지 백 번씩이나 그렇게 위로한다는 것도 기만이 될 수 있기 때문이다. 백 번씩 그런 일을 당한 주대도 당연히 힘들지만 백 번씩이나 적당한 위안의 말을 생각해내야 하는 우리로서도 힘들기는 마찬가지였다. 우리는 누가 먼저랄 것도 없이 술잔을 들어 주대의 술잔과 맞부딪쳤다.

그란데, 오늘 그 면접관이라는 새끼가 내보고 머라칸 줄 압니꺼? 우리는 다시 한번 주대를 바라봐 주는 것으로 관심을 표명했다. 그 회사가 중소기업이라도 명색이 아이티 관련업체고 내가 경영학과를 나왔는데 한다는 말이, 시골에서 농사나 짓지 뭐하러 서울까지 왔느냐, 그카는 기라요. 나는 면접관한테 그런 소리를 처음 들어보고 황당해서 암 소리 몬하고 있는데, 그 새끼가 또 옆에 있는 다른 면접관한테, 딱 보니까 농사 잘 짓게 생겼네, 하믄서 시시덕거린다 아입니꺼. 내가 얼굴이 벌개져서 나와가꼬 우찌우찌 지하철을 탔는데, 그때사 나도 모리게 눈물이 나는 기라요. 와, 그때사 속이 터질라카고 딱 미치겠는데, 그때 그 자리에서 그 새끼 대가리를 안 뽀사삐린기 후회가 돼 죽겠는거라요. 주대는 눈물을 흘리며 자꾸 술잔을 비워댔다. 건너편에서 빠리 언니는 졸기 시작했다.

야야야, 그런 새끼 그만 잊어버리고 술이나 마셔. 듣고만 있던 기원이 어설픈 위로를 시도했다. 그런 새끼들이 있는 회사면 차라리 안 들어가는 게 백 번 나아. 나 봐라, 잘 나가는 벤처기업 다닌다는 내 꼬락

서니가 어떤지. 내가 서른 중반에 저따위 고시원 신세를 지게 될 줄 알았겠어? 또 시작이다. 돌아가면서 넋두리하다가, 세상을 향해 원망을 늘어놓다가, 암담한 장래에 절망하다가, 지쳐서 고시원 구석으로 기어들거나 벤치에 늘어져 잠이 들 것이다. 용식이 있었다면, 올해 초 자신이 받을 임금을 떼먹고 도망간 반장 이야기를 한동안 더 늘어놓았을 것이다. 하지만 나는 참는다. 내가 그들에게 넋두리를 늘어놓고 절망할 때를 대비하는 것이다. 무엇보다 좁디좁은 쪽방에 들어가 재테크 고수와 쓸 수도 만질 수도 없는 11억 만들기 어쩌고 하는 것보다는 이들의 푸념이 훨씬 나았다.

  기원이 다니는 회사 사장은 그의 대학 몇 해 선배였다. 그런데 그 사장이 비상장 주식에 투자했다가 몇 년 전 투자한 회사가 상장이 되면서 오백 퍼센트라는 엄청난 차익을 거두었다. 회사를 경영해 벌어들인 것보다 투자로 번 돈에 맛을 들인 사장은 빚까지 내 이른바 '몰빵' 투자를 했고, 기원에게도 은근히 권유했다는 거다. 결국 투자했던 다섯 개 회사 중 네 개가 올해 경기침체에 맥없이 문을 닫았고, 나머지 하나도 언제 쓰러질지 모를 운명에 처했다. 짭짤한 수익을 기대하고 그 뒤를 따랐던 기원은 직격탄을 맞았다. 맞벌이로 산 집이 날아가자 그의 아내는 더 이상 자신까지 피해를 입을 수 없다며 별거를 요구했고, 기원은 이곳 백제고시원에 들어왔던 것이다. 그런데 그 자식이 여기저기 자금을 마구 끌어다가 투자했다가 거덜 나니까 회사까지 팔아먹으려고 한다는 소문이 돌고 있어. 씨펄, 그 새끼 따라갔다가 있는 재산 날리고 직장까지 잃을지도 모르게 생겼어. 주대와 나는 역시 고개만 주억거릴 뿐, 아무 말도 해주지 못한다. 만약, 그렇게 되면 나는, 마누라와 자식까지 잃게 될지도 몰라. 하고서 기원은 술잔을 목구멍으로 기울였다.

아니 쏟아부었다는 표현이 더 적당하다. 별거중이라면 다음은 이혼이 당연한 수순 아닌가? 싶었지만 말하지 않았다.

우리는 다시 침묵했고, 빠리 언니는 졸다가 아예 엎드렸다.

빠리 언니를 억지로 택시에 태워 보내고 우리는 비탈길을 올랐다. 백제고시원은 이 동네 수십 개의 고시원 중에 가장 높은 곳에 자리잡고 있었다. 애당초 처음 고시원을 시작했던 사람이 부여 사람이라 고시원 이름을 그렇게 지었던 모양이었다. 하지만 그 후 수차례 주인이 바뀌었고, 언젠가 고시원 옥상에서 떨어져 죽은 사람이 생기자 다들 '낙화암' 고시원이라고들 불렀다. 아, 그럼 우린 삼천 궁녀 중 하난 셈이네. 언젠가 내가 그렇게 말하자, 기원도 씁쓸하게 한마디 보탰다. 그럴지도 모르지. 돈 있고 힘 있는 사람들의 뒤를 받쳐주다가 마지막엔 결국 밀려날 수밖에 없는 신세. 우리는 누구랄 것도 없이 백제슈퍼 앞에서 발을 멈추었다. 빠리에선 우리 소설가님이 한턱냈으니까 백제에선 예비 실업자가 내지 뭐. 기원이 말하기도 전에 우리는 슈퍼 앞 간이테이블로 향했다.

열심히 마셨다. 뱉어야 할 말들까지 쓴 약 삼키듯 맥주와 함께 꿀꺽꿀꺽 삼켰다. 말은 백제슈퍼 뚱땡이 주인이 틀어놓은 텔레비전이 다했다. 연예인들이 나와 저희들끼리 시시껄렁한 이야기를 해놓고 저희들끼리 웃었다. 슈퍼 주인도 히힝거렸다. 우리는 그것이 꼴사나워 더 마셔댔다. 주대가, 물 빼고 오께요, 누야. 하고는 잠시 자리를 비웠다. 십여 분쯤 뒤에 다시 들어온 주대는 콩나물 하나를 입에 물고 있었다. 혀는 더 꼬부라졌고 동작도 커졌다. 텔레비전엔 깔끔하게 빼입은

남자 아나운서가 등장해 책을 읽듯 제2의 아이엠에프 어쩌고저쩌고를
늘어놓았다. 읽다가 금방이라도 조금 전 나왔던 연예인들처럼 히힝거
리며 시시껄렁한 이야기를 늘어놓을 것만 같다.

누야, 그리고 행님, 나 뭐할지 정했어. 우리는 아무것도 기대하지
않고 주대를 바라보았다. 나, 킬러가 되끼다. 우리는 웃지 않았다. 한
번도 약속한 적 없고 원칙을 정한 적도 없었지만, 그 정도 의리는 있었
다. 청부살인업자가 되는 기라. 그래가꼬 사회적 약자나 정의의 편에
선 사람들의 의뢰로 나쁜노무시키들을 제거하는 기라. 우떻노, 쾌안
체, 누야. 대답하기 어려운 문제다. 나는 술잔으로 내 입을 막았다. 기
원도 술잔을 들었다. 내 특별히 누야하고 행님은 오십 푸로 할인해줄
게. 우선 오늘 그 면접관 새끼부터 쥑이뿌끼다. 행님은 회사 사장, 그
새끼를 없애주먼 되끼고, 누야는 출판사 사장인지 그 호로새끼, 맞제?
추가로 더 없앨라쿠모 추가 할인 혜택도 있다. 헤헤, 내한테 술 많이
사주모 꽁짜로도 해줄 수 있다. 아, 그라고 빠리 마담아지매 남펜인지
가재펜인지 하는 그 새끼도 쥑이뿌고. 아, 한 번 죽어도 한 번 더 쥑이
삐먼 되지. 그라고 아, 용식이 행님 돈 떼묵고 도바리 친 반장인지 씹
장인지 하는 새끼도 쥑이고. 나는 고시원 앞에서 본 용식의 얼굴이 생
각나서 아니, 용식이는 돈 떼먹은 반장보다 고시원 마누라를 먼저 죽
이고 싶어할 걸, 했다. 와, 하여튼 이거 쥑일 놈들이 억수로 많네. 청
부살인업 하면 대박 터지것제, 행님. 안 그렇나? 그러자 기원이 입을
삐죽거렸다. 임마, 면접관한테 수모 당했다고 눈물 콧물 줄줄 흘리는
놈이 무슨 킬러냐. 아하, 행님은 잘 모리는갑네. 영화 같은 거 보면 냉
혹한 킬러일수록 얼마나 섬세하고 마음이 비단결멘치로 착한 줄 아요?
화분 들고 댕기는 킬러도 있고, 클래식 좋아하는 킬러도 있고.

세계 경제가 장기불황의 늪에 빠져 내년도까지 이어질지도 모른다, 고 아나운서는 준비된 원고를 내려다보며 읽고 있었다. 그때 아래쪽 골목에서 누군가 비틀거리며 올라왔다. 어, 저거 용식이 아닌가? 기원이 먼저 알아보았고, 용식이 행님, 여게 와서 한잔 하소. 주대가 소리쳤다. 하지만 용식은 못 들었는지 곧바로 고시원으로 향했다. 손에 하얀색 물통 비슷한 것이 들려 있었다. 행님, 벌써로 귀가 안 들리나. 여게 맥주 한잔 하로 오라캐도. 주대가 더 큰 소리로 불렀지만 소용없었다. 나는 고시원 마누라와 용식이 다투었던 일을 얘기해 주고, 아마 어디서 술 한잔하고 들어가 자려는 것 같으니까 그냥 놔두라고 했다.

그러니까 누야, 행님하고 둘이서 선금으로 돈을 나한테 주면 내가 빈 라덴을 찾아가서 테러 교육을 받고 오는 기라. 그라모 나는 전문 킬러로 거듭나서 좋고, 행님이랑 누야는 보기 싫은 새끼들 제거해삐리서 좋은 기라. 미래에 제거될 나쁜 새끼들의 운명에 우리는 건배했다. 그래, 그런 킬러 이야기를 소설로 써볼까? 그러려면 주인공은 주대보다 키도 크고 더 잘생긴 만능 스포츠맨 정도가 되어야 할 것이다. 여주인공도 있어야 하겠지? 나 같은 지적 능력이나 쿨한 성격 정도면 괜찮겠고, 그래, 너무 말라선 곤란하겠다. 악한은 그 새끼 정도면 충분하다. 그럼. 직업을 바꿀 필요가 있을지 몰라도 그 새끼보다 더 나쁜 새끼는 없을 거야. 그래, 건배다 건배. 하루 종일 꿀꿀하고 오물구덩이에 빠진 것처럼 기분 나쁘던 것이 이제 좀 풀리는 것 같다. 건배, 복수를 위해. 건배, 미래의 킬러를 위해. 건배, 내 책의 주인공들을 위해. 사마천이 그랬다든가. 죽음은 태산보다 무거운 때도 있고, 새털보다 가벼운 때도 있다고. 가볍고 경쾌하기조차 한 그들의 죽음을 위해, 건배다 건배.

내 혈관은 진한 커피와 다량의 알코올로 그 어느 때보다 충만하고
원활해졌다.

고시원 복도는 냄새나고 더럽다. 그나마 침침해서 더러운 것이 덜
드러나 조금은 낫다. 우리 셋은 어깨동무를 풀고 하나씩 들고 있는 깡
통맥주로 마지막 건배를 외친다. 아이쌍, 조용하고 처 자빠져 자. 누
군가 욕을 퍼붓는다. 그래도 우리는 기분이 좋다. 우리는 킬러다, 우
리는 복수를 한다, 우리는 행복하다. 우리는 동지애를 과시하며 서로
깊게 그리고 오래 포옹을 한다.
나는 침대에 널브러진다. 몸이 덜거덕 소리를 내며 침대에 쏟아져
내리는 것만 같다. 조각조각 해체된 내 몸들은 나른하다. 기분 좋은 나
른함이다. 아침에 일어나면 당장 킬러 이야기를 써야겠다. 조각난 몸
들을 다시 끼워 맞추는 일이 갈수록 어렵지만, 내일부터는 좀더 즐겁
게 할 수 있을 것 같다.

얼마나 지났을까, 어디선가 구수한 냄새가 난다. 시골집 아궁이에
엄마가 장작불을 지펴 밥을 할 때 나던 냄새 같다. 아궁이에서 잘 익은
감자나 밤톨이 쏟아져 나올 것 같기도 하다. 아, 맵다. 연기가 눈과 코
를 자극한다. 코와 입을 막고 눈을 질끈 감으면 나아질 것이다. 엄마는
어디로 간 걸까. 불을 지피다 말고 나만 홀로 두고 어디로 가버린 거
야. 가슴이 답답해진다. 어느새 나는 바다가 보이는 절벽에 서 있다.
엄마는 아버지에게로 간 걸까. 그럼 나는 여기서 이대로 기다려야 하

나, 나도 따라 바다로 나가야 하나.

　용식이, 이 개새끼. 누군가 소리친다. 용식이, 그 씨발놈이 내 고시원에 불을 질렀어! 이 새끼, 어디 갔어, 죽여버리겠어! 고시원 안주인의 목소리도 들린다. 용식이, 아, 그 녀석이 군불을 지피고 있는 모양이다. 꿈속에서 내 동생이 된 용식이는 군불을 지피다가 집을 다 태운다. 그리고 잿더미가 되어 흔적도 없는 터에 작고 튼튼한 보금자리를 새로 지을 생각이다. 나는 동생이 된 용식이가 자랑스럽다. 아, 따뜻해. 그나저나 오늘 하루는 너무 길었다. 피곤하다. 자야겠다.

국도 2호선

겨울 땅거미는 차가운 바람과 함께 몰려든다. 돌돌 말린 나뭇잎이나 풀잎, 푸석한 먼지가 동행한다. 으레 그 시간이면 찾아왔지만 아무도 그것들을 반기지 않는다. 그것들의 동행이 시작될라 치면 사람들은 하나둘씩 그것들을 피해 집으로 향하거나 선술집 문을 열기도 한다. 사정은 동물의 왕국도 별반 다르지 않다. 아예 동면에 들어간 것들은 두고라도, 부족한 먹잇감을 찾아 하릴없이 산천을 헤매던 녀석들도 그 시각쯤이면 미련 없이 돌아서 제 보금자리를 찾기 마련이다.

아침 일찍 도시를 나섰던 자동차들이 돌아온다. 도시는 자동차들의 집이다. 먹잇감을 찾아 근처 한 시간 안팎 거리의 시·군이나 면 등지로 나갔던 이들이다. 사냥터는 멀어도 처자식들에게 먹잇감을 나눠주기 위해 그들은 꼬박꼬박 도시로 되돌아온다. 그래서 바람도 지향 없이 아무 데로나 부는 것 같지 않았다. 아침이면 갓밝이의 냉기가 도시 밖으로 향하고, 해거름 바람은 다시 도시로 향하는 것이다.

자립도가 턱없이 낮은 군 지역에 둘러싸인 이 소도시에는 특히 그런 사람들이 많다. 오랫동안 생산보다는 소비만 해온 도시였고, 이제는 그런 것이 아주 당연한 것처럼 받아들여졌다. 도시는 붙임이었고 자식은 밖에서 낳아 데리고 들어왔는데, 그들도 자라면 모래알처럼 대도시로 흩어져갔다. 대다수의 소도시들이 그러했으나, 이 도시는 특별히 그런 특성을 대표하는 듯 보였다. 잘 살펴보면 삼십, 사십 대는 드문데 비해 주변지역에서 모여든 학생들이 많고, 또 노인들도 많았다.

'성인용품'

가로 세로 일 미터 남짓의 펼침막을 매단 승합차가 도시의 국도변 초입에서 그들을 배웅하고 또 맞이했다. 마치 이 도시에서 가장 유의미한 일은 그것임을 강조하는 듯했다. 사실 그것은 소비가 미덕이 된

도시 이미지를 그대로 차용한 것처럼 보이기도 했다. 끊임없이 차오르는 욕망을 소비하는 것이 본연의 임무요, 역설적으로 그 도시가 할 수 있는 유일한 생산임을 은연중에 '오버랩'시키는 것으로 이해되었던 것이다.

펼침막은 승합차의 앞뒤와 왼쪽 면에 붙어 도시를 나가거나 들어오면서는 물론, 지나가면서도 볼 수 있었다. '성인용품'이란 글자가 펼침막의 거의 절반 이상을 차지했다. 그 아래에 작게 두 줄로 '남여 성인용품, CD, 비디오, 콘돔, 란제리, 젤류 등 일절 완비'라고 써두었다. 유심히 봐야 구분할 수 있을 정도여서 제대로 본 사람도 드물었겠지만, 봤다고 해도 '남여'를 '남녀'로 고쳐 써야 한다거나 '일절'이 아니라 '일체'로 바꿔야 한다고 말해주는 사람도 없었다. 잘 살펴보면 '성인용품'이란 글자 위에 손글씨로 '성인 놀이터'란 굵은 글자가 남아있었다. 하지만 유성매직으로 쓴 글자는 기름기가 날아 흐릿해진 터라, 자동차를 타고 가다 보면 글자라는 느낌보다는 얼룩처럼 보였다.

승합차는 하나의 큰 고치나 달팽이집 같았다. 펼침막 때문이기도 했지만 운전석이 있는 앞자리 외에는 안이 전혀 보이지 않게 짙은 먹빛 비닐 코팅 빛가림이 붙여져 있었다. 빛가림이 아니더라도 안에는 각종 성인용품을 올려둔 진열대가 창을 가린 채 놓여있어 어차피 내부를 볼 수는 없었다. 차량판매를 위해 운전석과 조수석을 뺀 나머지 의자를 모두 떼어냈다. 그리고 바닥에 장판을 깔아 손님이 걸터앉은 눈높이에서 응대할 수 있게 한 거였다.

그 안에 두찬은 으레 혼자 애벌레나 달팽이처럼 웅크리고 있었다.

"그거 다 손님들을 위한 기다. 이런 데 오는 손님들은 전부 자기가 이런 데 있다는 걸 넘들헌테 안 들킬라고 하거든. 안이 다 보이믄 손님은 둘째 치고 개미새끼 한 마리도 안 올끼구만. 근데 그러다 본께 나꺼지 바깥을 몬 보게 되는 기라. 오래 있다보믄 내가 이 안에 갇힌 것 같다는 생각이 들기도 해.”

두찬은 영우에게 그렇게 설명했다. 정말 손님들은 하나같이 길 쪽이 아닌 승합차 안쪽에 자동차를 대었다. 남자든 여자든, 젊었든 늙었든 다 그랬다. 오려다가 먼저 와 있는 차가 있으면 아닌 척하고 지나쳐 가기도 했다. 한 바퀴나 두 바퀴쯤 돌다가 다시 돌아와 차가 없다 싶으면 그제야 들어오기도 했다. 남들 다 보는 쪽에 차를 세우는 치들은 불법 제품 단속을 핑계로 기웃거리며 디브이디나 콘돔 따위를 전리품 삼아 들고 가는 ‘짜바리’나 ‘정부미’들뿐이었다. 제 구역을 주장하며 자릿세 명목으로 무엇이든 뜯어가려는 ‘깍두기’들도 안쪽에 차를 세웠다.

“짜바리나 정부미, 깍두기가 아무리 껄떡기리도 난 아무 상관 안 해. 여게가 꽤 짭짤한 자리거든.”

영우가 한 달여 옆에서 지켜본 바로는 두찬도 고만고만한 패거리가 뒤를 봐주고 있는 모양이었다. 게다가 목이 좋아서 작은 도시였지만 제법 많은 사람들이 아침과 저녁으로 드나들었다. 무엇보다 생산시설은 부족할지 몰라도 몽정으로 아랫도리를 움켜쥐고 어쩔 줄 몰라하는 학생들은 넘쳐났고, 성욕이 남아 있는 노인들도 의외로 많았다. 이제는 이름만 남은 혁신도시지만 근방에는 논밭을 내주고 보상금을 제법 두둑하게 챙긴 노인들도 많았다.

“째깐한 도시라 해도 이런저런 대학이 대여섯 개나 있고 고등학교도 많은께 아새끼들이 간간이 오거든. 근데 그거보다도 영감탱이들이 훨씬 더 짭짤해. 이 도로로 쭉 들어가다가 모팅이 세 개만 돌아가믄 노인복지회관이 있어. 그게 가믄, 돈 있고 혼자 사는 영감 할멈들이 쎘는가 비라.”

두찬의 말에 의하면, 노인복지회관은 서울의 홍대 클럽에 젊은이들이 모여드는 것처럼 노인들이 모여드는 곳이었다. 평생 같이 살던 영감이나 할멈이 죽고 혼자 남은 노인네들이 상대를 물색하고 만나기 위한 장소라는 거였다. 노인네들이 새로 사귀거나 살림을 하게 된 상대를 만족시키려고 ‘별별짓’을 다 한다고 했다. 물론 제법 모아둔 재산도 있고 자식들도 그럭저럭 먹고살 만한 부류였다. 그들에게 두찬의 성인용품 ‘숍’은 빛과 소금에 다름없거니와, 그리고 보면 자신도 구세주에 버금가거나 동격이라며 흰소리를 늘어놓기도 했다.

그러나 지금 두찬은 여기에 없다. 오늘로 사흘째다.

영우는 철심을 승합차 창틈으로 밀어넣었다. 두 번의 시도만으로도 문은 쉽게 열렸다. 운전석과 조수석을 훑어보고 뒷문까지 열어 구석까지 눈으로 핥았다. 역시나 두찬이 왔다간 흔적은 어디에도 남아있지 않았다. 예상은 했지만 막상 눈으로 확인하고 나자 기다렸다는 듯 찬바람 한 줄기가 휭 가슴을 뚫고 지나갔다.

“하하, 나야 언제든지 찬성이지. 원래 장사도 여럿이 모이가꼬 같이 해야 잘되는 거 아이것나. 여게는 괘안타. 아무도 니를 몬 건드리거로 하긴께네, 나만 타악 믿고 안심하고 장사나 잘하거라.”

처음 영우가 두찬에게 승합차 맞은편에서 좌판을 벌이고 장사를 해도 되겠냐고 했을 때였다. 두찬은 영우의 손을 맞잡을 듯 환대를 했다. 나이도 비슷해 보이는데 초면에 반말부터 해대는 두찬이 마음에 들지는 않았다. 하지만 급한 쪽은 영우였다. 이미 여러 군데에서 쫓겨난 터라 어디든 자리를 잡지 않으면 안 되었다. 대단위 아파트 근처, 공단 이곳저곳, 이름만 남은 몇몇 오일장 등. 가는 데마다 영역을 따지고 권리를 주장하는 누군가가 나타났고, 그들 뒤에는 항상 그럴듯한 직함의 수많은 누군가가 버티고 있었다.

"뭐야, 성인용품 파는 데 옆이잖아. 이런 데밖에 없는 거야?"

순옥은 노골적으로 싫은 티를 내었다. 무엇보다 순옥은 두찬의 야비해 보이는 인상을 가장 싫어했다. 어쩔 수 없이 두찬의 봉고차 건너에 자리를 잡고 장사를 시작한 지 며칠이 지났을 때였다. 일을 마치고 집에 들어가자마자 순옥은 책을 한 권 펴더니 읽기 시작했다.

"생김생김으로 보아서 얼굴이 쥐와 같고 날카로운 이빨이 있으며 눈에는 교활함과 독한 기운이 늘 나타나있으며, 발룩한 코에는 코털이 밖으로까지 보이도록 길게 났고, 몸집은 작으나 민첩하게 되었고, 나이는 스물다섯에서 사십까지 임의로 볼 수 있으며, 그 몸이나 얼굴 생김이 어디로 보든 남에게 미움을 사고 근접치 못할 놈이라는 느낌을 갖게 한다."

영우는 단번에 두찬을 떠올릴 수 있었다.

"왜, 그 사람이 책에도 나왔어?"

"그래, 교활하고 야비한 인물의 대표로 터억하니 나와 있지. 《붉은 산》이라는 옛날 소설에 …."

"와, 정말 그 사람이랑 판박이로 그려놨네. 그런데, 그 사람이 그렇게 싫어?"

"그 사람이 좋으면 내가 이러겠어?"

"그래도 어떡해. 지금으로서는 우리가 장사할 수 있게 해주는 데가 거기밖에 없는 걸."

"아무리 그래도 싫은 건 싫은 거야. 난 싫은 사람 앞에서 억지로 웃거나 마음에도 없는 소린 못해."

정말 순옥은 두찬 앞에서 달팽이 뚜껑 덮듯 입을 다물어 버렸다. 두찬의 승합차 옆에는 그림자가 가 닿는 것도 조심했고, 승합차가 있는 길 반대편으로 가려고 하지도 않았다.

어떻든 그렇게 해서 영우와 순옥은 그곳에 자리를 잡았다. 둘은 늦은 아침을 먹고 트럭을 끌고 두찬의 승합차 건너편으로 나갔다. 먼저 영우는 자동차 시트와 커버, 간이 의자, 와이퍼, 방향제 따위의 자동차용품을 길가에 늘어놓았다. 뒤편으로는 공구함과 정리함을 놓고, 먼지떨이와 매트도 한두 가지 내어놓았다. 차를 타고 가면서 눈에 띄도록 해야 하기 때문에 작은 것보다는 크고 선명한 색의 물건을 위주로 배치하는 게 중요했다. 그리고 한쪽 끝에는 커다란 곰인형도 세 개 정도 두었다. 자동차용품을 하기 전에 팔다가 다 못 팔고 남은 것들이었다. 이어서 새벽에 청과물도매시장에 나가 영우가 사온 과일들을 진열했다. 사과와 배, 단감, 귤 따위를 상자째로 두 상자씩 나란히 쌓아놓았다. 그리고 빈 상자를 뒤집어서 그 위에다 플라스틱 소쿠리에 단감과 귤을 삼천 원, 오천 원어치씩 담았다. 가끔씩 찾는 사람들이 있기 때문에 바나나와 오렌지 같은 것도 구색을 갖춰놓았다. 자동차용품은 영우, 과일은 순옥의 몫인 셈이었다. 실제로 둘은 각자 통장을 따로 가지고 따로 관리했다. 월세와 각종 고지서는 영우가 처리하고, 자잘한 부식 같은 것은 순옥이 사왔다. 그래도 영우가 순옥의 과일을 도매상에게서 떼어오는 것도 자신이 대는 경우가 많았다.

"여어, 참기름 부부. 나왔어?"

물건을 진열하고 있으면 두찬이 나와 소리를 질렀다.

"부부는 무슨 부부. 미친 자식이 부부 아니래도 꼭 저래. 밥맛없어."

두찬이 천천히 걸어오는 것을 보면서 순옥은 구시렁거렸다. 그리고는 문을 거칠게 닫으며 차안으로 들어가 버렸다.

"헤헤, 자네 마누라는 저래 성질내는 게 더 매력있단 말이야. 회도 말이야, 살만 바른 거는 물컹기리기만 하고 씹는 맛이 없거든. 세꼬시 맨키로 뼈하고 같이 씹는 맛이 더 쫄깃하고 좋은 기라."

"우리는 법적으로 부부 아니래도 그럽니까. 우리 마님은 그런 것에 얽매이는 걸 싫어하거든요."

"우리 마님은 지랄, 니가 마당쇠냐? 아 젠장, 살 붙이고 살믄 부부고 마누라지, 뭐 별거냐?"

상대의 기분에 아랑곳없이 두찬은 나오는 대로 지껄였다. 흡사 말이 머리를 거치지 않고 바로 튀어나오는 것 같았다. 그러면서 사과나 귤 같은 걸 제멋대로 집어먹었다.

두찬이 한번은 자장면 배달을 시켜 같이 먹다가 두 사람은 어떻게 만났냐고 물었다. 서로 배갈을 두어 잔 마신 뒤였다.

"말하지 마, 너."

순옥이 눈을 치뜨고 영우를 노려보았다. 평소 같으면 영우보다 다섯 살 많은 순옥의 말을 따랐을 것이다. 그런데 두찬이 있으면 사정이 달라졌다. 처음 순옥이 두찬에게 "말 까지 마" 했을 때부터 두찬은 능글 능글 웃으며 "씨발, 같이 늙어가는 처지에 별 지랄 다 헌다"며 무시해 버렸다. 그러나 그것도 그때 뿐, 순옥이 "너하고 영우가 두 달 차이밖에 안 나는데, 같이 늙어가는 처지에 친구로 지내도 되잖아" 했을 때는 단호히 손을 내저었다. "머스마 새끼들 세계에서는 그런 일이 있을 수 없다"는 거였고, "달수는 두 달이라 캐도 칠구년 생하고 팔공년 생하고는 엄연히 다른 기라. 우리는 칠십 년대고 쟈들은 팔십 년대로 팍 꺾이 뿐 거는 예수도 부처도 우짜지 몬하는 기라"며 억지를 부렸다. 첫 만남에 대한 물음도 마찬가지였다. 순옥은 영우가 두찬에게 미주알고주알 고해바치는 것이 마음에 들지 않았고, 두찬은 발개진 얼굴로 이기죽거렸다.

"아따, 여자 없는 놈은 서러워서 살겠나. 그라고, 너그가 뭐 유맹한 연예인이라도 되는 줄 아능 기라, 응? 그까짓 거 이야기한다꼬 온 동네 방네 테레비에 떠들썩하고 스포츠신문에 대문짝만 하게 날 줄 아능가 배. 내참, 그래도 이우지라꼬 생각해서 물어도 봐주고 관심가지준께 네, 지랄허고 자빠졌네."

그대로 두면 열흘 밤낮을 빈정대고 이기죽거릴 것만 같은 기세여서 영우는 일부러 너털웃음 웃어가며 입을 열지 않을 수 없었다.

"그런 게 아니라 이야기를 하자면 마음 아프고 속 쓰린 이야기라 그렇지요, 뭐."

영우는 배갈을 입에 털어 넣고 순옥이 들어간 트럭을 보며 목소리를 조금 낮추었다. 작은 공장에 다니다가 졸음운전으로 교통사고를 내고 모아둔 돈 다 날린 이야기, 제 코가 석자인 형이나 누나는 본체만체하고 결혼한 지 일 년이 채 못 된 아내조차 이혼을 요구하며 가버린 이야기, ○○아파트 담벼락에서 인형 장사를 하고 있는데 경승용차에 옷가지를 잔뜩 싣고 나타난 순옥이 그 옆에 자리를 편 이야기, 장사를 마치면 새우깡 한 봉지 놓고 소주를 권커니 잣거니 하는 것으로 하루를 마감하던 이야기, 인형을 선물로 주고 누나 동생 하다가 임마 점마 하면서 오갈 데 없는 인생이 서로 기대게 된 이야기, 순옥이 영우의 월세방으로 들어오고 이 아파트 담벼락에서 저 아파트 옆 공터나 공단 등지로 쫓겨 다닌 이야기, 장사를 마치면 순옥은 집에 들어가고 자신은 다시 대리운전 아르바이트를 하러 간다는 이야기, 살아내기는 힘들었지만 이야기하자면 구구해지고 흔하디흔한 이야기였다.

"야, 그래도 니 마누라 가만 보믄 머인가 먹물 냄새가 나던데……"

"그렇지요? 나도 그런 느낌이 처음부터 들었는데, 물어도 '미친 새끼'라고만 하고는 대답을 안 해요. 시집이나 소설책도 사 보고, 재즌지 뭔지 하는 심심한 음악도 듣고……"

"그래, 먹물 든 것들은 꼬옥 먹물 묵은 티를 낸다니까."

"말이 나왔으니까 말인데요. 형님 저기 승합차에 '성인용품'이라고 써놓은 게 너무 튄다고, '성인 놀이터'라고 하면 훨씬 밝아 보일 거라고 하던데……"

"너그 잘난 마누라가 그라더나? 하여튼 먹물들은 뭘 보고 가만 지나가는 법이 없어. 머라도 한마디하고 넘어갈라 쿠거든. 도대체 너그 마누란지 마님인지는 먹물을 얼매나 처묵었기에 그러노, 응?"

"아, 내가 그런 것까지 어떻게 알아요."

"아, 씨발. 어떻게 된 새끼가 지 마누라가 먹물을 얼마나 처묵었는지도 몰라. 빙신 같은 새끼, 아나, 배갈이나 처묵어라."

두찬의 말은 맞았다. 하지만 영우가 순옥에 대해 전혀 모르고 있는 것만은 아니었다. 간혹 친구와 이메일을 주고받거나 전화로 이야기하는 것을 우연히 듣고 알게 되거나 짐작하게 된 것들이 있었다. 그러나 그런 것들을 굳이 두찬에게 말할 필요는 없었다. 고아원에서 자란 순옥이 타고난 머리 때문에 부잣집의 후원으로 대학까지 나왔고, 제법 큰 회사를 다니면서 연애를 했지만 남자 집안의 반대에 부딪쳤고, 온갖 욕설과 험담을 이겨내고 둘은 도망을 쳤든지 숨어 살았든지 아들까지 낳았던 모양이고, 그러다 시집에 발각돼 남자와 아들까지 빼앗긴 채 쫓겨났고, 몇 번이나 찾아갔다가 흠씬 두들겨 맞고 뒷골목 건달들에게 강간까지 당했고, 친구의 도움으로 이것저것 해보다가 결국 길에 나앉게 된 것 같았다. 하지만 영우가 짐작하고 있는 순옥의 과거는 모두 영우의 머릿속에서 얼기설기 재구성된 것일 뿐, 어디까지가 사실이고 아닌지 확인할 수 없었다. 생각해보면, 그 이야기도 구구하고 흔하디흔한 이야기였다.

그런데 하루는 승합차에 붙여둔 펼침막의 '성인용품'이란 글자 위에 '성인 놀이터'란 글자가 새로 붙었다. 유성매직으로 제법 공을 들여서 쓴 글씨였다. 영우가 그것을 보며 재미있어 하자 두찬은 "그냥 재미로 한번 써본 기다, 임마" 하고 얼버무렸다.

"자, 귀하신 느그 마님 뿅 가게 만들어주라. 니가 변강쇠처럼 해조야 마님한테 귀염을 받을 꺼 아니가."

두찬은 가끔 낙타누깔이나 울퉁불퉁한 모양의 콘돔류, 발기를 지속시키는 칙칙이나 중국산 비아그라를 내밀기도 했다. 말은 그냥 주는 것처럼 했지만 공짜는 아니었다. 제멋대로 골라 주면서도 두찬은 "그거, 시내 섹스 숍에 가믄 이만 오천 원 받는데 나는 이만 원 받는다." 일일이 가격을 일러주었고, 영우는 그 값을 꼬박꼬박 치렀다.

하지만 영우는 두찬이 준 물건을 한 번도 써본 적이 없었다. 잠자리는 영우의 의지와 상관없이 거의 순옥이 선택을 해왔기 때문이었다. 처음부터 그랬다. 술에 취해 영우의 입술을 비벼댄 것도 순옥이었고, 그 다음 날 장사를 끝내고 영우의 월세방에 따라 들어간 것도 그녀였다. 그날 밤 영우가 순옥에게 덤벼들었다가 학생주임 선생에게 불려간 문제아처럼 한바탕 호된 질책을 들어야 했다. 그렇다고 기회가 없는 것은 아니었다. 순옥은 자주 술에 인사불성이 되도록 취하곤 했는데, 그때는 엎어지고 메쳐도 몰랐다. 영우는 몇 번 그러다가 시들해져서 그만두어 버렸다. 술에 취해 아무런 반응도 보이지 않는 여자와 관계한다는 것도 재미없고, 간혹 속이 뒤틀린 그녀가 토악질을 하는 걸 보고 싶지도 않아서였다.

"나? 난 마누라 같은 거 안 키워, 임마."

두찬은 어이없는 소리 하지 말라는 듯 손을 홰홰 내저었다.

"아까 전화하는 거 옆에서 들으니까 딸내미가 있는 거 같던데….”

"딸내미는 있지. 근데 애 엄마는 갔어. 멀리 가삐릿어."

두찬은 그러면서 멀건 하늘을 올려다보았다. 영우는 자칫 '하늘나라…?'를 소리 내어 말할 뻔했다.

"헤헤, 차라리 잘됐어. 세상에 널린 기 가스나들 아이가. 이거 이래 채리놓고 있으모 가스나들이 얼매나 마이 오는지 모리제? 이년 저년 내 입맛대로 아이가. 딜도 같은 거 하나 주믄 이년들 전부 질질하거든.”

아닌 게 아니라 두찬의 승합차에는 여자 손님들이 심심치 않게 찾아왔다. 영우는 저녁 7시쯤이면 대리운전 사무실로 가야 했기 때문에 잘 몰랐지만 대다수 여자 손님들은 어둠이 깔린 후에 많다고 했다. 그러면서 두찬은 은근한 목소리로 영우에게 소곤대곤 했다.

"야, 니 마님이니 뭐니 함서 마당쇠 노릇 하지 말고 이 장사 함 해봐라. 맨날 팔리도 않는 시트 같은 거 내삐리뿌라. 니도 알다시피 섹스용품은 경기도 안 타고 계절도 없는 물건 아이가. 니 한 달 자동차용품 팔고 잠 몬 잠서 대리운전 해가꼬 번 거보다 몇 배는 더 벌끼다. 내 니한테는 특벨히 반값에 넘가주께.”

"그럼 형님은 어쩌려고…?"

"나? 내 뒤를 지키주는 행님들이 있다는 거 알제. 그 행님들이 내를 어데 타악 박아줄라고 전에부터 준비를 하고 있었거든. 이기 니한테는 다시 없는 좋은 기횐기라. 안 그렇나."

"그래도 나는 아직 저것들을 어찌 사용하는지도 다 모르고…."

"니, 전에 내가 니한테 준 거 안 써봤나? 그 정도만 알아도 삼분의 이는 아는 기라. 나머치는 장사해감서 배우믄 되는 기고."

영우는 두찬이 주었다기보다 팔아먹은 용품들을 써보지 않고 그대로 처박아 두었다고 말할 수 없었다. 그래봐야 구구한 변명에 두찬의 훈계 혹은 지시만 늘어날 게 분명했기 때문이다.

술에 취해서 두찬은 이렇게 말하기도 했다.

"내가 가만히 한 달 동안 니를 지키본께로 니는 진짜로 된 놈이더라. 내 니한테는 땡전 한 푼 안 받고 저거 넘기주께. 내가 이 새끼야, 딴 놈 같으믄 돈 싸질머지고 와서 팔라고 해도 안 판다. 닌께 이라는 기라."

그러면서 또 은근히, 돈 대신 몸으로 때우는 가스나들 전화번호도 다 주께, 낄낄낄, 혼자 웃기도 했다. 짭짤하게 돈 되재, 가스나들 이것 저것 종류별로 다 맛볼 수도 있재, 이거맨키로 기똥찬 기 세상에 또 있 을 줄 아나, 하면서 목울대를 세우기도 했다.

그러다가 어느 날 갑자기 두찬이 사라져버렸다. 두찬뿐만 아니라 순 옥도 같은 날 사라져버렸다. 아니, 엄밀하게 같은 날인지 아닌지 단정 하기는 어려웠다. 크리스마스 날 새벽 네 시까지 대리운전 일을 하고 집에 들어갔을 때 순옥의 자취가 없었기 때문에 그녀가 크리스마스이 브에 나갔는지 크리스마스에 나갔는지 알 수 없었다. 그녀의 옷가지며 많지 않은 화장품, 책 몇 권, 미리 사둔 생리대까지 없었다. 마치 처음부터 그런 물건이 그 방에 없었던 것처럼 사라져버린 것이었다. 이런 경우 흔히들 하는 것 같은 편지나 쪽지조차 없었다. 영우는 그제야 자신이 '그녀는 언젠가 그렇게 사라져버릴 사람'이라고 생각해왔음을 깨달았다. 하지만 두찬에 대해서는 조금 달랐다. 순옥이 사라진 방에서 그녀의 자취를 찾지 못하고 종일 망연자실해 있던 영우는 해거름이 되어서야 트럭의 시동을 걸었다. 순옥을 찾을 수 있겠다는 희망이 있어서가 아니었다. 두찬을 만나 스산하게 지는 겨울 해를 보면서 술이나 한잔할까 생각했다. 그런데 두찬이 사라져버린 것이었다. 순옥과 마찬가지로 흔적도 없이. 아니다. 승합차는 그 자리에 그대로 있었고, 다만 문이 잠겨있고 사람이 보이지 않았던 것뿐이었다.

'크리스마스라고 어디 놀러갔나?'

그때는 그렇게만 생각했다. 하지만 그 다음 날, 또 그 다음 날도 같은 상태였으므로 비로소 뒤늦게 사라져버렸다고 생각하게 된 것이었다. 두찬이 사라진 것은 크리스마스이브의 저녁 무렵부터 크리스마스 오후 해거름 동안이었으므로 순옥이 사라진 시간대와 거의 겹쳐졌다. 하지만 사라진 시각을 확정할 수 없기 때문에 '같은 날'이라고 하기에는 무리가 있었다. 그럼에도 불구하고 영우의 머릿속은 '같은 시간대'와 '같은 날' 사이에서 오가며 '같은'이라는 형용사가 울림을 더해가고 있었다. 그럴수록 '같은'은 '같이'라는 부사와 뒤섞여 부각되었다. 하지만 왜? 영우의 좌절감은 그 부분에서 깊어져갔다. 하지만 왜?

영우는 장사도 접고 대리운전도 나가지 못한 채 달팽이 뚜껑을 덮은 채 안으로 안으로 침잠해 들어갔다.

두찬과 순옥이 사라진 지 이레, 영우가 승합차 구석에 틀어박힌 지 나흘째다.

두찬의 말대로 찾는 사람이 많았다. 연말인데 뭐 없나, 헛기침 툭툭 던지며 나타나는 짜바리에서부터 성욕보다 식욕이 왕성할 것 같은 노인네, 서로 낄낄대며 앞서거니 뒤서거니 장난을 가장해 문을 두드리는 연인 혹은 사내들, 그리고 여드름투성이의 고등학생들까지.

"어? 그 쥐새끼는 어디 갔어. 응?"

이렇게 말하는 건 짜바리.

"전에 사간 건 못 쓰겠더라고. 좋은 것 좀 내놔봐."

무르고 보는 노인네들.

"아이씨, 다음엔 꽁짜로 준다고 했었단 말이야. 어이, 젊은 싸장님. 한번 주까? 물물교환. 전에 그 자식은 잘 해줬단 말이야. 맨날 한 번 더, 한 번만 더, 해대서 탈이었지."

이건 다방 혹은 술집 아가씨들.

하지만 영우는 물건을 파는 데 별 관심이 없었다. 그냥 달라면 그냥 주고 물러 달라면 물러 주었다. 깎아 달라면 깎아 주고 몸으로 때우려고 하면 다음에 달라고 했다. 주면 받고 안 주면 안 받았다. 물건 값을 잘 몰라 오히려 손님한테, 전에 두찬이 얼마라고 하더냐, 물어서 받기도 했다.

영우는 줄곧 '하지만 왜?'를 생각했다. 순옥의 짐이 빠진 방은 휑뎅그렁했기 때문에 돌아갈 마음이 나지 않았다. 있어 보니 두찬의 승합차는 뚜껑이 덮인 달팽이 속처럼 제법 아늑하게 느껴지기까지 했다. 며칠이 지나 가만히 밖으로 얼굴을 내밀고 더듬이를 뻗어 보았지만 전신을 파고드는 냉기와 이물감이 엄습해왔다. 영우는 이내 더듬이를 거

두어들이고 잔뜩 움츠린 채 다시 뚜껑을 덮어버렸다. 그리고 용맹정진하는 수도승처럼 '하지만 왜?'를 외고 또 외웠다. 깨달음을 얻을 수 있겠다는 믿음은 없었지만 그렇게 하자 어쩐지 마음이 가라앉고 머리가 맑아지는 것 같았다. '하지만 왜, 하지만 왜, 하지만 왜⋯.'

그렇게 며칠 외고 나자 떠오르는 것이 있었다. "우리 이쁜 딸, 어린이집에 잘 갔다 왔어? 머? 맛있는 거 사오라고? 그래그래, 알았어. 할매 말 잘 듣고 기다리고 있어. 아빠가 억수로 맛있는 거 사가지고 가께. 그래, 아빠도 우리 이쁜 딸 사랑해" 두찬이 전화하던 모습, 보고 있던 순옥의 표정이 부드러워지고 먼 산을 보던 모습, "고슴도치도 제 새끼는 함함해 한다더니, 참나⋯" 어이없어 하던 순옥, 또 언젠가 아들을 못 본 지 일 년이 넘었다며 눈물을 글썽이던 모습, 순옥과 제법 농담도 주고받게 된 두찬이 "내가 우리 행님들한테 말을 해가꼬 느그 아들 데리다주까?" 하던 말까지. 그때 순옥은 눈을 반짝였던가 말았던가 정확하지 않다.

손님이 뜸한 시간, 새벽 두세 시쯤이나 되었을까. 작은 스쿠터 한 대가 멀리서 달려오는 소음이 들려왔다. 귀에 익은 소리였다. 스쿠터는 승합차 뒤편에 와 멎고, 철커덕, 세우는 소리도 들렸다.

"야, 이, 두찬인지 두더쥐새낀지 일루 나와, 씨팔."

양지다방 엄지였다. 두찬이 소주 한두 병 사오라는 심부름을 시킬 겸 자주 커피 배달을 시키곤 했다. 어릴 때 읽었던 엄지공주를 좋아해 '엄지'라는 이름을 쓴다고 했다. 하지만 두찬은 "이년아, 니가 그러니까 양지다방에서 일을 하면서도 맨날 음지를 몬 벗어나는 기라. 이 오빠가 시키는 대로 하라니까. 그러믄 당장 음지에서 양지가 되는 기라. 스타가 되는 기라 해도" 타박하곤 했다. 엄지가 올 때마다 두찬은 영우와 순옥을 불러 같이 커피를 마셨다. 그동안 엄지는 스쿠터 적재함에 항상 넣어 다니는 소주를 들고 와 홀짝거렸다.

영우는 반가운 마음에 몸을 일으켰다. 참았던 소변을 볼 겸해서 밖으로 나갈 참이었다. 두찬이 뭘 잘못했는지 엄지는 제가 아는 욕을 죄다 끌어 부었다. 술을 얼마나 마셨는지 혀가 꼬부라져 말이 제대로 되어 나오지 않았다. 그래도 엄지는 욕을 멈추지 않았다.

"엄지야."

영우는 문을 열고 어둠속으로 오른발을 내디뎠다.

"이 미친 새끼, 개새끼, 쥐새끼."

엄지가 영우 쪽으로 성큼 다가섰다. 동시에 뭔가가 엄지의 손에서 빛을 반사하며 반짝했다. 영우는 왼쪽 옆구리께가 찌르르 아파져 오는 것을 느꼈다. 동시에 온몸의 힘이 옆구리를 통해 일시에 빠져 나가버려 영우는 그 자리에 풀썩 주저앉았다. 곧 엄지의 손에 핏빛 과도가 들려 있는 것이 보였다.

"하지만 왜 … ?"

그러나 대답을 하기엔 엄지가 너무 취해있었다.

"이씨, 그 새끼 아니잖아. 씨발, 두찬이 그 씹새끼 어디 갔어."

엄지는 과도를 집어던지고 다시 스쿠터를 타고 가버렸다. 얼마쯤 가다가 과속방지턱을 넘던 스쿠터는 넘어지면서 엄지를 땅바닥에 메어꽂았다. 엄지는 짧은 비명을 지르고, 이어 욕지거리를 내뱉었다. 쓰러지면서 욕하고, 쓰러져서 욕하고, 스쿠터를 일으키면서 욕하고, 스쿠터를 타고 가면서도 욕을 했다.

영우는 간신히 일어나 승합차에 올라탔다. 비릿한 피비린내가 콧속 점막을 자극했다. 달팽이 껍질 속으로 들어간 영우는 다시금 뚜껑을 닫았다. 힘이 빠진 눈꺼풀이 눈을 닫고 정신마저 힘이 빠졌는지 까무룩 닫혔다.

한두 시간, 서너 시간쯤 지났을까. 다시금 멀리서 스쿠터 소리가 나더니 천천히 다가왔다. 꿈일까 생시일까. 스쿠터는 승합차 옆까지 와서 철커덕 서고, 드르륵 차 문을 열었다.

"맞제? 영우 오빠. 오빠가 왜 여기 있어, 응?"

엄지는 그제야 영우를 알아보았지만 여전히 술 냄새가 코를 찔렀다.

"오빠, 잠깐만 잠바 좀 벗어봐. 좀 보게."

엄지는 영우의 점퍼를 벗기고 옷을 걷었다. 다시 피비린내가 훅 풍겨왔다. 영우의 신음소리에 아랑곳없이 엄지는 상처를 만져보고 화장지에 침을 묻혀 조금씩 닦아내기도 했다.

"괜찮네, 머. 죽지는 않겠다."

"난 창자가 흘러내린 것 같은 느낌인데?"

"웃기지 마. 내가 아까 술에 억수로 취해있었기에 그나마 다행인 줄 알아. 칼이 깊이 안 박히고 미끄러져서 좀 길게 째진 정도니까."

"그럼, 내가 너한테 고맙다고 해야 되나?"

"고맙다고 해야지. 그 새끼였으면 내가 다시 와서 이번에는 확실히 찔러 죽여버렸을 끼다. 피를 좀 많이 흘리기는 했어도 이 정도믄 머 안 죽것다….."

"그래, 고맙다. 찔러줘서…… 아야, 좀 살살 해라."

"병원 가자, 치료해야지."

"괜찮아, 빨간약이나 후시딘 같은 것만 좀 발라주든가."

"그나저나 오빠가 왜 여기 있는 거야? 두찬이 그 새끼는 어디 가고."

"어디 갔는지는 모르겠고, 이걸 전부 나한테 넘긴다고 해서…, 공짜로…."

"공짜로?"

"응, 공짜로."

그러자 엄지는 도끼눈을 떴다.

"오빠 니도 두찬이 그 새끼랑 한패제, 그제?"

"한패? 글쎄, 잘 모르겠지만 나한테 공짜로 이런 걸 주고 사라질 정도면 한패인 것도 같고."

"그래? … 그럼 오빠도 칼 맞을 만하네, 머."

엄지는 침울하게 말하고 영우 곁에 등을 기대고 나란히 앉았다. 이어 담배에 불을 붙여 영우에게 건네고 자기도 담배를 피워 물었다. 이내 승합차 안에는 담배 연기가 꽉 찼다. 담배를 비벼 끄고 엄지는 멀거니 영우의 상처 부위를 바라보다가 또 담배를 물었다. 어슴푸레한 새벽 박명 사이로 엄지의 소리 없이 흐르는 눈물이 반짝였다.

"난 괜찮아. … 금방 나을 테니까 너무 걱정하지 마."

그러나 엄지의 눈물은 멈추지 않았다.

"그 새끼가 오빠한테서도 뭐 받아 갔제. 공짜일 리가 없어. 그 새끼한테 돈 줬어? 얼마나 줬어?"

"돈은, 안 줬어. 아무것도 안 줬는데…. 모르겠어, 그냥 사람만 없어졌어."

"뭐? 언니가 없어졌어? 그 새끼가 데리고 간 거구나."

영우는 두찬이 데리고 갔는지 그냥 순옥이 스스로 가버린 것인지 알 수 없어 대답하기가 어려웠다.

"언니가 돈 가지고 있었제? 그거 가지고 가버렸제? 오빠 전 재산을 빼돌렸제, 응?"

엄지는 따지듯 영우를 달구쳤다. 그러다 곧 이제 와서 그래봐야 소용없다는 듯 조용해졌다. 잠시 후, 흐느낌인지 한기가 들어 그런 것인지 몸을 오들오들 떨기 시작했다. 조그만 가스히터가 있었지만 이틀 전 가스가 다 떨어져버렸다. 영우는 두찬의 침낭을 꺼내 덮어주었다. 그래도 엄지의 떨림은 멈추지 않았다. 담뱃재가 침낭에 떨어졌다.

"그 새끼가 돈 많이 벌게 해준다고 했어. 그런데⋯."

엄지는 네 번째 담배에 불을 붙이고 입을 열었다.

"그냥 팔아먹은 거더라고. 씨발, ⋯ 울 엄마 다음 달에 수술해야 되는데. 포르노에 출연하면 천은 받을 수 있다고 했어, 그 새끼가. ⋯깜빡 속은 내가 바보지. 그 말만 듣고, 저번 달에 반 주고 이번 달에 반 주고 해서 오백이나 줬는데. 잘만 하면 스타가 되고, 그러면 출연료도 몇 배는 더 받는다고⋯."

"⋯⋯."

"그런데 가보니까 아니더라고. 갇혀서 일주일 넘게 그 새끼들한테 얻어맞고 막 돌아가면서 ⋯ 흑흑, ⋯ 짐승들, 괴물, 인간으로 태어난 악마들. 저그들끼리 하는 말이, 나를 섬에다 팔아버릴 거라더라고. 아무리 발버둥치고 지랄발광을 해도 못 나올 그런 곳에다. 그 소릴 듣고 나니까, 가만히 앉아서 죽을 수는 없겠더라고."

"⋯⋯."

"알고 보니까 그 새끼는 사람이 아니더라고. 지 여동생도 지 뒤를 봐주는 양아치 건달패 두목인지한테 바쳤어. 결국 그 여동생도 술집에 팔아버렸다더라고. 지 여동생을 팔아먹는 인간이, 그게 인간이야? ⋯ 그것뿐이믄 말도 안 해. 돈 때문에 지 마누라도 팔아먹은 인간이야. 결국 못 참고 목을 매 죽고 말았지만."

"……."

"그 새끼들이 낄낄대면서 나보고 그러데. 바보 같은 년아, 그런 새끼 말을 믿었냐? 딸년이 쪼매 더 커믄 딸년까지 팔아묵을 새끼라고, 돈만 된다믄 늙은 에미까지 눈 하나 안 깜짝이고 팔 새끼라고."

필터가 타들어가기 시작했다. 영우는 엄지의 손에서 담배를 빼내어 껐다. 그리고 다시 새 담배를 꺼내 불을 붙여 건네주었다. 담배를 빨아들일 때마다 얼굴의 멍 자국이 두드러졌다. 영우는 떨고 있는 엄지의 어깨를 잡아 가만히 제 쪽으로 끌었다. 엄지도 영우의 어깨에 기대며 한숨을 포옥 쉬었다.

"고마워, 오빠. 그리고…, 미안해."

"괜찮아, 니가 미안해 할 필요 없다니까."

"그래도…."

엄지의 떨림이 조금은 진정되어 갔다.

"넌 이제 어떡할 거야?"

"그 새끼를 죽여버릴 거야. 세상 끝까지라도 찾아가서 내 손으로 꼭 죽여버리고 말 거야."

"……."

"오빠는 어쩔 거야? 그 새끼가 분명히 언닐 어디 팔아먹었을 거야."

"글쎄…. 어째야 될지 … 어디에 있는지도 모르겠고 …."

상처가 아파와 영우는 얼굴을 찌푸렸다. 엄지가 팔을 벌려 영우의 머리를 감싸 안았다. 부드러운 젖무덤과 살냄새가 통증을 한껏 완화시켜 주었다. 엄지는 영우의 머리를 쓰다듬으며 이마에 입을 맞추었다. 곧 영우는 다시 까무룩 잠이 들었다.

다시 눈을 떴을 때 엄지는 없었다. 상처와 아픔은 그대로 남아있었다.

또 이레가 지났다. 순옥도, 두찬도 나타나지 않았다. 엄지도 돌아오지 않았다.

그사이 상처는 덧나서 고름이 생겼다. 그래도 영우는 승합차 밖으로 나가지 않았다. 트럭에 있던 사과나 배 같은 것만 하나씩 가져다 먹었다. 고름이 나고 벌레가 생겨도 상처가 오래되니까 그것마저 제 일부인 것처럼 익숙해졌다.

장사는 여전히 잘되었다. 가만히 있어도 다들 제 발로 찾아와 돈을 놓고 물건을 가져갔다. 얼마 가지 않아 더 이상 팔 물건이 많이 남아 있지 않게 되었다. 하지만 어디에 연락을 해야 하는지도 몰랐고 그럴 필요도 별로 느끼지 못하였다. 있으면 팔고 없으면 안 팔았다.

해가 뜨면 일어났다 해가 지면 잠을 잤다. 그러다가 낮에도 손님이 없으면 까무룩 잠이 들었다가 손님이 오면 일어났다. 여전히 바깥에서는 해가 뜨면 국도 2호선을 통해 도시를 빠져나갔다가 해가 지면 들어오는 일상사가 계속되었지만 그와는 상관이 없었다. 눈을 뜨면 비어가는 승합차가 있었고, 눈을 감으면 그를 찾는 소리가 들려왔다. 어이, 참기름 부부 왔어? 이거 한번 해보라니까, 대박이야 대박. 미친 새끼야, 자동차용품 옆에 곰인형을 세워놓으면 그게 어울리니? 그렇게 해서 팔리겠냐고. 그래, 아빠도 우리 딸 사랑해. 두찬의 목소리는 이내 순옥의 가는 목소리에 묻힌다. 난 저 쥐처럼 생긴데다가 코털이 삐져나온 녀석이 싫어. 하이고, 꼴에 그래도 아빠라고 즈그 딸내미는 엔간히도 챙기네. 우리 아들도 꼭 저만 할 텐데…. 엄마 없이 잘 크고 있는지…, 엄마가 보고 싶어 찾지는 않는지…. 순옥의 목소리는 늪처럼 착 가라앉는다. 곧 스쿠터 소리가 들리고 비틀거리는 발걸음 소리도 들려왔다. 오빠, 니도 두찬이 그 새끼랑 한패제? 그 쥐새끼 같은 새끼가 돈 많이 벌게 해준다고 했는데, 나를 팔아버렸어. 지 여동생도, 지 마누라도 팔아먹었어. … 일주일 넘게 그 새끼들한테 얻어맞고 강제로 당했어. 칼 맞은 데 아프지, 응? 그런 소리들을 듣다가 영우는 까무룩 정신을 잃곤 했다. 고마워 오빠, 그리고 미안해.

달맞이꽃

그때 나는 무언가 찾고 있었다. 날씨는 무척 더워서 어딜 다니는 것이 고통에 가까웠지만 찾아내는 것이 더 급선무였다. 누구 말마따나 그것이 고래였는지도 모르겠다.

나는 갓 열아홉에 대학 1학년이었으므로 거의 제정신이 아니었다. 역사와 전통을 자랑하던 고등학교에서 새벽부터 밤 열한 시까지 삼 년간의 수감생활을 아무런 말썽 없이 끝낸 것은 기적에 가까운 일이었다. 두부를 먹고 때를 벗겨내는 것이 무엇보다 중요했다.

수감생활이 끝나자마자 무얼 찾아야겠다고 생각했던 것은 아니었다. 교도소 문을 나서는 수감자들이 으레 푸른 하늘을 올려다보며 양미간을 찌푸리듯이, 갑자기 찾아온 자유에 어지럼증을 느끼며 지향 없이 주위를 두리번거렸다.

대학 입학 때까지 2본 동시상영관에 틀어박혀 영화를 보면서 수음을 했고, 당구를 쳤고, 온갖 술을 마셔댔다. 하루 종일 음악다방에 죽치고 앉아 몇 번씩 반복되는 팝송을 듣고, 심야다방에서 쌕쌕이(포르노비디오)를 보다가 또 수음을 했다.

돈이 떨어지면 돌아가면서 자기 집에 친구들을 데리고 들어가 집을 털었다. 주목적은 돈이었지만 돼지저금통마저 없으면 술, 담배, 돈이 될 만한 물건, 그마저도 없으면 밥이라도 축내고 나와야 했다.

입학식이 있던 날도 그랬다. 밤새 화질 나쁜 포르노를 보느라 벌게진 눈을 비비며 심야다방에서 밀려난 우리는 역 앞에서 술에 엉망으로 취한 늙은 창녀를 만났다. 얼추 마흔 다 되어 보이던 창녀는 입술을 기묘하게 일그러뜨리며 누구에겐지 모를 욕을 퍼부었고 우리는 그녀를 신기하게 바라보았다. 그리고는 돌아가면서 가슴과 성기를 만지게 해주었기 때문에 우리는 입학선물로 그녀의 점액을 묻힌 채 대학입학식에 갔다.

그렇게 우리의 출옥 축제는 간소하게 끝나버렸다. 그러나 두어 달간의 자유를 만끽했다는 따위의 느낌은 어디에도 남아있지 않았고, 달려가야 할 골인지점도 발견하지 못하였다.

대학에 들어가기도 전에 대학은 우리에게 시시한 것이었으므로 무료한 나날은 계속되었다. 역사와 전통을 자랑하던 고등학교를 혐오했으나 그것마저 없는 대학도 신통치 않았다. 아이러니한 소외의 연쇄작용! 동급생들은 초등학교 줄반장 후보로 나온 코흘리개로 보였고 여학생들은 소풍 나온 유치원생 정도였다. 교수들은 우스꽝스러웠고 문학회 선배들은 닭대가리 같았다. 칠판에 그려진 모든 것들을 필사적으로 베껴 쓰고, 그 노트를 또 필사적으로 손에 넣어 복사해서는 달달 외는 새장 속의 앵무새들, 그런 꼬락서니를 내려다보며 십 년은 족히 되어 보이는 강의안을 들고 몇 년째 똑같은 시험문제를 내는 맥빠진 교수들, 도대체 흥미를 느낄 만한 것은 그 어디에도 없었다.

나와 비슷한 증세를 보이는 녀석들이 문학동아리에 두서넛 더 있었으므로 우리는 시선(詩仙)과 시성(詩聖), 시불(詩佛)과 시귀(詩鬼) 자리를 각기 나누어 가지기로 하였다. 시선은 이백(李白)을 따른답시고 깍두기에 막걸리잔 기울이기를 전공으로 삼는가 싶더니 어느새 부전공으로 격하시키고, 생물학과 여학생 꼬시기를 전공으로 삼아버려 우리의 비난을 샀다. 두보(杜甫)의 고난과 참모습을 알지 못하는 채로 최루탄과 페퍼포그의 폭발음만 내면 시성이겠거니 했던 나의 치기는 항상 알지 못할 열기에 들떠있었다. 조용하고 담백했던 시불이 왕유(王維)의 예술과는 무관하게 몇 학기 뒤 홀연 출가해 조산(曹山)이라는 법명을 쓰며 우리에게 술을 사달라 요구하게 되리라고 예상했던 이는 아무도 없었다. 시귀는 토론도 아니고 논쟁도 아닌 궤변을 앞세운 말꼬리 잡기로 상대를 지쳐 쓰러지게 하는 작전을 아주 잘 구사할 줄 알았다. 당나라 시인 이하(李賀)의 천재성과는 애초에 거리가 있었던 셈이었다.

이렇게 나누어 놓기는 했어도 우리는 항용 넷이 아니더라도 두엇이 어슬렁거리면서 피우고, 마시고, 말하고, 토하고, 비틀거리기를 함께 했기 때문에 공통분모가 많았다. 동시에 유치한 이유로 동급생들과 주먹다짐하는 일도 잦았고 닭대가리 선배들로부터 버릇없음에 대한 대가를 치르기도 하였다. 모든 것이 둘로 나뉘어져 순응이 아니면 저항, 수세가 아니면 공세적일 수밖에 없었다.

지치기는 했지만 내 머리는 아직 판단력을 가지고 있었다. 아니, 판단력 이전에 내 몸이 반사적으로 공격적 태세를 취하고 있었다. 하기야 그런 것조차 어떤 선배에게는 귀엽게 보인 모양이었다.

동동주를 한잔하고 문학동아리 모임에 참석한 날이었다. 유일하게 4학년 여자 선배의 시 한 편이 나왔다. 김진숙이라는 평범한 이름을 가졌지만 겉모습을 산뜻하고 맵시있게 꾸밀 줄 알아 꽤 인기가 있던 선배였다. 그러나 저항군이나 아웃사이더는 그럴수록 신나게 맹공을 퍼붓는 법이어서, 그때 내 입은 매우 신랄하고 거칠었다. 으레 글쟁이는 본때있게 깔 줄도 알아야 한다고 생각했으니까.

합평회를 마친 후 몰려간 고갈비집에서 진숙은 평소와 다르게 술을 많이 마셨다. 비좁은 화장실에 가서 소변을 보는데 불쑥 그녀가 들어왔다.

"야, 임마. 니가 그렇게 잘났냐?"

"내가 잘난 게 아니라 선배가 쓴 시가 …."

엉거주춤 바지를 올리는데 그녀가 내 입을 막았다. 입 속으로는 그녀의 능숙한 혀가 무가내로 짓쳐들어왔고, 코로는 오래 곰삭은 대소변과 담배냄새가 대량 유입되어 희한한 느낌을 주었다. 그녀의 혀는 오래 머물다 빠져나갔다.

"너, 성준 형이 알면 죽는다는 거 알지?"

알다 뿐이겠는가. 나 같아도, 시쳇말로 뼈도 못 추리게 했겠지. 성준은 선배이자, 그녀와 '캠퍼스커플' 사이였다.

"나중에 남아있어, 임마."

그러나 한편으로는 상대를 굴복시킨다는 우월감 내지는 2년 이상 연애해온 그들 사이를 갈라놓는다는 파괴욕이 나를 흥분시키고 구미를 당기게 했다. 그런 야릇한 욕망과 긴장은 혼돈상태를 잠시나마 잊게 해주었다. '전방에서 땅개로 구르고 기면서 좆뺑이치다가 제대해 복학했다'는 성준 선배가 알게 되었어도 마찬가지였을 것이다.

어쨌든 그녀는 내게 많은 것을 주었다. 매우 익숙한 솜씨로 내가 쌕쌕이를 보면서 미처 알지 못했던 것들을 체득할 수 있게 해주었고, 참을 수 없는 일상의 가벼움과 참아야 하는 일상의 무거움에 대해 일깨워주었다. 아마도 그녀가 아니었다면 그 모든 것으로부터 나는 일찌감치 내팽개쳐졌을 것이다.

그렇게 순탄하지 않았던 한 학기가 그냥 흘렀고, 나와 시불은 권총을 찼다. 출소 직후 술과 담배, 당구장과 쌕쌕이가 자유라는 가면을 쓴 채 시끄럽게 내 주위를 맴돌았듯이, 대학 첫 학기도 혼란스러움 속에서 순식간에 나를 스쳐 지나갔다.

　방학이 되자 갑자기 고요가 찾아왔다. 낯설고 불안했다. '빵구'가 뻥뻥 난 성적을 부모님이 알게 될까봐 드는, 그런 불안은 아니었다. 한낮의 폭염처럼 건드리면 폭발해버릴 것만 같아서 스스로 밤의 어둠 속으로 숨어들었다. 머리도, 심장도, 고환마저 터져버리는 걸 막을 방법은 그것밖에 없어 보였다.

　밤새 쌕쌕이를 보던 녀석들도, 폼잡고 담배를 물며 당구공을 꼬나보던 녀석들도, 설익은 시론과 문예사조를 읊어대던 녀석들도 모두 어디론가 사라져버리고 없었다. 게다가 진숙도 무슨 방송국의 구성작가로 취직해서 방학하기도 전에 떠나버린 터였다. 이상했던 것은, 그토록 서로를 탐했지만 그녀가 돌아보지 않고 가버린 것처럼 나 역시 미련이 남지 않았다는 거였다. 물론 성준 선배와의 연애도 끝나고 말았다.

　"나의 피도 그 격렬한 흐름 속에서, 결코 천한 사랑으로 역류하거나 되돌지 않을 것이다."

　그녀에 대한 기억은 〈오델로〉의 대사로 막을 내렸다.

　느닷없이 찾아온 그 모든 공백을 메우기 위해 밤새 읽고 끼적이고 한편으로 혼자 배회하다 갓밝이가 터오면 비로소 몸을 뉘었다. 정오가 가까워서야 일어나 아점 ―'아'침 겸 '점'심을 가리키는 두음합성어인 셈이다― 을 먹고 집을 나섰다. 청자 한 갑을 사서 학교 도서관까지 걸어갔다. 느티나무 아래 벤치에 앉아 느긋하게 담배 한 개비를 피우고 열람실에 들어갔다. 영자신문 사설을 훑어보고 두 개의 조간을 본 뒤, 서가로 갔다. 들고 간 책 반납과 책 고르기, 대출은 대략 한 시간 안에 해치웠다. 다시 느티나무 아래의 담배를 즐기기 위해.

　맑스에게 포섭되어 입문하기 전이었고 귓등으로 들은 실존주의니 정신분석학, 구조주의 따위를 맴돌고 있었으므로 체계가 없었다. 사르트

르를 읽었고 카뮈, 카프카, 미셸 투르니에, 볼프강 보르헤르트, 빅터 프랭클도 있었다. 이영희, 이기문, 전상국, 황석영, 이문열, 조세희, 박상륭 등 들쭉날쭉 손에 잡히는 대로 읽었다. 전쟁백서, 범죄백서, 자살백서 따위에 재미를 붙이기도 했다. 부조리한 세상에서 내가 가는 길은 온통 지옥으로 변하고 일찍 요절하는 것이 최선이라고 생각했다. "개인의 방향감각 상실이 아노미적 자살을 불러올 수 있다"고 한 뒤르켐은 마치 내 생각에 정당성을 부여해주는 듯했다.

빌린 책을 들고 오후 내내 걸었다. 시내를 걷고, 공단 주변을 맴돌며 걷고, 변두리 달동네를 걸었다. 시장바닥을 헤집듯 걷고, 초등학교에 들어가 걷고, 공원을 걷고, 사람들 구경을 하며 걷고, 간판을 보며 걷고, 땅만 보며 걷기도 했다. 데이트하는 연인을 따라 걷기도 하고, 탁발승을 따라 걷기도 하고, 껌을 파는 소아마비 아이를 따라 걷기도 하고, 외판원을 따라 걷기도 했다. 그리고 식구들과 마주치지 않을 무렵 집에 들어갔다. 그렇게 나는 선뜻 어디 빠져들지 못하고 외곽만 빙빙 돌고 있었던 것이다.

방학이 거의 끝나가고 있었다. 그날 밤새 삼사십 매의 원고를 써서 단편소설을 완성한 뒤 나는 어쩔 줄 모르고 있었다. 얼토당토않은 내용이었지만 이야기를 다 했는데도 무언가 가슴속에 가득 남아 답답해 죽을 지경이었다. 스스로에 대한 대견함에 우쭐해지는 한편으로 소리 없이 다가오는 헛헛증. 그게 무엇인지 생각해보면 도무지 무언지 알 수 없는, 그런 때가 있지 않은가. 목적을 눈앞에 두었을 때의 충실감은 어느새 날아가 버리고, 전부를 잃어버린 듯한 비애감만이 엄습해왔다. 원고지를 앞에 두고 수음을 한 뒤에도 가시지 않는 느낌 때문에 나는 허둥지둥 집을 나섰다.

알 수 없는 열기에 들떠 어딘지 의식하지 못한 채 한참을 걸었다. 마침내 정신을 차리고 눈을 들었을 때, 법원 앞 강둑에 앉아있었다. 그곳에는 달맞이꽃이 가득 피어 있었다. 아직 해가 뜨려면 멀었으므로 달맞이꽃은 그때가 절정인 셈이었다. 거의 일 킬로미터 가까이 노랗게 피어 있는 꽃무리가 갑자기 내 가슴으로 들어왔다. 자유로운 마음, 말 없는 사랑이 그 노란 꽃의 꽃말이다. 인디언 처녀로부터 유래된 것이었다.

한 청년과 사랑에 빠진 인디언 처녀가 있었다. 그런데 이듬해 마을 축제에서 그 청년이 다른 처녀를 선택하자 절망한다. 게다가 다른 청년이 그녀를 신부로 선택하자 이를 거부하고 만다. 신랑을 거절하는 처녀는 전통에 따라 귀신의 골짜기로 추방을 당하는데, 그녀는 그곳에서 사랑했던 사람을 일 년 동안 기다리다 죽는다. 뒤에 사랑했던 청년이 골짜기로 그녀를 찾아오지만, 희미한 달빛 아래 꽃 한 송이만이 남아 있었다. 남자에게 여자를 고를 수 있는 선택권이 있었고 여자는 그것을 거부할 수 없었던 것이다.

피식, 헛웃음이 나왔다. 여고생처럼 그런 꽃말이나 기억해두고 있다니. 봄날 개나리꽃 이상으로 흔하디흔해 빠진 꽃을 보고 문득 반가워했던 자신이 흔해 빠진 조롱의 대상이 되어버린 느낌. 그러면서도 규율과 관습에 자유를 박탈당한 처녀에게 다가서는 나를 발견할 수 있었다.

'(마음속에 영혼이 있다) 영혼은 모순으로 가득 차 있다. 인간의 마음은 그 속에 모순이 존재하는 것을 싫어하므로 영혼이 모순을 떠맡게 되는 것이다.' 제목이 떠오르지 않는 한 심리학자의 책에 나온 말이다. 그때 달맞이 꽃무리 속에서 내 영혼은 나만한 덩치의 흔해 빠진 모순을 어깨에 메고 끙끙거리고 있었던 것이다.

　담배에 불을 붙였다. 영혼의 짐을 연기로 가벼이 날려 보내려는 의도가 있었던 것은 아니다. 그러고 싶었지만 그럴 수 있는 화물이 아니었으므로. 그때 연기 사이로 노랑나비 한 마리가 날아들었다. 꽃무리 사이에 품종 개량된 아주 큰 꽃이 몸을 흔들고 있었다. 아니, 이 도시를 둘로 가르며 흐르는 강이 물안개를 한껏 피워 올렸는데, 그 때문에 몸을 흔드는 것이 나비인지 품종 개량된 꽃인지 확실히 구별할 수 없게 했다.

　그렇게 그녀와의 만남은 몽롱한 가운데 이루어졌다. 내 의식도, 그날 새벽 날씨도, 어쩌면 그녀의 기분까지도 몽롱한 상태였을 것이다. 그녀는 저만치서 무심하게 흔들리듯 걸어오더니, 나를 발견하고는 별로 주저함 없이 다가왔다. 그리고는 내 옆에 나와 비슷한 자세로 앉았다.

　"담배 한 대 줄래?"

　대개 처음 보는 사람에게 담배가 아니라 담뱃불만 빌리는 것이라도 "저 …, 실례지만"이란 말을 관용구처럼 붙인다. 전혀 주저하는 마음이 없더라도 그러는 것을 상대에 대한 예의로 알고 있는 것이다. 그녀는 그런 것을 무시하고 게다가 반말로 맡겨놓은 물건 되돌려 달라듯 말했다.

　"독할 텐데, … 괜찮겠어?"

　그러나 나는 피곤하고 혼란스러운 상태였고 이런저런 것을 따지고 싶은 마음이 없었다. 담배부터 내밀고 한마디 건넸을 때, 이미 그녀는 불을 붙여 깊게 한 모금 빨아들인 뒤 담배연기를 길게 내뿜고 있었다. 나는 괜히 머쓱해져서 거의 다 타버린 담배를 짧게 빼끔거렸다.

　"급했구나."

　그녀는 살풋 미소를 지어보였다.

"일어났는데 담배 생각이 나지 뭐야. 근데 아무리 찾아봐도 있어야 말이지. 없으면 더 피우고 싶어지는 거, 알지?"

자신의 말을 증명이라도 하려는 듯 다시 한번 담배를 물었다. 얼마나 깊게 빨아들였는지 한 번에 일 센티미터 정도가 타들어갔는데, 난 그 한 번의 흡입으로 필터까지 다 타버릴 것 같은 느낌마저 들 정도였다.

"우리 아빠가 보통이 아니거든. 계집애들이 술, 담배가 뭐야, 혹여 그러려거든 대학이고 뭐고 간에 당장 그만 둬라, 그러실 정도지. 흔적 남기지 않으려고 꽁초까지 말끔히 처리해버렸으니 있을 턱도 없고. 그래서 그냥 나왔지 뭐."

시원시원한 성격이 말투에 그대로 묻어 나왔다. 가까이서 본 모습에서도 다소 넓은 이마와 긴 생머리, 오래 입어 늘어난 티셔츠 때문에 드러난 목이 시원한 느낌을 주었다. 하지만 다른 한편으로는 쉽고 가벼워 보인다는 생각도 들게 했다. 밝은 노란색 티셔츠와 오렌지색 치마바지의 색깔 때문이었을까, 티셔츠 목 부분이 너무 많이 늘어나 지나치게 많이 노출이 되어서였을까, 아니면 미니까지는 아니었지만 앉은 자세와 보는 방향에 따라서는 팬티도 들여다볼 수 있을 것처럼 짧고 풍덩한 치마바지 때문이었을까. 어쩌면 반짝반짝 빛나는 눈동자에 총기를 담고 고집스럽게 다문 입술이 냉철한 이성을 드러내 보이고 있는 듯했지만, 저 자신도 모르게 나타나는 색기 때문이었을 것이다. 눈 아래 깔린 보라색의 그늘과 이따금 미소짓는 입술은 흡사 영화관에서 스크린을 응시하고 있을 때 갑작스레 클로즈업 되면서 풀숏으로 나를 끌어당기는 듯한 느낌을 주었다.

그럼에도 불구하고 그녀는 쉽게 범접키 어려운 고고함과 도도함도 지니고 있음이 분명했다. 진숙에게서는 찾아볼 수 없는 무언가가 있었다. 스스로의 세계에 빠져든 동안에는 일체의 틈입과 평가를 거부하는 몸짓과 오연한 눈빛으로 무장했다. 그녀는 담배를 태우면서 그 독기가 온몸을 찌르고 혹은 간질이는 느낌을 탐닉했다. 그 기운이 폐부 깊숙한 곳에서 출발해 뼈와 살과 피의 틈서리를 잘 파고들어, 마침내 머리끝에서 발끝까지의 모든 땀샘으로 잘 빠져나올 수 있게 온몸을 열어젖히는 것에 집중했다.

나는 그렇게 담배를 열심히 피우는 사람을 본 적이 없었다. 그때 우리 대부분은 고등학교 출옥의 들뜬 기분에 뻐끔거렸고, 겉멋이 들어 검지와 중지 혹은 엄지와 검지 중 어떻게 잡아야 더 폼나게 보이는지 비교하고 연기를 내뿜을 때 턱을 약간 들어 눈을 가늘게 뜨는 연습도 했다. 처음으로 그녀에게서 담배에 열중하고 자신에 빠져드는 방법을 배운 것이었다.

"뭘 그렇게 빤히 쳐다보니?"

입을 삐죽이며 준 그녀의 핀잔마저도 발랄했다.

"네가 피우는 담배가 더 맛있어 보여서."

"그래? 하긴, 넌 담배를 피우는 건지 몰라도 난 지금 자유를 빨아들이는 중이니까…."

내심 또 한번의 핀잔을 기대했던 나에게 그녀의 대답은 의외였다. 자유를 받아들이는 중이라? 그거 괜찮네.

"내 자유는 아직 미완이거든."

"미완의 자유? 그건 어떻게 완성되는데?"

그녀는 필터만 남은 담배를 돌멩이에 비벼 껐다.

"혁명적으로."

"혁명적으로?"

그 말을 할 때 그녀는 매우 조숙해 보였다. 적어도 나보다 두어 살 위인 것 같아 보였지만 굳이 그런 것을 물어보고 싶지는 않았다.

"재미없는 이야기 그만하고, 커피 마시러 가자."

자신의 몸에서 빠져나온 담배연기가 물안개와 몸을 섞는 걸 확인한 그녀는 팔짱을 걸어왔다. 우리는 미팅을 한 사이가 아니었으므로 이름이나 취미, 좋아하는 음악 따위를 묻지 않았고 하고 싶은 걸 했다. 어쩌면 더 친한 사이거나 아주 깊은 사인지도 모른다는 생각이 들기도 했다. 우리는 자유로운 마음을 가르고 말없는 사랑에 맺힌 이슬을 털며 둑길을 걸었다.

"자판기 말고. 커피 맛이 좋은 델 알고 있거든. 거기로 가자."

그녀가 손을 잡아끌었다.

"이 시간에 문 연 데가 있냐?"

그녀가 더 세게 잡아끌었다.

"문 안 열었으면 어때? 우리가 열면 되지."

나는 이제 막 어두운 골방에서 나온 터라 다시 어두운 곳에 들어가기 싫었다. 커피 맛이 아무리 좋아도 달맞이꽃과 물안개 오르는 둑길만 하겠느냐는 생각이 들었다. 마음의 큰 가지는 그랬지만 다른 가지로는 엉뚱한 생각들이 불쑥불쑥 떠올라 한판 전쟁을 벌이고 있었다. 여자는 정신적인 사랑을 꿈꾸고 남자는 포르노를 꿈꾼다고 했던가. 아마도 마음이 아니라 영혼의 문제일 것이다. 그곳 강둑은 안온한 경치와 새벽 산책로로 이름나 있었지만 밤이 되면 정반대의 일들이 자주 일어나 뉴스에 오르내리곤 했다. 얼마 전에도 애정행각을 벌이던 남녀와 지나가던 사내들 사이에 시비가 일어 칼부림까지 난 적이 있다는 소식을 들었던 터였다. 이럴 때 사내들이란 겉으로는 "쯧쯧 다른 데 다 놔

두고 그런 곳에서 재미보려고 하다니. 당해도 싸다 싸" 하면서도 한편
으로는 그 사내처럼 달맞이꽃 속에서 여자를 안았을 때의 전율을 상상
하고 꿈꾸기도 한다. 내 마음이 두 갈래 길을 만난 지점이고, 나는 달
맞이꽃 사이에 더 머물고 싶었던 것이다. 질 나쁜 포르노 비디오에서
보았던 장면들, 조명을 밝히고 섹스하기를 고집하던 진숙과 뒹굴던 장
면들이 나와 그녀의 얼굴로 바뀌어 카메라 플래시 터지듯 무의식의 뒤
터로 흘러갔다. 순간, 나는 그녀에게 죄를 지은 기분이 되어 순순히 그
녀를 따라 일어설 수밖에 없었다.

"야, 기분 좋다아."

그녀가 숨을 크게 들이쉬었다.

"담배도 맛있게 피우고, 친구도 생기고."

그녀가 다시 내 팔을 잡아끌었을 때 나는 당황해서 갑자기 멈추어
서고 말았다. 그녀의 가슴이 팔꿈치 위쪽에 닿는 느낌이 들었기 때문
이다. 아주 부드러우면서 탄력적이었는데, 그때까지 그 어디에서도 체
험해보지 못했던 것이었다. 초등학교 때 가슴이 나오기 시작한 여자애
들이 갓 착용하던 브래지어 끈을 뒤에서 잡아당겼다가 놓는 장난을 치
다 우연히 스쳤던 그 가슴과는 확연히 달랐다. 또 흘낏 본 젖을 물리는
이웃집 새댁의 가슴이나 포르노 여배우들의 희거나 까만 가슴, 손가락
으로 젖꼭지 만지작거리는 걸 좋아했던 진숙의 작고 아담한 가슴과도
전혀 다른 느낌이었다. 게다가 그녀는 브래지어를 착용하지 않은 것이
확실했다. 브래지어의 소재가 주는 제법 두꺼운 그런 두께가 느껴지지
않았다. 기껏 면 소재 티셔츠 한 장만이 그녀와 나 사이에 있었던 것인
데, 실제 그 느낌은 그냥 맨살에 닿은 듯한 느낌이었다. 오소소 소름이
돋고 동시에 식은땀이 흘렀다. 흘낏 보았을 때 얇은 티셔츠 위로 가슴

의 정점이 확연히 드러나 있었다.

"왜 그래?"

그녀가 내 쪽으로 몸을 더 기울이며 물었다.

"아, 아니야. 가자."

그녀를 무안하게 만들 수는 없었다. 그 느낌을 놓치고 싶지 않았다는 것이 더 정확한 이유라 하더라도 그런 걸 말할 수는 없었다.

함께 걸어도 보조를 똑같이 맞추기는 어렵다. 맞는 것 같다가도 어느 순간 엇박자가 생기면서 조금씩 사이가 벌어지게 마련이다. 그러나 너무 정확하게 보조를 맞추려고 억지를 부리다가는 오히려 더 어색해져서 민망해지게 된다. 이혼하는 부부처럼 성격차이가 너무 크게 나도 문제지만 틀에 박은 듯 같은 것도 불행이다.

그녀는 천천히 걸었고 내가 그 속도에 맞추려고 했지만 차이가 나는 것은 어쩔 수 없었다. 그러는 동안 그녀의 가슴이 팔꿈치 위를 일 센티 안팎으로 오르내렸다. 보조를 맞추며 걷던 걸음이 엇갈릴 때는 더욱 깊게 부딪쳐왔다. 그것은 나에게 두 가지의 상반된 감정을 증폭시켰는데, 희열과 고통이었다. 다리를 건너는 동안 강물의 흐름이 미세한 공기의 흐름을 유도하면서 기분 좋게 샤워하는 기분을 느끼게 해주었다. 옆에서는 화장기 하나 없이 인공의 향기를 전혀 보태지 않은 머리카락 냄새와 따스한 살냄새가 전해져왔다. 간혹 조깅을 하는 사람들이 땀냄새를 더해주기도 해 가벼운 흥분을 돋워주었다. 여기에 더해 나는 계속 그녀의 가슴을 애무하는 형국이었으므로 도연명의 도원이 부러울 리 없었다. 한순간 내 팔꿈치에서 손가락이 하나둘씩 새로 돋아나는 듯한 느낌마저 들었다.

그러는 동안 내 성기는 하릴없이 먼 데 전언만으로 점점 딱딱해지고 있었다. 이 녀석은 평소 주기로 보아 그때가 마침 그럴 시간도 되었거니와 맞춤한 자극제까지 나타났으니 호재를 만난 터였다. 하지만 그 상황은 나에게 고통이기도 했는데, 이를테면 피는 펄펄 끓는데 더 이상 어떻게 할 수 있는 게 없었던 것이다. 머리로는 온갖 포르노 장면이 상영되고 귀로는 뒤엉킨 남녀의 교성이 환청처럼 들려오는데 나는 아무것도 할 수 없었다. 아무리 담배를 빌미로 접근한 것도 그녀고, 덥석 팔짱을 낀 것도 그녀이며, 이른 아침에 커피를 마시자고 동행을 요구한 것도 그녀이기는 하지만 처음 만난 순간 거의 마지막 단계로 순간이동할 수는 없었다. 나를 비롯한 우리 세대 대다수가 성교육 한 번 받은 적 없고 돌려본 플레이보이 잡지와 포르노 비디오에만 의존한 결과였다. 도대체 그런 상황에서 어떤 말을 해야 하고 어떤 행동을 취해야 할지 짐작조차 할 수 없었다. 심야다방에서처럼 조용히 화장실로 가 혼자 처리할 수도 없었고, 친구들과 몰려다니던 때처럼 아무 이유 없이 빽 소리를 지를 수도 없었다. 진숙도 그럴 때의 행동요령에 대해 알려주지는 않았다. 그 모든 상황이 그대로 나에게 고통이 되어버렸다.

겨우 십 미터가량을 걷는 동안 너무나 많은 생각이 들었고 너무나 많은 시간이 흐른 것 같았다. 결국 나는 할 수 있는 일 한 가지를 찾아냈다. 담배를 피워 문 것이었다. 그녀에게 붙잡힌 오른팔은 그대로 두었다. 왼손으로 담배를 꺼내 왼손으로 일회용 라이터를 켜고 왼손으로 피웠다. 일시에 고통이 사라지듯 개운했다. 할 수 없었던 모든 것을 담배연기에 섞어 날려버릴 수 있었던 것이다.

"후후, 너 되게 심각해 보인다."

물고 있는 담배를 그녀가 가져가 빨았다.

"담배 줘?"

다시 담배를 나에게 내밀었다.

"아니, 됐어. 네가 피는 게 멋있어 보여서 그래봤어."

갑자기 그녀가 참새처럼 다리 난간으로 뛰어갔다. 그리곤 흥분한 듯 강을 가리키며 손짓했다.

"봤어? 방금 물고기가 위로 뛰어올랐어."

"응, 그랬어?"

그다지 흥미를 끄는 일은 아니었지만 가슴을 내맡겨준 것에 대해 보답이라도 하듯 나란히 섰다.

"배고픈가? 우리한테 뭐 먹을 거 달라고 그런 게 아닐까? 별로 줄 건 없고 이거나 먹어라."

거의 다 탄 담배를 던져주었다. 그녀는 "야아…" 가볍게 책망하며 내 어깨를 쳤다. 그리고 난간에 팔꿈치를 댄 채 턱을 괴었다.

"그런 이유 때문은 아니야. 그런 궁상맞은 이유라면 머리만 물 밖으로 삐죽 내밀고 두리번거렸겠지. 하지만 그 녀석은 힘차게 솟구쳐 올랐단 말이야. 적어도 삼십 센티 이상은 뛰어올랐을 거야."

그녀는 꿈을 꾸듯, 혹은 무대에 선 배우가 독백하는 듯한 표정이 되었다.

"아마 물속에서 얼핏얼핏 비치는 물 밖의 하늘이며 구름, 산, 나무, 새 따위를 보았을 거야. 그리곤 이렇게 생각했겠지. 와, 저것들은 다 뭘까? 물속에서는 보지 못한 것들이 너무나 많구나. 저 바깥세상에는 누가 어떤 모습으로 어떻게 살아갈까? 정말 한번 가보고 싶어. 그래서 다른 물고기들의 만류에도 불구하고 모험을 감행해보는 거야. 갈매기 조나단처럼, 막내 인어공주처럼. 느껴지지 않니? 물고기의 저 활기가. 아마 금방 다시 뛰어오를 거야."

그러나 그녀의 말은 내게 너무 멀리서 아득하게 들려왔다. 가슴의 감촉에 비해서. 그녀가 다시 걷게 하는 방법으로 그녀의 말에 맞장구를 쳐주는 것이 좋을까, 무시하고 빨리 커피 마시러 가자고 하는 게 좋을까, 아니면 우리도 모험을 감행하러 떠나자고 하는 건 어떨까.

"우와, 또 뛰어올랐어. 봤지, 응?"

곧 그녀가 다시 팔짱을 끼었고 나는 더 이상 고심하지 않아도 되었다. 나는 느긋하게 산책을 즐기는 기분이 되었고 그녀는 물고기에 대해 이것저것 얘기했다.

"이 강에 몇 종류의 물고기가 사는지 아니? 아주 많아, 아니 그렇대. 자갈이나 바위 틈서리에 숨어다니는 피라미, 생명력이 강한 붕어, 숭어와 비슷하게 생겼지만 가시가 많은 눈치, 이마가 유난히 넓고 편평한 게 히히…, 너만큼이나 못생긴 메기, 모래 속에 집을 짓고 사는 모래무지, 몸통이 납작하면서 넓고 짧은 꺽더구, 돼지고기처럼 맛있다고 해서 물속의 돼지라고 불리는 쏘가리, 개구리를 잡아먹고 사는 가물치, 입수염이 멋있는 잉어와 진흙을 먹고 사는 숭어도 있고, 버들치, 몰개, 납자루, 망태, 빼가사리, 또 새까만 피부에 날씬하지만 가슴지느러미에 독가시를 가진 탱가리 같은 물고기도 있어. 아니아니, 있었대."

"있었대?"

"응, 전에는 그랬었대."

그녀는 환경보호론자라도 된 듯 가볍게 한숨을 내쉬었다.

"예전에는 삼사십 종이 있었는데 지금은 이십 종도 안 된다나봐. 대부분이 보호종인데 오염 때문에 죽고, 외래종 물고기에게 먹히는 경우도 많은가봐. 여기저기서 다 들은 얘기야."

들은 얘기건 순전히 지어낸 얘기건 중요하지 않았다. 그녀의 가슴이 완전히 자리를 잡은 것 같았고, 나는 그녀를 아주 오랫동안 알고 지내온 것 같은 느낌마저 들었다. 은은한 달빛 속에 비춰진 듯한 그녀의 윤곽을 상상해냈다. 그리고 그 속에서 꿈틀거리고 있는 육체를 조금씩 조금씩 점령해가기 시작했다. 나만의 느낌은 그렇게 절정을 향해 진행되어 가고 있었다.

모르긴 해도 그녀도 나와 같은 기분일 거라고 생각했다. 겉으로는 물고기니 환경오염이니 하는 이야기를 하고 있었지만 그녀는 도무지 내 팔에서 가슴을 떼어낼 생각을 하지 않았던 것이다. 내가 무의식적으로 혹은, 약간은 의식적으로 가슴을 슬쩍 눌러도 그녀는 전혀 피할 기색을 보이지 않았다. 오히려 더 가슴을 들이밀고 있다는 느낌마저 들었으니까. 아니, 어쩌면 내가 거미여인에게 붙잡힌 작고 힘없는 벌레일지도 몰랐다. 벗어나기는커녕 꼼짝할 수도 없었기 때문이었다.

그녀가 말한 커피숍에 도착했다. 아쉬움이 남았지만, 흔히 말하듯 시간이 너무 빨리 지나가버렸다는 식은 아니었다. 단지 거리가 너무 짧았을 뿐이었다. 다리를 건너자 곧 커피숍이 나타났는데, 한두 번쯤 가보았던 곳이었다. 지하에 열 개가 채 안 되는 탁자가 사람이 지나다니기 어려울 정도로 촘촘히 배열되어 있고, 한 번씩 탁자와 의자를 몽땅 치워 한쪽에 무대 아닌 무대를 설치하고 관객을 습기찬 바닥에 주저앉혀 연극(?)을 상연하기도 했다. 주인의 후배인 듯한 대학 연극동아리에서 독일작품 위주로 공연을 하였다.

그곳에서의 일은 그다지 잘 기억나지 않는다. 잠에서 덜 깬 주인이 나왔고 그녀가 자기 손으로 셔터를 올렸다. 미안하다는 말도 없이.

"형, 어제 술 많이 마셨어?"

인사도 아닌 말을 던지고 저 먼저 들어가 주방 가까운 자리에 털썩 주저앉았다. 형이라 불린 주인도 그저 "왔냐?"는 말을 대충 흘려 말하고 당연한 것처럼 주방에 들어갔다. 자주 있어온 일이라는 듯. 하기야 아침에 눈뜨자마자 담배를 피우고 싶어 잠자던 차림 그대로 나온 그녀가, 눈뜨자마자 커피를 마시고 싶었던 날인들 없었겠는가.

주인이 커피를 끓여 내왔고 우리와 같이 그것을 마셨다. 레몬을 곁들인 에스프레소 커피였는데, 텁텁해 있던 입맛을 개운하게 해주었다. 별로 기억나는 애기를 나누지 않았고 술과 담배 애기만 조금 했던 것 같다. 그리곤 곧 헤어졌는데, 주인은 더 자야겠다고 했고 그녀는 아빠의 아침점호를 위해 집에 서둘러 들어가야 한다고 했다.

그날 이후, 나는 한 번도 그녀를 만나지 못했다. 시간이 지날수록 그녀의 체취는 더욱 선명해졌고 미완의 자유라는 단어가 자꾸만 머릿속을 맴돌았다. 여름방학이 다 가도록 매일 그 강둑으로 나가 달맞이꽃이 피었다 지는 걸 지켜보았다. 달맞이꽃 옆에서도 그 많던 이름 가운데 하나임이 분명한 물고기가 뛰어오르는 것은 보였다. 그녀는 그녀의 모험을 위해 길을 떠났을까? 새로운 하늘과 새로운 존재를 찾아 힘차게 자리를 박차고 뛰어올랐을까? 단순히 배를 불리기 위한 도약이 아닌 그 이상의 어떤 활기를 찾아서.

그러나 물 밖 삼십 센티미터 이상을 뛰어오른 물고기도 그 순간을 지나면 다시 물속으로 들어갈 수밖에 없다. 그러므로 그녀도 결국 이곳으로 돌아올 수밖에 없을 것이다. 그녀가 물고기가 아니라고 해도, 인간이란 자신이 생각하는 만큼 그다지 뛰어난 존재가 아니므로 자연의 법칙에 따라야 할 것이라고 믿었다. 그날의 일은 어디에서나 누구에게나 일어날 수 있는 너무나 평범한 일이었으므로 그녀 역시 평범한 일상으로 돌아오리라 생각했다.

한 가지, 아무리 생각해도 풀리지 않는 의문은 왜 그때 내가, 아니 그녀까지도 서로의 이름을 물어보지 않았을까 하는 점이었다. 한 달여의 새벽이 지나고 가슴은 지날수록 생생한데 모습은 점점 더 가물거렸다. 이름은 물론이고 나이나 학번, 학교, 학과, 뭐 하나 알고 있는 게 없었다.

방학이 끝나고 유일한 단서인 그 지하커피숍을 찾아갔다. 예상했던 대로 주인은 나를 알아보지 못했고, 그날 아침의 일을 이야기해도 딱히 기억나지 않는 눈치였다. 다만 내가 설명한 그녀의 말과 행동, 인상착의는 단박에 알아보았다.

"아아, 그 애. 연극공연 있을 때 오곤 했는데, 뒤풀이 때도 남아 술을 마시기도 했어. 공연 전후에 준비나 뒷정리를 도와주기도 해서 당연히 알고 있지. 그런데 나도 그 애 이름이나 학번 같은 건 몰라. 글쎄, 지금 생각해보니까 그 애가 날 찾아오기는 했지만 내가 다가갔던 적은 없었던 것 같아."

그렇게 여러 차례 만나면서 어쩌면 이름도 모를 수 있느냐고 공박할 수 없었다. 만난 횟수나 친밀도 따위가 중요한 것은 아니었다. 어쨌든 그날 새벽 이후 한두 차례 더 커피숍을 찾은 이후 발길을 끊었다는 것이다. 연극단원들과 그녀를 알 만한 사람에게 수소문해 보겠다고 했지만 얻은 정보는 아무것도 없었다. 기껏 억측과 실없는 헛소문만 낳은 꼴이 되고 말았다.

"그래, 그러고 보니 그 애 뭔가 이상한 구석이 있었어."

"나는 한 번씩 어둠 속에서 불쑥 나타나 '언니이' 하고 부를 것 같아

오싹한 느낌이 들기도 한다니까."

"겉으로는 활기차 보이면서도 어딘지 어두운 그림자를 드리우곤 했어."

"그래, 맞아. 늙은 졸부에게 팔려간 처녀 같은, 아니아니, 집안의 반대에 부딪친 로미오와 줄리엣 같은 표정이랄까."

"창백한 얼굴이 불치병에 걸린 것 같기도 했어."

아무런 도움이 되지 않았지만 얼마 안 가 그들조차 만날 수 없게 되었다. 커피숍이 문을 닫았고 그들도 뿔뿔이 흩어질 수밖에 없었기 때문이다. 그녀에 대한 이야기를 할 수 있는 기회마저 사라져버린 것이었다.

나는 조용히, 그녀를 조금 더 기다려보기로 했다. 그녀가 나를 기억하고 보고 싶어 해서 나를 찾을 것이란 기대를 한 건 아니었다. 그 후에 혼란스러움이 많이 가신 채로 시간이 조용히 흘러갔다.

나는 졸업을 하고 그곳을 떠났다. 취직을 하고, 여러 여자를 만나고, 결혼도 하고 아이도 낳았다. 그러구러 대학에 들어가던 때로부터 이십 년이 흘렀다. 하지만 그때 그 평범한 일을 잊을 만한 새로운 추억은 만들어지지 않았다.

그럼에도 나는 성실한 남편이었고 관대한 아빠였다. 물론 시나 소설을 쓰지 않은 지 오래되었고 그 때문에 밤을 새우지도 않았다. 보통의, 아주 평범한 직장인이 된 것이다. 나와 내 가족을 중심에 두고 휴가계획을 짜고, 종신보험과 교육보험 따위를 들어두었고, 자동차와 작은 집을 장만하였으며, 갈수록 커지는 욕구를 충족시키기 위해 더 열심히 일해 입사동기들보다 조금 일찍 과장으로 진급도 하였다.

모든 것은 하나하나 싸우지 않으면 얻을 수 없는 것이었다. 대부분의 것들을 쟁취하였으므로 그런대로 만족할 만한 나날이었다. 의지할 수 있는 것이라고는 나 자신 외에는 돈밖에 없다고 믿었다.

그러다가 바로 오늘 아침 남들보다 조금 빨리 이른바, 명예로운 퇴직을 당하였다. 회사 로비에 걸려 있는 게시판 앞에 오종종 모여 있던 직원들의 나를 보는 눈빛이 그 사실을 안타깝게 전해주었다.

"어떡해요, 과장니임."

여직원의 목소리가 학교 앞에 내려준 딸아이의 목소리로 들려왔다. 다른 직원의 목소리는 아내의 목소리와 겹쳐 들리기도 했다. 이상하게도 그 목소리들은 게시판에 붙어 있을 '명예퇴직자 명단'보다 더 직접적으로 자신들과 구분짓는 것처럼 들려 당혹스러웠다. 나도 모르게 뒷걸음질 쳤나보다.

"그렇다고 그냥 나가버리시면 어떡합니까. 무슨 수든 써봐야죠."

활달한 성격의 최 대리가 손을 잡아끌었다.

"강 과장님, 부장님께서 부르시는데요."

신입사원이 부르는 소리 너머로 "이봐 강 과자앙, 자초지종이나 들어봐얄 꺼 아니야." 외치는 송 부장의 목소리가 날아왔다. 그의 목소리는 어쩐지 더 등을 떠미는 듯한 효과가 있었다. 어려운 국내외 경제니, 갈수록 힘겨워지는 기업경영 따위의 설명을 들어 무엇하겠는가.

회사에 들어서기 전과는 아침 풍경이 달라져 있었다. 햇살이며 공기, 자동차 소음까지도 낯설어 서먹하게 하였다. 지하주차장에 차를 세워두었다는 생각을 하면서도 정작 발걸음은 지하철역으로 향했다. 혼자 있기보다는 사람들 틈에 끼어있고 싶다는 생각이 뒤늦게 나를 따라왔다.

출근시간이 지났음에도 승객은 많았다. 외근을 하는 직장인도 있었
지만 청바지에 티셔츠 차림의 대학생들, 가벼운 등산복을 입은 노인네
들, 문화센터나 계모임에 가는 듯한 주부들, 직업을 알 수는 없지만 자
연스러운 차림의 사람들이 비교적 여유롭게 신문을 보거나 창밖을 내
다보며 생각에 잠겨있었다.

불현듯 양복과 넥타이가 거추장스러워졌다. 그래, 나도 저들처럼 자
유롭고 여유로워진 거야. 그러자 거짓말처럼 억울하고 황당했던 기분
이 훨씬 느긋해졌다. 뒤통수를 세게 얻어맞은 듯 멍하던 느낌도 조금
씩 가셨다.

더불어서 매우 익숙한 느낌마저 들기도 했다. 그래, 느닷없이 찾아
온 자유와 혼란스러움, 출감 후에 두부를 먹었어야 했는데. 제때 길 찾
기를 못한 자에게 찾아오는 허탈과 비애가 결국 동통을 불러오고 판단
력의 마비까지도 야기할 수 있음을 경험한 적이 있었다. 그때의 심야
다방과 쌕쌕이, 문학동아리, 김진숙, 또 달맞이꽃과 담배, 치마바지,
가슴, 에스프레소.

휴대전화에서 투우사의 노래가 울렸다. 투우사는 소의 뿔에 받혀 치
명적인 상처를 입었음을 아직 휴대전화는 몰랐다. 발신자는 송 부장
책상에 놓인 회사 전화번호였다. 배터리를 뺐다. 그리고 아내가 골라
준 넥타이도 풀어버렸다. 변두리를 헤매던 예전처럼 두 시간가량을 무
작정 걸었다.

문득 눈을 들었을 때 고속버스터미널이 거기에 있었다. 오랜만에 고
속버스를 탔다. 자리에 앉고 난 후에 '왜 탔을까?' 하는 생각이 뒤따랐
다. 하지만 답을 찾지는 못하였다. 설핏 잠이 들었는데, 커피숍이 있
는 건물 옥상에 올라갔다. 아래에서 아내와 딸아이가 무슨 소린지 팔

을 휘저으며 외쳐댔다. 그 팔을 잡으려고 몸을 앞으로 숙였다. 그러자 프랑스 사회학자 에밀 뒤르켐이 칠판에다 붉은색 분필로 '아노미적 자살'이라고 적었다. 하지만 나는 풍선을 안고 있었으므로 죽지 않았다. 그 풍선에는 이상하게도 젖꼭지가 달려있었고 주위는 온통 달맞이꽃 천지였다.

오랜만에 고향에 도착한 나는 곧바로 강둑으로 갔다. 아래 강변은 제법 잔디를 깔아 체육공원으로 조성해 두었고, 강둑도 깔끔하게 정비되어 있었다. 공원을 조성하느라 그랬는지 그 넓던 달맞이꽃밭이 예전의 삼분의 일도 안 되는 규모로 남아있었다.

나는 그 옆에 쪼그리고 앉아 담배를 피워 물었다. 그날 그 새벽처럼 답답증과 헛헛증이 동시에 찾아와 곧 터질 듯하였다. 나는 꽤 여러 시간 동안 그렇게 앉아서 담배를 피웠다. 그 사이 어둠이 내리고 가로등이 켜졌다. 몇 가족이 산책을 하고, 젊은 풍물패가 한 시간쯤 신나게 연습을 하고, 많은 연인들이 손을 잡고 혹은 한몸인 듯 꼭 끌어안고 속삭이다 돌아갔다.

모두 가고 난 뒤에 비로소 나와 강물소리만 남게 되었다. 강 주변으로부터 물안개가 피어오르더니 순식간에 코앞이 안 보일 정도가 되었다.

그때, 멀리서 어떤 여자가 천천히 다가왔다. 나는 반가움에 자리에서 벌떡 일어섰다. 오연한 눈빛과 꼿꼿한 자세, 그리고 눈 아래에는 색기. 그러더니 내 옆에 나와 같은 자세로 앉았다. 내가 담배를 내밀자 맛있게 피우더니 팔짱을 걸어왔다. 전보다 탄력을 잃기는 하였으나 그리 나무랄 정도는 아니었다. 불쑥 아랫도리가 부풀어 오르는 걸 느끼며 참으로 오랜만에 발기한 데 놀랐다. 가만히 손을 내밀어 그녀의 얼굴을 만져보았다. 마음속으로 이번에는 이름을 물어보아야겠다고 다짐하며 그녀의 눈을 응시했다. 눈썹을 바르르 떨면서 눈웃음을 지어 보였다.

달맞이꽃이 내 손에서 바르르 떨며 천천히 꽃잎을 열고 있었다.

상사화

1

아주 오랜 옛날, 산사 깊숙한 토굴에서 용맹정진하던 젊은 스님이 있
었다.

"죄송합니다. 제 잘못입니다."

교무실에 불려온 그녀는 발갛게 상기된 얼굴로 같은 말을 수없이 반
복했다. 마치 잘못을 용서받을 수 있는 유일무이한 방법인 것처럼. 그
러나 학년주임은 애초에 용서할 마음은 없었다는 듯 퍼부어댔다. 담배
피우다 적발된 중학교 2학년짜리 아이를 두고 그렇게 많은 질타를 할
수 있다는 게 놀라울 정도였다.

"이번이 처음이 아닙니다. 게다가 해성이 녀석은 우리반 부반장 아
닙니까?"

1반 담임을 맡고 있는 학년주임이 하고 싶은 말은 의외로 간단했다.
아이의 잘못은 순전히 부모의 무관심 탓이라는 거였다. 해성이라는 아
이가 공부도 잘하고 아이들에게 인기가 있어 부반장을 시켜놨다. 그런
데 한두 달 지켜봤더니 순 싸움꾼에다 말썽꾼이더라. 엄마라는 사람이
당연히 와야 할 학기 초는 물론이고 스승의 날이 되어도 인사 한 번 오
지 않은 것만 보아도 알 수 있다. 이대로 두면 나중에 날건달에 양아치
밖에 더 되겠느냐. 그렇게까지 말했는데도 그녀에게서 만족할 만한 대
답이 나오지 않았는지 학년주임은 했던 말을 반복했다.

아침 햇살을 받은 먼지가 학년주임의 호통에 놀란 듯 호들갑스럽게
반짝거렸다. 듣기에 민망해진 체육선생이 벌떡 일어나다 정년을 몇 년
앞둔 강 선생의 제지에 마지못한 듯 도로 주저앉았다. 더 시끄러워질

뿌이라는 의미였다. 모두들 그 사실을 알고 있는 듯 외면했고, 교감마저 슬그머니 자리를 떴다.

"집에 무슨 문제가 있는 것 같은데, 그게 뭔지 모르겠더라고요."

1학년 때 해성의 담임을 맡았던 음악선생이 소리를 낮춰 말했다.

"아버지는 없고 치맨가 암엔가에 걸린 외할머니와 동생 둘까지 합쳐 다섯 식구가 사는데, 사는 게 말이 아니에요. 저도 작년에 담임 맡은 일 년 동안 해성이 어머닌 학교에 한 번도 오지 않았어요. 아이들한테 이것저것 들은 게 다예요."

교감이 돌아와, 오늘 회의는 없으니 각자 수업하시라고 전달했다. 음악선생이 짙은 향수냄새를 남기고 사라지자, 내 옆자리 미술선생이 비꼬듯 툭 내뱉었다.

"쳇, 애인 군대 보내고 바람피우느라 자기 반 애들 돌볼 틈이 없었던 거겠지."

대학 때부터 사귀던 애인이 학사장교로 전방에 있는 사이, 음악선생이 한 영어학원의 원어민 교사로 와있는 캐나다인과 사귄다는 걸 들은 적이 있었다. 영화관에 같이 들어가는 걸 보았다느니, 인근 유원지에서 손잡고 가더라느니, 심지어 어느 모텔에서 나오는 걸 보았다느니, 아이들 사이에서도 별의별 소문이 다 돌았다.

그런데 나는 해성의 어머니가 교무실 문을 살며시 열고 들어설 때부터 한 가지 생각에 골몰해있었다. 어디선가 본 얼굴인데 생각이 잘 나지 않았던 것이다. 그냥 스쳐지나간 얼굴이 아니었다. 굵은 얼굴선에 비해 가냘프고 어딘지 부실해 보이는 느낌이 낯익었다. 고개를 숙인 채 분명하게 말하지 못하고 같은 말을 수없이 되뇌던 모습도 언젠가 보았던 광경이었다. 아랫입술을 잘근잘근 씹는 것도 일치했다.

어디였을까. 학부모들 중에 있었을까, 내가 잘 가는 식당이나 슈퍼마켓에서 마주쳤던 사람일까, 그전에 살던 곳에서 보았던 이웃일까, 그도저도 아니면 그 훨씬 전이었을까. 전화번호부를 넘기듯, 인터넷 검색을 하듯 수많은 장면들이 지나갔다. 하지만 너무 많은 정보 속에서는 오히려 필요한 것을 찾기가 더 어려운 법이었다.

'분명히 내가 알던 사람인데….'

출석부를 찾아들고 교무실 문을 열었다. 시종일관 고개를 들지 못하던 그녀가 급기야 눈물을 떨어뜨렸다. 이제는 아예 출석부와 이런저런 서류까지 내보이며 다그치는 학년주임의 서슬에 눈물이 나올 만도 하겠지. 생각하며 문을 닫는 순간, 떠올랐다. 그래, 그때 그녀였다. 창 틈으로 다시 들여다보았다. 썩 예쁘다고 할 수는 없어도 눈을 내리깐 모습이 여전히 단아했다. 약간 긴 듯한 단발머리가 파마머리로 바뀌고 화장으로 다 가리지 못한 기미자국이 어두워진 표정을 더 도드라지게 했지만, 이십여 년 전의 모습이 많이 남아있었다.

"송 선생, 얼른 수업 들어가야 할 것 같은데요."

교감이 등 뒤에서 재촉했다. 떠밀려 가면서도 그녀의 모습은 오래 눈앞에서 지워지지 않았다.

2

그러던 어느 날, 젊은 스님은 불공을 드리러 토굴에서 내려왔다가 대웅전 앞에서 문득 걸음을 멈추었다. 어머니를 따라 불공드리러 온 양반가의 아리따운 규수를 보게 되었던 것이다. 쓰개치마에 가려 잘 보이지 않았지만 처녀의 고운 자태는 그 속에서도 충분히 빛을 발했다.

그날, 시위는 전에 없이 치열했다. 4·19 기념식이나 5·18 광주 민중항쟁을 기리며 벌였던 시위와는 전혀 딴판이었다. 평소보다 훨씬 많은 학생들이 참여를 호소하지 않아도 어깨를 걸어왔고, 기를 쓰고 교문 밖 진출을 시도했다. 2학기 개강을 하자마자 총학생회 간부가 시위 도중 날아온 최루탄에 머리를 맞고 식물인간이 되는 사고가 있었기 때문이었다.

그러나 진압에 나선 전경대도 만만치 않았다. 이미 시위대의 규모와 움직임을 예상한 듯, 병력이나 장비가 그때까지 본 중에서 가장 많았다. 일진일퇴를 거듭하던 공방은 준비한 화염병이 동나고 여학생들이 날라다주는 짱돌의 양이 현저히 줄어들면서 기울기 시작했다.

"치고 들어온다. 물러서지 맙시다, 흩어지지 맙시다!"

확성기를 든 최 선배가 소리쳤지만 소용없었다. 대치하고 있던 전경대가 순식간에 공세를 펴오는가 싶더니 동시에 중대 병력이 시위대의 허리 쪽으로 파고들어, 더 이상 대형을 유지하기 어려웠다. 처음으로 교문 밖 오백여 미터까지 진출했던 시위대는 2차 가투를 약속하는 눈빛을 주고받으며 흩어져갔다.

"야, 이 씹새꺄! 서!"

나를 노리고 있었던 듯 날렵한 몸피의 체포조 둘이 뛰어왔다. 학교로 돌아갈 수 없어 대학촌으로 방향을 잡았다. 미로 같은 골목길을 가로 뛰고 세로 뛰며 따돌려보려 했지만 그들의 구둣발 소리는 끈덕지게 나를 따라붙었다.

그때 빠끔히 열린 문틈으로 내다보는 눈과 마주쳤다. 무작정 뛰어든 나는 사정 설명은커녕 운동화를 신은 채로 방에 들어가 비키니옷장 속에 숨었다. 온통 땀으로 범벅이 된데다 머리 위에서 터진 최루탄 가루까지 뒤집어 쓴 채 비닐옷장 속에 숨어든 나는 잡히지 않아야 한다는 생각보다 아늑하다는 생각을 하고 있었다. 눈은 따갑고 코는 매웠지만 옅은 화장품 냄새와 암내가 오히려 더 자극적으로 다가왔다.

"어디로 토낀 거야? 쥐새끼 같은 새끼."

체포조의 욕설이 멀찌가니 사라지고 조금 지난 후에 그녀가 들어서는 소리가 살며시 들려왔다. 그녀는 놀란 가슴을 진정시키지 못한 채 두 손으로 가슴을 누르고 있었다. 상기된 얼굴에 두려움이 배어있었다.

"미안해요, 갑자기 뛰어들어서 … ."

좁은 옷장 속에서 꿈지럭거리며 기어 나오는데, 내 몸에서 생리대 하나가 방바닥에 툭 떨어졌다. 옷장 안에 있던 것이 땀투성이인 내 몸 어딘가에 붙었다가 떨어진 모양이었다. 나는 그것을 주우려다가 생리대임을 확인하고 안절부절못하고, 그녀도 내 모양을 보면서도 가슴에 얹힌 손을 내려놓지 못하였다.

"아직 나가지 마세요. 그렇게 멀리 가지는 않았어요."

내 몸에 달라붙어 있던 최루탄 가루가 퍼지면서 터져 나오려는 기침을 그녀는 애써 참고 있었다. 나는 고맙다는 말도 못하고 그저 미안하다는 말만 되풀이했다. 보지 않으려고 해도 자꾸만 생리대가 눈에 들어왔다. 그녀도 그것을 의식하는 듯 슬쩍 외면하며 눈을 내리깐 채 아랫입술을 잘근잘근 씹고 있었다. 어깨까지 내려온 단발머리가 화장기 없이 약간 동그란 얼굴과 잘 어울렸다. 예쁘다고 할 수는 없어도 귀성스러운 느낌을 주어 그다지 낯설지 않아 보였다.

"… 그럼."

그녀는 어쩌라는 건지 하던 말을 중동무이한 채 옆방으로 갔고 주인 없는 방에는 나만 남아있었다.

그때 우리가 흔히 '닭장'이라고 부르던 전형적인 자취방이었다. 다른 여학생 한 명과 같이 지내는지 책상과 비키니옷장이 각각 둘 있었다. 나는 단박에 그녀의 사진이 올려진 책상을 통해 국문학과에 다니고 시를 쓴다는 것 따위를 알 수 있었다. 옷걸이 외에 유일하게 벽면을 장식한 표구에는 그녀의 다분히 소녀 취향적인 시화가 있었다. 책상 위에 놓인 책모서리에 적힌 학번은 새내기의 것이었다.

내가 나갈 때까지 그녀는 돌아오지 않았다. 옆방에 있는 줄 알았지만 가노라고, 고마웠다고 말하는 것도 어쭙잖아서 메모 한 장만 남기고 나왔다. 열심히 읽고 외워댔던 시 한 구절을 썼는데, 지금 생각하면 왜 그랬는지 웃음이 나오는 일이다.

나도 안다, 행복한 자만이
사랑받고 있음을. 그의 음성은
듣기 좋고, 그의 얼굴은 잘생겼다.

마당의 구부러진 나무가
토질 나쁜 땅을 가리키고 있다. 그러나
지나가는 사람들은 으레 나무를
못생겼다 욕한다.
　　　　　　　—베르톨트 브레히트, 〈서정시를 쓰기 힘든 시대〉 중에서

고맙다거나 미안하다는 뜻으로 남긴 것은 아니었다. 주제넘게 소녀 취향의 시를 쓰지 말라고 권하고 싶었던 것인지, 아는 체를 하고 싶었던 것인지 아직도 알 수 없다.

3

토굴로 돌아간 젊은 스님은 흩어지려는 마음을 다잡으며 다시 정진에 들어갔다. 그러나 어찌된 일인지 집중을 할 수가 없었고, 자꾸만 처녀의 희고 아름다운 얼굴만 떠올랐다. 토굴을 내려가면 금방이라도 만날 수 있을 것만 같았다.

'장미'가 털렸고 '진달래'는 학습하다 불의의 습격을 당했다. 이른바 지하서클로 불리던 '장미'와 '진달래'가 그렇게 되었다는 것은 곧 우리 조직도 언제든 당할 수 있음을 뜻했다.

'장미'는 아무도 없을 때 정보과 형사들이 들이닥쳐 다행히 아무도 붙잡히지는 않았지만 방바닥과 벽 여기저기가 파헤쳐지고 부서지는 수난을 당했다. 숨겨진 문건이나 금서를 찾기 위해서였다고 한다(누구도 방바닥이나 벽을 뚫어 그런 것들을 숨길 생각을 하지 못했는데, 형사들의 생각이 오히려 우리보다 앞섰든지 영화를 너무 많이 본 나머지 무턱대고 따라 해보는 것 같기도 했다).

'진달래'는 달동네에 구해둔 사글셋방에서 토론을 하고 있던 중이었다. 1, 2학년 중심으로 새로 꾸려진 조직이어서 '난·쏘·공'(조세희 소설 《난장이가 쏘아올린 작은 공》)으로 거칠게 인식전환을 꾀하고 있었다. 모임을 주도하고 지도하던 3학년 미경 선배가 머리채를 붙잡힌 채 발 그대로 '질질' 끌려갔다고 했다.

선배들로부터 급히 학습장소로 쓰던 방을 치우라는 전갈이 왔다. 광주 민중항쟁에 관한 책을 비롯해 금서가 된 시집과 철학책 따위, 문건들까지 다 챙겼지만 그리 많지는 않아서 작은 배낭으로도 충분할 정도

였다. 서둘러 정리한 짐보다 정작 중요한 문제는 그것을 숨겨둘 장소
가 마땅치 않다는 것이었다. 불심검문을 피해 학교에 도착했지만 어쩌
지 못해 하루 종일 배낭을 메고 다녔다.

"야, 나도 오늘부터 하숙집에 못 들어갈 판국인데 날더러 어쩌란 말
이야?"

"우리집은 안 돼. 아버지가 내 방을 수시로 체크하거든."

정보과에서 누굴 표적으로 하고 있는지 알 수 없었으므로 모두들 조
심스러워 했다. 아니 좀더 솔직하게 말하면, 그런 분위기에 괜히 주눅
이 들어 있었다고 하는 편이 더 옳았다. 우리가 피라미에 불과하다는
사실을 모르고 있었다.

"우리와 전혀 관계가 없는 사람이 좋을 텐데…."

그때 문득 그녀가 떠올랐다. 소녀 취향의 시 때문인지, 자신의 생리
대가 방바닥에 떨어져 있는데도 아무 말 하지 못하던 성격 때문인지,
아니면 어찌할 줄 몰라 하던 백치에 가까워 보이던 표정 때문인지, 이
유를 알 수 없는 막연한 확신이 들었다.

어머니의 목소리는 전화선 너머에서 심하게 떨리고 있었다.

"낮에 어떤 여자한테서 전화가 왔었다. 누군지 말은 안 하고 네가 안
좋은 선배들한테 걸렸다고, 빨리 벗어나야 한다더라. 네 아버지가 얼
마나 실망을 했던지 대낮부터 술을 마시더니 결국 저리 쓰러져 주무신
다. 얼른 들어와서…."

그러나 나는 그날 밤, 그녀의 자취방에 있었다. 당신들이 힘겨운 시
절을 얼마나 간고하게 살아왔는지, 집안의 장남으로서 책무가 무엇인
지 도무지 듣고 앉아 있을 용기가 나지 않아서였다. 정면으로 뚫고 나
아가기엔 나의 논리가 너무나 허술하고 가벼웠으므로 피하고 말았던

것이다.

"며칠만 맡아주세요. 그리 위험하지는 않을 겁니다. 누가 묻더라도 그냥 모르는 사람이 무작정 맡겨놓고 가버렸다고 하면 돼요."

그녀는 대답 대신 여전히 아랫입술을 잘근잘근 깨물었다.

"그게 사실이기도 하고요."

"그래도…."

언뜻 걸려 있던 시화가 보이지 않았다.

"참, 그리고 이 책…."

나는 배낭 한쪽 구석에서 브레히트의 시선집을 꺼내었다.

"드릴게요. 아, 걱정 마세요. 그건 아직 금서로 묶이지 않았으니까."

그녀는 잠깐 책을 들여다보는 듯하다가 고개를 들었다.

"시 …, 쓰세요?"

그렇게 해서 배낭은 그녀의 자취방 구석에 자리를 차지하게 되었다. 그러나 며칠 후에 찾아가겠다던 그녀와의 약속은 지키지 못하였다. 하루가 멀다 하고 열린 집회와 시위로 그런 일이 있었다는 것조차 떠올릴 시간이 없을 지경이었다. 게다가 얼마 후 제적을 당하고 말았다. 겉으로는 서너 과목의 시험을 치르지 않았기 때문이고, 기실은 학생운동이 빌미였다. 지도교수가 학생운동을 그만두겠다는 조건을 달고 구제해주겠다고 제안했지만 거절했다. 결국 잇달아 군대에 가게 되면서 그녀와의 약속은 지킬 수 없게 되고 말았다.

첫 휴가를 나왔을 때 그녀를 찾아본 적이 있었다. 술자리에서 누군가가 숨겨둔 문건 얘기를 꺼냈다. 다음 날, 기억을 더듬어 그녀의 자취방을 찾아갔다. 하지만 얼굴을 내민 것은 짜증스런 표정의 전혀 다른 여학생이었다.

귀대할 때까지 나는 그 대학촌을 벗어나지 않았다. 친구와 선후배를 만나고 술을 마시며 어슬렁거렸다. 의식은 늦긴 했어도 그녀와의 약속을 지켜야 한다고 말했다. 그러나 무의식은 그까짓 문건과 철지난 책 따위가 무슨 쓸모가 있냐고 비아냥거리며, 그녀의 생김새를 들먹였다.

실제로 그녀를 만났을 땐 그녀에 대해서 구체적으로 생각해보지 못했다. 그런데 그녀를 만나야 되겠다고 생각하자, 새록새록 떠오르기 시작하는 것이었다. 가늘고 긴 손가락을 겹쳐 손을 모으고 있는 모습, 당황함 뒤에 평온하면서도 차분한 분위기가 만들어내는 고아함, 윤기가 흐르는 검은색 머리카락으로 반쯤 가린 이마, 화장기가 거의 없으면서도 맑은 색을 띤 입술, 유행을 따르지 않으면서도 전체적으로 보기 좋은 조화를 이루어 매우 신선하고 건강한 느낌을 주었다. 무의식은 제 흥에 겨워 앞뒤 없이 그녀를 재조합해냈고, 의식은 '자꾸 보태고 덧칠해대지 마라'고 경고를 보냈다. 옆에서 눈치 없이 자꾸 그녀를 들먹이면 단박에 주책바가지라고 눈을 부라리는 우스꽝스러운 상황을 혼자 연출하고 있었던 것이다.

그것으로 끝이었다. 그 다음부터는 숨겨둔 문건 얘기를 꺼내는 사람도, 그렇게 술을 마셔줄 사람도 없었다. 학생운동의 주체가 급격히 바뀌어갔고 졸업을 하거나 노동현장으로 들어간 사람이 많았던 것이다.

4

자꾸만 떠오르는 처녀의 얼굴 때문에 무단으로 토굴을 빠져나온 젊은 스님은 주지스님으로부터 큰 꾸지람을 듣는다. 주지스님 몰래 이 사람 저 사람을 붙잡고 물어보았지만 누구도 속 시원히 가르쳐주는 이가 없었다. 딱 한 번만이라도 볼 수 있다면 다시 용맹정진할 수 있으련만, 날이 갈수록 속은 바작바작 타들어갔다.

"어쭈, 내 말이 말 같지 않다는 거야 뭐야?"

며칠 잠잠하던 학년주임의 목소리가 다시 커졌다.

"엄마가 학교에 불려와도 소용없다, 이거지?"

해성은 무표정한 얼굴로 입을 다물고 있었다. 학년주임은 녀석의 무응답에 오히려 화가 난다는 듯 안절부절못하였다.

"다른 놈들은 피던 담배 버리고 도망가는데, 빤히 쳐다보면서 보란 듯이 담배를 빨아? 반항하는 거야, 뭐야!"

급기야 엎드려 있는 해성을 향해 몽둥이를 휘둘렀다.

"그래, 이 새끼야. 한번 해보자 이거지?"

얼굴이 벌겋게 단 학년주임이 땀을 흘릴 때까지 녀석은 신음소리 한번 내지 않았다.

녀석이 일어섰을 때, 내 눈과 마주쳤다. 아니, 무심히 바라보았는데 나만이 마주쳤다고 느낀 것인지도 몰랐다. 눈이 충혈되어서 그렇게 보였던 걸까. 무언가 가득 차서 금방이라도 넘치거나 터질 것 같은데, 애써 누르고 있다는 느낌이 들었다. 외모는 전혀 닮지 않았지만 어딘지 모르게 그녀를 떠올리게 했다.

상사화 95

그날 퇴근하다가 주유소에 들렀는데, 빨간 모자를 눌러쓴 해성이 어기적거리며 다가왔다. 운전자가 나라는 걸 알아본 녀석은 엉거주춤 하는 듯 마는 듯 인사를 했다.

"안녕하세요?"

연료주입구에 주유기를 넣고 녀석은 할 일 없이 가지런히 쌓여있는 사은용 화장지를 만지작거리다가 괜히 주유기 부스를 닦기도 했다.

"엉덩이, 괜찮냐?"

신용카드를 내밀며 한마디 건네자, 녀석은 씨익 웃기만 했다.

"고맙습니다, 선생님."

녀석은 내 신용카드와 명세서 외에 각 티슈와 휴대용 화장지까지 얹어서 내밀었다.

"임마, 이렇게 다 싸주다가 알바 쫓겨나는 거 아니냐?"

"아니에요, 이 정도는 괜찮아요."

주유소를 빠져나오면서 녀석이 아르바이트하는 걸 그녀도 아는지 궁금해졌다. 주유원에다가 아침에 하는 신문배달, 한 번씩 주말에 막노동판에 나가 보조원 노릇까지 한다고 했다. 녀석과 같은 반이면서 내가 맡고 있는 문예반원인 문영의 말이었다.

"도망가고 싶대요. 벗어나고 싶어 죽겠대요."

문영은 누구보다 해성에 대해 잘 아는 것 같았다.

"학교도 싫고 집도, 엄마도 싫대요. 이유까지는 모르겠어요. 아, 엄마처럼 살고 싶지 않다고 했어요. 같이 사는 것조차 싫다던데요. 그래서 빨리 독립하려고 알바 좆나게, …아, 아니지. 알바 많이 해요. 돈 모아서 다른 데 가려고요. 공부도 잘해야 서울 같은 데 고등학교도 가고 대학도 갈 수 있잖아요."

그러나 집안사정에 대해서는 잘 몰랐다. 식구가 몇인지, 무얼 하는지, 어떻게 사는지, 해성이 자신이 말하기를 꺼린다는 거였다. 다만 아버지는 오래전에 죽은 모양이고, 엄마는 식당이나 할인점에서 일하는 걸 본 적이 있다고 했다. 할머닌지 외할머닌지 한 분 계시는데, 치매 때문에 한 번씩 사라졌다 돌아오곤 하는 모양이었다.

"그런데, 그런 이야기 꺼냈다가는 큰일 나요. 그게 뭐, 어쨌다는 거냐면서 선배나 어른이나 할 거 없이 덤벼요. 에이, 걔 원래부터 싸움 잘하는 애는 아니었어요. 그냥 깡이에요. 주먹은 없어요. 미친개처럼 한 번 물었다 하면 절대로 안 놔줘요. 그리고 마지막에는 꼭 다짐을 받아둬요. 자기 엄마나 할머니, 집안이야기 하면 반쯤 죽여 놓는다고요."

아이들 말로는 별명이 미친개, 악바리, 이빨 따위였다. 짱이니, 넘버원이니 하며 떠받드는 것처럼 보였지만 한쪽에서는 쉬쉬하며 또라이나 사생아라 부르기도 했다.

"해성이는 저쪽 ○○여중 애들한테 인기 최고거든요. 우리 학교 짱인데다가 공부도 잘하잖아요. 그런데 이상하게도 해성인 여자친구가 없어요. 보통 짱들은 여자친구가 몇 명씩 있거든요. 해성인 깔따구 따위 안 키운대요. 옆에 따라다니면서 알랑방귀 뀌는 애들이 깔따구 소개시켜 준다고 하면 뭐라는 줄 아세요? 농어 새끼나 숲속에 사는 모기를 깔따구라고 하는데, 키우기는 뭘 키우냐고 웃고 말아요."

녀석에 대한 소문은 제법 무성했다. 그 또래 아이들에게 떠돌아다니는 소문이라는 건 빤한 것이어서 대개 비슷비슷했다. '어디서 누구와 맞장을 떠서 어떻게 이겼다더라', 혹은 '포르노를 보거나 어디 나이트클럽에 나이를 속이고 들어가 놀았다더라'는 식이었다. 나이든 축에서 보면 하등의 재미도 없고 관심을 끌 만한 일이 아니었다. 하지만 녀석들은 가랑잎 굴러가는 것만 봐도 배꼽을 쥐어뜯으며 웃을 나이가 아닌가.

담임을 맡았던 적이 있는 음악선생은 자기가 기억하고 싶은 것만 기억하는 것 같았다.

"한번은 식당에서 밥을 먹는데 된장찌개가 너무 짠 거예요. 서빙하던 아주머니를 불러 싫은 소리를 좀 했죠. 그런데 며칠 후에 그 아주머니가 해성이와 함께 있더라고요. 그 애 엄마라기에 얼마나 민망했던지."

어색하게 웃으며 늘어놓은 애기보다 진한 향수 냄새가 더 오래 남아 있었다. 그런데 말끝에 덧붙인 그녀의 말은 조금 생뚱맞은 것이어서 믿기 어려웠다.

"이건 말하기 좀 뭣한데, 해도 되려나 모르겠네. 지난해에 글쎄, 3학년 선배 하나가 해성이한테 '갈보자식'이라고 했대요. 집에 가는 걸 살며시 뒤쫓아가 몽둥이로 사정없이 두들겨 팼다지 뭐예요. 어휴, 제가 중간에서 얼마나 힘들었는지 몰라요. 해성인 끝까지 잘못한 게 없다고 버티고. 그런데 애들은 해성이 뒤에서 해성이 엄마에 대해 손가락질하더라고요. 조용하고 참하게 보이는 분이 한 번씩 화장도 진하게 하고 여관에서 나오기도 한다나 뭐라나."

그 외에는 그녀에 대한 이야기를 여간해서 듣기 어려웠다. 게다가 이 학교에 온 지 얼마 되지 않아 이런저런 일이 떠맡겨져 바빴고, 몇 군데의 원고 청탁도 밀려있었다. 까무룩 조는 사이에 목적지를 지나친 것처럼, 그렇게 두어 달이 지나가버리고 말았다.

그런데 중간고사를 치고 난 후, 학년주임이 해성을 대하는 태도가 달라졌다. 전 같으면 사고를 치든 그렇지 않든 눈을 모로 뜨고 바라보더니, 어느새인가 실실 웃음을 뿌리며 다가서기 시작했다. 흡사 촌지를 건넨 아이들을 대하는 것과 같아진 것이었다.

“심지어 어떤 일까지 있었냐 하면요, 며칠 전에 복도에서 선생님이 해성이한테 ‘힘든 거 있으면 얘기해라’ 그러더라고요. 그런데 해성이가 콧방귀를 뀌면서 침을 뱉어버렸어요. 그전 같으면 맞아 죽을 일이잖아요. 그래도 선생님은 ‘허허, 그 녀석 참, 성깔은…’ 그러고 말았어요.”

촌지 따위로 있을 수 없는 일이라는 말이었다. 무언가 결정적인 약점, 이를테면 비리나 여자관계를 들켰을 거라는 추측이 난무했다. 하지만 해성도 아무 말 하지 않아 아무도 그 내막은 알 수 없었다.

내가 담임을 맡고 있는 교실 앞 화단에 무리지어 잎을 피워낸 식물이 있었다. 꽃이 필 때가 되었다 싶어 어떤 모양일까 매일 내다보곤 했다. 그런데 갑자기 한 달도 안 되는 사이에 잎이 모두 시들어버렸다. 물을 제때 안 주었나, 심술궂은 녀석들이 엉뚱한 짓을 한 것은 아닐까. 허망한 심정으로 바라보기만 했다.

5

이를 안타깝게 여긴 한 사람이 은밀히 젊은 스님을 불러 처녀의 집을 가르쳐 주었다. 젊은 스님은 한달음에 처녀의 집으로 달려갔다. 솟을 대문 앞에 다다라 문을 두드리니 하인이 달려 나왔다. 처음에는 스님이라 공손히 대하였으나, 횡설수설하며 남의 집 처자만 자꾸 보자 하니 나중엔 거칠어질 수밖에 없었다. 급기야 곤죽이 되도록 두들겨 패 내쫓고 말았다.

우리는 모두 취해버렸다. 횟집에서 일차로 소주를 마시고 나와 이차로 맥주까지 마신 터였다. 술을 잘 못하는 시나리오 작가 최마저 비틀거리자, 잡지 편집장 노릇을 하고 있는 김이 그의 팔을 붙잡았다.

"최 작가가 이렇게 취한 건 처음 보는 것 같네."

"이게 다 박 선배의 그 파편주 때문이라고요."

소주를 맥주컵에다 가득 부어놓고 그 위에 소주병 뚜껑을 표주박처럼 띄워 두었다가 맥주잔에다 섞어주는 것이 이른바 파편주였다. 시를 쓰는 박 선배가 늘 자신의 '전매특허'라고 내세우는 것이었다.

"허, 잘들 마시구선 왜 이제 와서 딴소리야? 그건 파편주 때문이 아니라 오랜만에 우리 넷이 회동한 분위기 때문이라고. 송 시인한테 푹 취하고 또 송 시인이 사는 이 동네에 더 취하고."

내가 이곳으로 학교를 옮기기 전에는 한 달에 한두 번씩 보고 술잔을 기울이던 일당들이었다. 거의 반년 만에 일부러 내가 어떻게 살고 있나 구경 겸 순시하러 온 터였다.

"하하, 지당한 말씀입니다. 자자, 이번 삼차는 제가 쏘겠습니다."

김이 나서자, 최가 손을 홰홰 내저었다.

"아고, 난 더 이상 못 마시겠심더."

"걱정 마십쇼, 노래방으로 가면 되잖아요. 최 작가는 노래 한 곡 하면서 술 깨시고, 다른 분들은 거기서 맥주 한잔 더 하고. 송 시인, 아무리 시골이라도 그런 노래방은 있겠지요?"

김이 앞장서고 노래를 좋아하는 최가 짐짓 할 수 없다는 듯 뒤따랐다. 앞서거니 뒤서거니 들어간 노래방의 상호는 '아리랑'이었다.

"하아, 아리랑이라…. 좋지 않습니까, 박 선배? 나를 버리고 가시는 님은 십 리도 못 가서 발병난다…."

"그래서 우리가 다시 돌아왔잖은가, 허허허."

너스레를 떨고 혹은 맞장구치는 사이, 김이 화장을 두껍게 한 주인

여자에게 다가갔다. 주인여자는 상호를 두고 찧고 까부는 것이 마음에 들지 않는다는 듯 심드렁하게 말했다.

"노래방비와 술값은 선불이고, 술은 맥주밖에 없어요. 만약 도우미를 부르신다면 팁은 후불이에요."

"엉? 도우미도 있어요?"

"도우미는 무슨, 관두세요."

내가 손사래를 치자, 박 선배가 어깨를 툭 쳤다.

"송 시인, 여기서 훈장노릇 한다고 이미지 관리하는 거야? 시꺼먼 사내 넷이서 조막만한 방에 들어앉아 재미있을 리가 있나?"

"이미지 관리를 하고 말고 할 게 있습니까. 단지 나는⋯."

"아닙니다, 박 선배 말이 맞습니다. 우리한텐 분위기 살려줄 언니들이 필요합니다."

주인여자는 눈을 거들뜨고 은근한 목소리를 냈다.

"불러, 드릴까요?"

"예, 불러주세요."

"두 명이면 되겠지요? 팁은 최소 3만 원이고 나중에 2차 나갈 때 비용은 따로예요. 여관비도 그렇고요."

박 선배는 손수건을 길게 늘어뜨려 넥타이 대신으로 머리를 묶고 겅중거렸다. 최는 취기가 싹 가신 모습으로 두 번, 세 번 거푸 앙코르를 받았고, 김은 술잔을 들고 어울리지 않는 덩실춤을 추며 술잔을 돌렸다.

한 차례씩 노래를 부르고 내가 노래를 부르고 있었다.

"무슨 설우움 그리 마안아 포기마다 누운물 심누나~."

그때 문이 열리면서 두 명의 여자가 들어왔다. 도우미였다. 얼핏 보기에 30대 중반에서 많게는 40대 초반으로까지 보였다. 둘 중 나이가 좀더 들어 보이는 쪽은, 해성이의 어머니, 그녀였다. 학교에 왔을 때와 달리 마스카라에 보라색 아이섀도, 원색에 가까운 빨간 립스틱을 짙게 바르고 큰 귀고리까지 늘어뜨려 자세히 보지 않아서는 모를 정도였다. 게다가 몸에 착 달라붙는 흰색 원피스를 입어 몸매가 고스란히 드러났고, 그물스타킹 때문에 눈이 어지러울 정도였다. 이 모습을 두고 한 말이었구나! '조용하고 참하게 보이는 분이 한 번씩 화장도 진하게 하고 여관에서 나오기도 한다나 뭐라나. 뒤에서 사람들이 갈보라고 손가락질한다더군요.'

"송 시인, 왜 그래? 노래 부르다 말고."

너무 놀란 나머지 노래 부르고 있었다는 것조차 잊어버릴 정도였다.

"아, 잠깐 속이 울렁거려서 …."

마이크를 놓고 나는 방을 나왔다.

"저 아저씨 우리 언니한테 한눈에 반해버린 것 아니에요?"

등 뒤에서 여자의 간드러진 웃음소리가 들려왔다.

어느새 밖에는 부슬비가 내리고 있었다. 지나다니는 차는 한 대도 없었고 길가에 실내등이 꺼진 택시가 보였다. 차창이 내려진 운전석에서 빨간 점이 생겼다 사라지곤 했다. 이대로 택시를 타고 집으로 돌아가고 싶었다. 집이 아니라도 이곳이 아니라면 어디라도 상관없었다. 담배 서너 개비를 연달아 피워 물었을 때 휴대전화가 울렸다.

"벌써 마누라 품이 그리워 쫓아간 거야, 뭐야? 빨리 들어와."

조심스럽게 문을 열었을 때 여자가 노래를 부르고 그녀는 박 선배에게 붙잡혀 춤을 추고 있었다. 최와 김이 호응을 보내자 박 선배는 더 신이 난 듯 오른손을 그녀의 엉덩이를 받치고 아랫도리를 문질러댔다.

"어서 와, 송 시인. 한잔 들라고. 난 자네가 마누라한테 가버린 줄 알았잖아."

"이봐, 큰언니. 우리 송 시인한테 한잔 올리라고."

그녀가 맥주병을 들고 애매한 표정으로 다가왔다. 기분이 엉망이 되어버렸다. 말로 표현하기 힘든, 만화를 보면 얼굴을 잔뜩 찌푸린 인물이 말 대신 치렁치렁 엉킨 실타래로 보여주는, 그런 느낌이랄까.

"자, 춤추라고. 큰언니, 앉아만 있지 말고 우리 송 시인하고 춤 한 번 춰줘."

억지춘향으로 그녀의 손을 잡았지만 몸은 전혀 움직여지지 않았다.

"뭐야, 장작개비잖아. 이렇게 찰싹 좀 붙어서 흔들어보라고."

박 선배가 밀치는 바람에 나온 배가 먼저 닿았다. 식은땀이 흘렀다. 손도, 발도, 눈도 어디를 향해 어떻게 움직여야 할지 몰라 허둥거렸다. 숫기 없는 아이를 혼자 무대에 올려놓은 꼴이었다.

어떻게 시간이 흘렀는지 알 수 없었다. 예약된 시간이 다 되었다.

"아잉, 오빠 이차 가자. 이차 가려고 우리 부른 거 아니었어?"

여자가 김에게 달라붙었다.

"잘 해줄게, 응? 우리 언니는 살살 녹여주고 난 화끈하게 해준단 말이야. 돈 많이 안 받을게. 아이 참, 오늘 즐기려고 한 거 아니야? 즐길 줄도 알아야 좋은 시도 쓰고 소설도 쓴다던데, 솔직히 말해서 날 안고 싶지 않아?"

팔을 잡고 가슴에 안겨 구슬리다가 애원조가 되기도 했다.

"아이잉, 우리 애 우유 값이라도 벌어야 할 거 아냐. 오빠아, 같이 가자. 나 벌써 자기 때문에 뜨거워졌단 말이야. 시인이라고 하니까 특별서비스도 해줄게. 응?"

이도저도 안 되자 그녀를 바라보았다.

"아이 참 언니, 오늘은 왜 암말 않고 있어? 평소 같지 않게. 에이씨 팔, 기분 더럽게 비도 오는데 정말 되는 일이 없어."

그녀는 혼자 방에 남아 담배를 물고 있었다. 담뱃불 때문인지 다른 이유 때문인지 발갛게 상기된 얼굴로 고개를 숙인 채.

6

식음을 전폐하고 처자만 찾던 스님은 석 달 열흘 만에 피를 토하고 쓰러졌다. 그런데 이듬해 봄, 젊은 스님이 쓰러져 죽은 곳에 풀 한 포기가 자라났다. 한 번도 본 적 없는 풀이라, 사람들은 상사병으로 죽은 스님이 환생한 것이라 여겼다. 비록 꽃은 피지 않았지만 나중에라도 꽃이 피기를 바라는 마음으로 '상사화'라 불렀다.

박 선배와 최, 김이 여관에 들어가는 것을 보고 거리로 나왔다. 부슬비는 더하지도 덜하지도 않은 채 그대로 내려앉고 있었다. 가로등 아래 서자, 갓을 쓴 알전구가 물을 쏟아내고 있는 것 같아 샤워를 하는 듯한 느낌이 났다.

세워져 있던 택시 쪽이 소란스러웠다. 그녀와 함께 왔던 도우미가 어떤 사내와 실랑이를 하고 있었다. 이차 손님을 찾은 걸까. 하지만 두어 살 정도로 보이는 어린 아이의 울음소리는 전혀 다른 상황임을 웅변해주고 있었다.

"아, 이 인간아. 애가 아프면 병원엘 데리고 가얄 거 아냐."

사내도 만만치 않게 되받아쳤다.

“이 씨팔년아, 내가 여기 오고 싶어 온 줄 아냐? 돈이 있어야 병원에 가지.”

그때 건너편 어두운 골목에서 그녀가 천천히 걸어 나왔다. 그녀는 고개를 숙인 채 들릴 듯 말 듯 말했다.

“저, …술 한잔 사주세요.”

근처 포장마차에 들어가 내민 술잔을 그녀는 만지작거리기만 했다. 그 사이에 화장을 급하게 지운 표시가 났다. 아랫입술을 잘근잘근 씹고 있는 그녀의 얼굴 위로 몇 개의 장면이 겹쳐졌다. 난처한 표정의 대학 1학년인 그녀, 아들의 학교에 불려와 눈물을 흘리는 그녀, 견디기 어려울 정도의 무거운 짐을 지고 떨고 있는 상사화….

“조금 전엔, 많이 놀라셨지요?”

나는 대답 대신 소주잔을 비웠다. 그녀가 내 잔을 채웠다. 손이 가늘게 떨고 있었다. 쓸쓸한 표정이 그녀의 눈가를 중심으로 맴돌았다.

“대학 2학년 때 의대생과 사귀었어요. 그때 해성이 낳았는데, 결국 결혼까지 가지는 못했어요. 그 집안에서 의사가 될 아들이라고 극구 반댈 하더라고요. 그쪽 집안에서 요구하는 것 반의반도 충족시켜줄 수도 없었고요.”

그녀가 담배를 피워 물었다. 길게 빨아당겨 훅 내뿜는 연기 속에 한숨이 반이었다.

“아버지가 그때 돌아가셨어요. 아픈 곳도 없으셨는데, 해성이가 태어나고 꼭 일주일 뒤의 일이었어요. 방황하다가 대학도 중퇴했어요. 너무 고통스럽고 힘들어 죽으려고 했지요. 이게 그때 난 상처예요.”

양쪽 팔목에 길게 상처자국이 나 있었다.

“경리로 사무보조원으로 조그만 회사 몇 군데를 전전하다가 두 번 결혼을 했어요. 홀아비들이었는데, 그리 오래가지는 못했어요. 첫 남편은 자동차부품 생산공장의 하청노동자였어요. 평생 무시당하고 빼앗기고만 살았다고 생각하는 사람이었지요. 심성이 착한 사람이었는데…, 뱃속의 아이가 태어날 무렵, 파업하다가 분신을 하고 말았어요. 분신하는 장면을 텔레비전으로 보는 순간 진통이 시작돼 분만실로 들어갔어요."

늙은 포장마차 주인이 근처 여관에 안주 배달 갔다 온다며 나갔다.

"두 번째 남편은 다니던 회사의 사장이었어요. 참, 많이도 맞았어요. 의처증이 있는데다가 사사건건 트집을 잡아 손찌검을 해댔어요. 한번은 해성이가 경찰에 신고를 하는 바람에 둘이 함께 경을 치른 적도 있었어요. 그 사람은 술을 마시고 운전하다 저수지에 빠져 죽고 말았는데, 나중에 건져내니까 조수석에 열일곱인지 여덟 살짜리 여자애가 같이 타고 있더군요."

눈물이 고이는가 싶었지만 흘리지는 않았다.

"회사를 정리했지만 빚을 다 갚지 못했어요. 채권자들 등쌀에 아무것도 챙기지 못하고 맨몸으로 쫓겨났지요. 해성이 밑으로 동생이 둘 있는데, 모두 아버지가 달라요. 막내는 첫 번째 남편과 낳았고, 둘째는 사실 저하고도 피가 섞이지 않았어요. 두 번째 남편하고 전처 사이에서 낳은 딸이니까요. 하지만 쫓겨나오면서 마냥 버려둘 수 없었어요. 하아, 이게 우리 식구들이에요."

그녀는 한동안 말없이 술만 들이켰다. 그러다가 일부러 목소리를 밝게 내었다.

"지난번 교무실에서 뵈었지요."

나는 그저 고개를 주억거렸다.

"애 담임선생님이 뭐라고 하는지, 귀에 하나도 들리지 않았어요. 자꾸 송 선생님만 신경 쓰이고, 반가웠는데 반가워할 수도 없고 어쩔 줄을 모르겠더라고요."

참고 있던 눈물이 그녀의 뺨을 타고 주르륵 흘러내렸다. 나는 담배를 피워 물었다.

"그때 무슨 생각했는지 아세요? 그냥 소리 없이 증발해버렸으면, 담배연기처럼 내 몸뚱어리가 흔적도 없이 흩어져버렸으면 좋겠다, 그런 생각했어요. 그날 교무실에서, 아까 그 노래방에서, 송 선생님과 함께 있는 지금도 그래요."

그녀의 목소리가 부슬비처럼 고즈넉하게 가라앉으며 젖어왔다.

"얼마 전에 해성이 담임을 만났어요. 제가 무슨 일을 하는지, 아이들이나 동네 사람들이 뭐라고 하면서 손가락질하는지 전부 다 안다고 했어요. 그러면서 해성이 잘 봐줄 테니 인사를 차리라고, 그러면서 슬금슬금 접근하는데 정말이지 미치겠더군요. 진짜 죽고 싶었어요. 아니, 날마다 죽고 싶어요. 하지만 아이들은 두고라도 정신을 놓아버린 엄마 때문에 그럴 수 없었어요."

라디오에서 흘러나온 차이코프스키의 〈비창〉이 비 맞은 포장을 가만히 흔들었다. 포장마차 주인은 궂은 날씨를 원망하며 혼자 소주를 부어 마셨다.

"송 선생님을 처음 만났을 땐 나름대로 풋풋하고 꿈이 있었는데, …이젠 사는 게 너무 징그러워요."

낮아진 기온 때문인지 징그러운 삶 때문인지 그녀의 위팔에 소름이 돋았다. 문득 그녀를 따뜻하게 안아주면 어떨까 하는 생각이 들었지만, 내 손은 담배에 가 닿았다.

"참, 가방 아니, 예전에 맡겨두셨던 배낭 언제든 생각나시면 찾아가
세요."

"아, 예에 …."

나는 그러마는 대답도 아닌 말로 얼버무렸다.

"저도 거기에 있는 책이며 문건을 읽어봤어요. 생각해보면 저도 세
상과 무수히 싸우고 버티려고 노력해왔는데, 지금도 매일매일 싸우는
데 단 한 번도 이긴 적은 없는 것 같아요. 세상은커녕 …, 해성이한테
도 못 이겨요."

그녀는 안녕히 가라든지 다음에 또 만나자든지 하는 식의 인사를 하
지 않았다.

"그래도 계속 싸워야 하는 건가요? 언제까지나?"

그녀의 모습이 어둠에 완전히 잠식당하고 나서까지도 한참 동안 나
는 그 자리에 망연히 서 있었다.

7

뒤늦게 소식을 들은 처녀는 젊은 스님이 쓰러진 곳에 달려가 보았다.
사람들이 스님의 환생이라고 일러준 처음 보는 풀이 있었지만 어찌된
일인지 잎이 다 시들어 떨어져버렸다.

처녀는 안타까움에 눈물을 흘렸는데, 그 순간 빨간 꽃이 피어났다.
스님이 처녀를 만나지 못했듯이 잎과 꽃이 서로 만나지 못하는 이 꽃
의 비극적 운명을 사람들은 두고두고 안타까워했다.

여름방학이 끝나고 학교에 갔을 때, 해성이 전학간 사실을 알았다. 학년주임은 한밤중 술에 취해 집에 가다가 괴한에게 맞아 한 달째 입원 중이었고, 누구도 해성의 가족 다섯 명이 어디로 갔는지 알지 못하였다.

교실 앞 화단에는 잎이 다 떨어져 말라죽은 줄 알았던 상사화에 꽃대가 올라와 홍자색 꽃이 무리지어 활짝 피어 있었다.

마우스브리더

정말 조용한 날이었어요. 바람도 없고 보슬비가 종일 내려 황사의 버석거림도 조용히 가라앉아 있었지요. 세상의 모든 것들은 제각기 움직이던 관성대로 빨리 혹은 느리게 따랐지만, 잠깐씩 정지화면에 걸린 화상처럼 눈앞에서 숨을 죽이곤 했습니다. 현실공간에서 함께 벌어지고 있으나 비현실적인 느낌으로 멀어져가는 것들. 가령 중국의 민항기가 활주로 대신 하필 험준한 야산을 기착지로 삼는 바람에 대형참사가 벌어졌을 때도, 다른 지역이라 출동할 수도 없는 상황이 우리의 몸과 마음을 더 나른하게 만들고 있었습니다.

"사고 여객기는 추락 직후 폭발 때문에 동체는 덮개가 완전히 날아가버려 기본 뼈대밖에 남아있지 않습니다. 소방당국은 현재 20여 구의 사체를 발굴해 냈으나 상당수는 신체의 일부분이 아예 떨어져 나갔거나 얼굴 형체도 알아보기 어려울 정도로 처참해 구조대원들도 눈시울을 적실 정도입니다."

하루 종일 텔레비전은 사고현장 소식을 속보로 내보내도 긴장감은 전혀 들지 않았어요. 그만큼 조용했지요. 사고는 각본에 의해 텔레비전 안에서만 일어난 것 같았고, 나른한 봄날의 휴일 오후였습니다. 그 전화가 걸려오기 전까지 우리는 그렇게 축 늘어져 있었지요.

그의 목소리는 크게 떨리지 않으면서도 불안정했습니다.

"딸아이가 … 갑자기 쓰러졌어요."

일부러 떨지 않으려고 애쓰면서 간단하게 말하려 했지만, 그것이 오히려 마음의 다른 쪽을 동요하게 만드는 것 같았어요. 그것은 정지된 화상이 눈에 보이지 않지만 미세한 떨림―기술상의 문제 혹은 전자제품의 태생적 한계—처럼 일상이 되어버린 우리에게는 무감하게 들리기도 했던 게 사실입니다.

"딸아이가 쓰러지면서 … 피를 많이, … 사실은 제가 야단을 좀 … 약간 밀치기만 했는데 … 옷장 모서리에 부딪히면서 … 빨리 좀 와주시면 ….”

전언을 받은 구조대장은 대원들을 독려했습니다.

"어서들 일어나, 움직이자고. 서둘러!”

모두들 쫓기듯 헬멧과 장비 등속을 챙기고 허리춤을 추어올렸습니다. 주춤주춤 다리근육을 풀어보기도 하고 살에 들러붙은 옷을 떼어내며 하품을 삼키기도 했어요. 물론 앞서 나가는 것은 얼빠진 몸뚱일 뿐이었지요.

"어이, 굼벵이 대원! 자네도 얼른 무거운 궁둥이 들고 움직여. 빨리 빨리!”

이럴 땐 으레 운동신경이 둔하고 일에 서툴러 남보다 처지기 마련인 제가 대표로 욕을 먹기 일쑤였어요. 하기야 이제는 그리 둔한데 어떻게 구조대에 배치가 되었느냐는 둥, 저 때문에 구조대 전체가 굼벵이가 되어간다는 말 듣는 것도 이골이 났습니다.

아마도 삐뽀거리며 시내를 가로지르는 119 구급차 안에 무기력하게 널브러져 있는 우리를 사람들은 상상하지 못할 겁니다. 그래서일까요? 우리는 옷장 모서리에 부딪쳐 피흘리는 초등학생을 구하러 갔다가 엉뚱한 상황에 한참동안 어안이 벙벙해져 말을 잇지 못했습니다.

15분 남짓 걸려 도착한 아파트에 이미 많은 사람들이 나와 있더군요. 지금 생각해보면 집안에서 벌어진 일이어서 사람들이 잘 알 수도 없을 뿐더러, 흐린 날씨에 바깥 주차장까지 나와 있을 리도 없었지요. 대개 집안문제는 남에게 알려지는 것을 꺼려하기 마련이거든요. 우리는 들것과 구급약품 상자 등속을 챙겨들고 신기해하는 아이들 틈을 뚫고 엘리베이터를 우선 목표로 뛰었습니다. 미처 아이들이나 주변사람들이 엉뚱한 곳을 가리키며 우리를 부르고 있을 거라고 생각지는 못했어요. 우리가 구해야 하는 환자는 분명 11층에 있었으니까요. 적어도 우리가 전달받은 상황은 그랬다는 애깁니다.

"아, 이 답답한 사램들아. 어딜 자꾸만 들어갈라고 해쌓는겨? 사램이 찌그 엉망으로 널브러져 있는디."

경비아저씨가 손을 홰홰 저으며 앞을 가로막을 때 다만 의아했을 뿐이었습니다. 비로소 그의 손끝이 가리키는 곳을 보고난 후에야 우리는 혼란에 빠질 수밖에 없었어요. 거기 경비실 옆 화단에 허리가 반쯤 꺾인 채 붉디붉은 꽃물을 자꾸만 흘리고 있는 사람이 있었거든요.

잠깐 동안 11층의 초등학생이 아버지의 꾸지람에 반발해 꽃잎으로 떨어져 내린 게 아닌가 생각해 보았습니다. 하지만 그것은 사십 대의 남자였고, 이미 절명하였으므로 물어볼 수도 없었지요. 얼굴조차 알아볼 수 없을 정도였는데, 고장난 인형이나 장난감 로봇의 그것처럼 삐어져 나온 눈알과 마주치고 말았지요.

"아저씨, 우린 다른 신고를 받고 온 거니까 거기에 먼저 갔다가 다시 올게요."

붙잡는 경비에게 대강 설명하고 입구로 향했어요. 얼빠진 몸뚱이들은 허둥대었고 앞서나간 생각들은 11층의 환자를 떠올리며 엘리베이터를 잡아탔지요. 쓰러진 여자아이를 급히 구하러 왔다가 난데없는 추락사 현장을 마주쳤으니, 아무리 사고현장을 무시로 목격하는 우리들이긴 하지만 당황스러울 수밖에 없었습니다. 그때 비로소 경찰차 한 대가 소란을 떨며 아파트로 진입해 들어오는 장면을 보여주며 엘리베이터 문이 닫혔습니다.

11층까지 올라가는 동안 생각은 천방지축으로 널을 뛰었어요. 엘리베이터 문이 닫히고 2층을 지나칠 때까지만 하더라도 두 사건을 굳이 연관지어 생각하지 못했지요. 그러다 3층을 알리는 숫자판이 채 켜지기 전에 우리는 무엇을 확인이라도 하는 듯이 서로의 얼굴을 바라보게 되더라고요. 누구도 무슨 초자연적인 예지력이나 신통방통한 육감을 가졌다고 생각지는 않았지만, 어떤 불가해한 것으로부터 모종의 지시를 받은 듯한 표정들이었습니다.

초등학생과 사십 대 남자는 관련이 있는지 없는지, 아니 정확히 말하면 관련이 있다는 심증이 점점 굳어져가면서 꾸지람을 참지 못한 아이가 뛰어내리려는 것을 말리려다 아버지가 떨어진 것은 아닌지, 그랬다면 아버지가 어떻게 잘못 디뎌 떨어지기까지 한 것인지, 무슨 영화의 한 장면처럼 왼손으로 난간을 붙잡고 오른손에 매달린 아이를 들어올린 후 자신을 끌어올리지 못해 결국 떨어진 것인지, 심지어는 올라오는 아버지를 보고 있다가 갑자기 미움을 느낀 아이가 베란다 창문을 닫아 걸어버린 것은 아닌지, 그 훨씬 이전에 일부러 슬쩍 밀쳐 사고를 유발시킨 것은 아닌지, 공범은 있는지 어떤지, 밖에서는 보지 못한 것 같은 엄마는 어떤 역할인지, 베란다의 구조는 이런 일이 벌어지기에 적합한지, 단서가 될 만한 무엇이 남아 있을지, 예측은 상상을 넘어 공상과 망상으로 치달았습니다.

어릴 때 만화영화를 너무 많이 보았든지, 비번일 때 비디오나 영화 채널에 너무 빠져 있어선지도 모르지요. 아직 총각이기도 하지만 워낙 제 성격이 내성적이라 밖에 잘 나다니지도 않거든요. 아무튼 대장의 지시 이상의 것은 존재 자체를 부정해버리기라도 하려는 듯—그러면서도 그 이상의 무형적, 절대적 명령을 은근히 두려워하는 표정을 미처 지우지 못한 채—좁은 엘리베이터에서 우리가 할 수 있는 것이라고는 "쓰벌, 도대체 어찌된 일이야?" 정도의 푸념밖에 없었습니다.

아파트는 잠겨 있었지요. 서너 번 초인종을 누르고 주먹으로 두들기며 불러보아도 안에서는 아무 소리도 들리지 않았습니다. 더 이상 지체할 수가 없었어요. 안에 어떤 위급상황이 벌어지고 있을지 모르기 때문입니다. 억지로 문을 열고 들어갔을 때 잠시 우리는 집을 잘못 찾아온 게 아닐까 눈을 의심했습니다. 삼십여 평의 아파트 내부는 화려하지 않았지만 깨끗했고, 무언가 사건이 벌어졌을 만한 징후가 드러나 있지 않았거든요.

거실 한가운데 흔히 텔레비전이나 오디오가 있기 마련인 곳에 제법 큰 수족관이 먼저 우리를 맞았어요. 모르겠습니다. 그 와중에 왜 그 수족관이 먼저 제 눈에 들어왔는지, 설명하기 어렵네요. 집에 두기에는 약간 큰 게 사실이지만 그렇다고 아주 크지도 않았어요. 형사님도 수사를 하셨을 테니까 보셨겠지요? 황갈색의 크지도 작지도 않은 열대어가 있었지만 그리 눈에 띄게 예쁘지도 않았고, 그렇다고 내부를 화려하게 꾸미지도 않은 평범한 수족관이었어요. 물레방아 모형이나 거품기도 어디서나 볼 수 있는 것이었지요. 아마도 아무거나 살펴보기 좋아하고 뜯어보기 좋아하는 제 성격 때문일 수도 있습니다.

그리고 4, 5학년가량의 남자아이가 화장실 앞에 앉아 있는 게 눈에 띄었어요. 아이는 무엇에 홀린 듯 망연한 표정이었습니다. 초인종 소리도 우리가 억지로 문을 열고 들어간 사실조차 모르는 것 같았지요. 환자가 어디 있느냐고 묻자,

"죽었어. 누, 누나가 죽었어요. 피 흘리고……."

아이는 울지도 못했습니다. 그냥 무섭다 정도가 아니라 떨 수도 없고 울 수도 없는, 감당하기 어려운 공포가 아이 얼굴에 그대로 남아있었어요. 여자아이의 방으로 보이는 문을 열었을 때 방바닥에 흘러있는 붉은 꽃이 동공을 채웠습니다. 그 꽃 위에 5학년, 잘해야 6학년 정도 되어 보이는 여자아이가 쓰러져 있었어요. 온몸에 전율이 일면서 머리끝이 서더군요. 조금 전 경비실 옆 화단에서 본 사십 대가 배경으로 삼은 붉은 꽃물과 겹쳐보였기 때문이었지요.

다행히 여자아이는 죽지 않았더군요. 충격을 받았는지 잠시 정신을 잃었던 것 같더군요. 피는 아이의 속옷에서 나온 것이었는데, 상처가 나서가 아니라 갑작스레 시작된 생리 때문인 것 같았습니다. 아이는 생리대를 착용하지 않은 것 같아 보였고 자신이 처한 상황에 몹시 당황해하는 눈치였으니까요.

그런데 누나가 죽지 않은 것을 보자 남자아이는 갑자기 울음을 터뜨렸고 점점 더 거세게 울어댔어요.

"아빠! 우리 아빠가 ….."

들것에 실려가는 누나를 따라가려다 베란다 쪽을 돌아다보면서 움직이지를 못했습니다. 서서 누나가 나간 문과 베란다를 번갈아보고 자꾸 발만 굴러댔어요. 죽은 사내가 아이의 아버지라는 것을 직감할 수 있었습니다. 아이를 등에 억지로 둘러업었는데도 계속 몸을 비틀어대면서 처절하게 울었어요. 마구 몸을 뒤틀면서 저 폐부 깊숙한 울음을 퍼올려 양동이에 쏟아놓으며 우는 듯한 그런 느낌이었지요. 병원으로 향하는 누나나 베란다로 자신을 내던진 것처럼 보이는 아버지에 이어 녀석까지 피를 토해낼 기세였지요.

겨우 발버둥치는 아이를 구급차에 태우고 병원응급실에 도착할 때까

지 예의 그 튀어나온 눈이 자꾸만 떠올랐습니다. 급기야 솟구쳐 오르
는 헛기침과 헛구역질을 참아내지 못하고 폐결핵이나 간질발작이라도
일으킬 것 같은 기세로 해대는 바람에 애를 좀 먹었어요. 하지만 아무
도 평소처럼 나에게 '애가 들어섰다냐, 왜 그리 왝왝거려싸?', '어이 골
샌님, 할만 해?' 따위의 농담을 하지 않았습니다. 괄괄한 성격의 황 선
배만이

"쓰벌, 짜바리 시키들 뒷수습 할라먼 골 좀 때리것구먼."
한마디 내뱉었을 뿐이지요.
아마도, 제가 말씀드리는 내용이 가장 자세할 것입니다. 비록 굼떠
서 매번 욕을 먹기는 해도 이것저것 그냥 보아 넘기지 않는 성격이거든
요. 사실 저 자신은 동작이 늦다고 생각하지 않습니다. 단지 그런 저의
성격 때문에 그렇게 비치는 것일 뿐이지요.

아이들의 어머니

그나마 아이들이 무사한 걸 보니 한결 마음이 놓이는군요. 이젠 무
슨 질문에든지 대답해드릴 수 있을 것 같아요.
담배 한 대 피워도 괜찮겠지요? 사실 이혼 후 한동안 아이들이 눈에
밟혀 아무것도 못하고 친정집에만 틀어박혀 지냈거든요. 그때 담배에
완전히 인이 박여버렸어요. 마치 기상학자가 구름을 관찰하고 분석하
듯이 담배연기가 그려내는 갖가지 모양만 홀린 듯이 쳐다보고 있었으
니까요. 그러다가 아이들의 형상이 그려지기라도 하면 얼마나 울었던
지, 우리 엄마 말로는 대성통곡을 했다더군요. 이혼을 결심하고 막상

헤어질 때까지 아이들을 생각하면서 그러리라곤 나 자신도 미처 생각지 못했어요. 그냥 그 사람, 그러니까 전남편으로부터 벗어나는 것만 생각했으니까요.

그 사람이 11층에서 뛰어내린 이유요? 신문과 뉴스에는 딸을 혼내려고 밀쳤는데 피를 흘리며 쓰러지는 것을 보고 죽은 것으로 오인해 죄책감을 느껴 스스로 목숨을 끊었다고 나오데요. 심지어는 아동학대로 인한 비극이 아니냐는 쪽으로 몰아가려는 사람도 있고요. 다시 한번 말씀드리지만 그 사람은 생리와 충격으로 인한 출혈을 구별할 줄 모를 정도의 바보는 아니에요. 설령 어딘가에 부딪친 것으로 착각했다손 치더라도, 아이를 둘러업고 병원으로 뛰어갔으면 갔지 그 상황을 버려두고 자기 목숨을 끊을 무책임한 사람은 아니라고요. 아무리 기삿거리가 없어도 그렇지 너무 멀리까지 가버렸더라고요. 살 붙이고 살던 사람이라고 두둔할 마음도 없지만 이혼한 남편이라고 일부러 폄하할 마음도 없어요.

실제로 죽은 사람과 언론에서 말하는 사람은 완전히 다른 사람인 셈이지요. 한번 생각을 해보세요. 119에 딸이 다쳤다고 신고까지 한 사람이 그 십 분 남짓한 시간을 기다리지 못하고 그런 짓을 하겠어요? 죄책감 때문에 자살했다고 하면 세상 사람들의 관심을 끌 수 있을지는 몰라도 이해까지 바라기는 무리지요. 사실 그게 이해되지 않아서 저까지 불러서 실마리를 잡으려고 하시는 것이고요. 제가 그 사람에 대해서는 다 말씀드릴 테니 제발 아이들을 괴롭히지는 말아주세요.

그 사람은 완벽주의자였어요. 제가 이렇게 말하면 이상하게 보일지 모르겠지만 그는 남편으로서, 아빠로서 어느 누구보다 성실하고 책임감 강한 사람이었어요. 물론 회사에서도 능력을 인정받아 남보다 먼저 승진하고 공공연히 먼 장래까지 윗사람들로부터 보장받을 정도였지요.
시댁뿐만 아니라 처가도 저보다 앞서 대소사를 챙길 정도였으니까요.

대학 때부터 그랬지요. 3학년 초에 복학해 같이 다녔는데, 항상 깨끗한 차림이었고 흐트러진 모습을 보인 적이 없었어요. 누구에게 농담을 건네지 않았고 술자리에서도 한 번씩 고개를 주억거리거나 피식 헛웃음 치다가 이내 자리를 뜨곤 했어요. 누구도 그런 그에게 관심을 주지 않았으니, 괜히 여학생들의 주의를 끌기 위해 그런 것도 아닌 건 분명했지요. 시험기간에 그의 노트를 빌리기 위한 일만 아니라면 적당히 무시하는 경우도 있었으니까요. 한창 교내시위가 잦았고 가투와 노조 지원투쟁까지 벌어지던 때, 학과 수위를 다투던 그와는 시쳇말로 '핀트가 안 맞는다'고 생각했지요. 그는 학생 신분으로 벌이는 사회변혁 운동보다는 적절한 지위를 확보한 상황에서 위로부터 개혁을 하는 것이 효과적이라고 조용히 주장했고, 당시 사회진출 운동을 벌이던 일부 선배들의 수긍을 조금씩 얻고 있던 터였어요. 물론 일부는 수정주의자로 낙인찍어 비판의 칼을 들이댔고, 대다수는 일고의 가치도 없는 현실기피자로 무시해버렸지요.

저도 그에겐 전혀 관심이 없었어요. 사실 그때 사귀고 있던 선배가 있었거든요. 학생회 문화국을 맡고 있던 선배와 저는 사업기획과 문건 작성, 섭외 등에 매달렸고 자연스럽게 가까워졌지요. 지도력 있고 후배들을 잘 챙긴데다가 굵은 목소리가 사람을 끄는 힘이 있어 여학생들에게 인기가 있었어요. 하지만 할 일은 너무도 많고 수배자의 행동반경은 너무나 좁더군요. 선배의 구속으로 문화국의 주인이 바뀌었고 저도 의욕을 잃은 채 옥바라지를 준비하는데, 알고 보니 따로 옥바라지 해줄 여학생이 있더라고요. 오랫동안 잠수를 하면서 그녀가 주로 은신

처를 제공해왔고, 그 사이사이에 잠시 제 품에 날아들었던 것이더군
요. 그런 사실들을 확인한 순간 저는 그만 방향키를 잃어버렸어요. 동
시에 내 뱃속에서 자랄 준비를 하던 생명마저 지향점을 놓쳐버리고 말
았지요.

정말 어둡고 긴 터널이었어요. 어떻게 졸업했는지 모르게 학교를 빠
져나온 후, 어느 날 정신을 차려보니 제가 아주 조그만 출판사에서 일
하고 있더라고요. 술을 너무 마셔 필름이 끊긴 것처럼 모든 것이 낯설
었고 몸이 더 이상 내 것이 아닌 것처럼 느껴졌어요. 지하철을 타고 집
에 가다가 갑자기 내 몸속에 있던 생명체가 생각나 서럽게, 사람들의
시선에 아랑곳없이 아주 서럽게 운 적도 있었지요. '지옥에서 보낸 한
철', … 그랬어요.

지옥을 빠져나와, 아니 지옥의 다른 문을 열자 그가 있었어요. 오랜
만에 만난 그는 자신의 소형차를 가리키며, 같은 방향이면 집까지 바
래다주겠노라고 하더군요. 알고 보니 내가 일하고 있는 곳에서 가까
운, 제법 건실한 것으로 알려진 회사에 다니고 있더라고요. 같은 방향
이 아니었지만 이삼십 분만 돌아가면 그리 먼 것도 아니라며 조수석 문
을 열어주었습니다. 그리고 출근은 각자 하더라도 퇴근은 함께 하기로
제안하고 제멋대로 승낙해버렸어요. 아까도 말씀드렸지만 전 그에 대
해서 좋다거나 싫다거나 생각해본 적이 없어요. 다만 지옥에서의 생활
에 몹시 지쳐있었고, 딱히 수고스럽게 거절하기도 번거로울 것 같더라
고요.

그게 저의 불찰이었어요. 그만 비슷한 방법으로 결혼마저 승낙해버
렸기 때문이에요. 어느 날 제가 소형차에 오르자 그는 시동조차 켜지
않고 불안한 듯이 다리만 까딱거리면서 눈을, 아, 물론 평소에도 상대

를 잘 보지 못하는 편이었지만, 그날은 아예 시선을 외면하더라고요.
그래서 제가 "형, 뭐 프러포즈라도 하려는 거야, 뭐야". 농을 걸었지
요. 처음엔 놀라는 듯하더군요. 그때 저는 이미 눈치를 챘지요. 그도
이내 용기를 내는 것 같았어요. "그냥, 있잖아, … 우리집에 들어가 사
는 건, … 어때?" 이를테면 그다운 프러포즈였던 셈이었어요. 무심코
농을 걸었다가 뜻밖의 상황을 맞은 저로서도 놀라기는 마찬가지였지
요. 쉽게 거절하지 못하겠더군요. 찡그린 그의 표정이 교차하고, 만약
그랬다간 금방 손을 덥석 붙잡으면서 애원이라도 할 것 같았어요. 당
장 그런 것들이 더욱 부담스럽고 겁이 나는 거예요. 그래서 얼른 "뭐
야, 사람 놀라게. 알았어, 생각해볼게." 가볍게 대답하고 라디오 소리
를 높였어요. 그날은 그것으로 넘어갔어요. 집에 도착할 때까지 말을
꺼낸 건 라디오뿐이었으니까요.

그런데 이튿날부터 그는 나를 당연하다는 듯이 '자신의 여자'로 대하
더군요. 좀 우습게 들릴지 모르겠지만 불현듯 자기집에 데려가 부모님
께 인사시키고 우리집에도 찾아오더니, 양가 상견례하고, 날짜 잡고,
전세 구하고, 혼수 장만하고, 예식장 예약하고, 남들 다 가는 제주도
비행기표 예약한 후 신혼여행 갔다 오고, … 그 모든 일을 순식간에 실
행에 옮겨 해치워버리더군요. 정말 눈 깜짝할 사이였어요. 저는 그동
안 영화 속 인물을 보듯, 일련의 과정들을 멀찍이서 아무 생각 없이 객
관적으로 바라다보고 있었어요. 이른바 예술영화라는 것은 조금 다를
지 모르겠지만, 보통 영화를 본다는 것은 나와 상관없는 사람들의 일
상을 무심하게 들여다보다가 극장을 빠져나오는 순간 몽땅 잊어버리
는, 그런 것 아닌가요? 그와 제가 등장하는 영화도, 우리가 등장한다
는 사실에 다소 기이함이나 호기심을 가지면서도 극장문을 나서는 순

간 '뻥' 하고 사라질 줄 알았지요. 영화가 끝난 후 내가 누워있는 침대에 그가 털투성이 다리를 올리는 순간, '그게 아니구나. 뭔가 계속 진행되고 있구나' 깨달았어요.

그렇다고 처음부터 결혼을 후회하지는 않았어요. 아까도 말했듯이 그는 아주 성실한 사람이었고 가족들에게는 더할 수 없는 가장이었습니다. 하루 서너 번 이상 전화하기는 기본이었고 한 달에 한 번 정도 하는 회식 이외의 술 약속이나 모임은 거의 하지 않았어요. 저녁 일곱 시 삼십 분, 늦어도 여덟 시 정도면 어김없이 초인종을 눌렀고 설거지며 빨래도 도와주었으니까요. 주말에는 근처 공원에 나갔다가 영화나 연극도 꼬박꼬박 챙겼고, 할인점에서 두세 시간 쇼핑을 해도 불평 한마디 하지 않았어요. 국이 너무 짜거나 반찬 맛이 없어도 맛나게 먹어주었고, 요리책을 펼쳐놓고 나름대로 '특선요리'를 만들어 내놓기도 했어요. 정말 즐거워하고 있다는 것을 그의 표정에서 읽을 수 있었고, 저 역시 그런 재미를 처음으로 맛보았습니다. 그런 걸 행복이라고 부른다면 저는 그때 정말 행복했어요.

그는 언제나 제 의견을 물었어요. 벽에 걸 사진이나 장식용 소품을 고를 때도, 설거지를 하고 난 후에 깨끗한지 어떤지, 주말에 어디 가고 싶은지, 어떤 영화나 연극을 보고 싶은지, 음식점에서 무엇을 먹고 싶은지, 입고 나갈 옷이며 넥타이, 양말까지 자신이 고를 수 있는데도 꼭 물어보고 거의 제가 말한 대로 하는 편이었어요. 자기 마음에는 들지 않아도 마음에 들게 자기 암시를 걸듯 결국 맞추어가더군요. 그전에 제가 알고 있던, 이지적이면서도 차갑고 자신만 아는 사람이 아니더라고요.

그런데 언젠가부터 그게 좀 이상한 면이 있었어요. 자꾸만 뒤를 돌아본다고 할까, 확인하고 또 확인하는 거예요. 처음에는 그냥 한번 쓰윽 훑어보고, 그 다음에는 눈을 가까이 대어 살펴보고, 또 실제로 만져보고, 나중에는 돋보기에다 현미경까지 들이대며 살피는데, 심지어는 제대로 놓여 있는 걸 살짝 비틀어 놓아보고 그걸 다시 바로잡는 식이죠. 은근히 불편하고 어색했어요. 그렇다고 그걸 트집잡아 내게 뭐라고 닦달하지는 않았어요. 그냥 자신이 반드시 해야 하는 일인 양 착실한 학생처럼 하루하루의 책장을 넘겼지요. 자기 물건뿐만 아니라 제 화장품이며 지갑, 심지어 생리대며 속옷까지 본래 있던 자리에 있지 않다 싶으면 꼼꼼히 제자리에 갖다 두었어요. 제가 설거지를 마친 그릇을 일일이 살펴 음식찌꺼기가 붙은 그릇을 손으로 깨끗하게 씻은 다음, 결국 깨끗하다 싶은 것까지 모두 다시 씻는 일은 다반사였어요. 빨래도 마찬가지고요.

한번은 딸기를 사서 내놓았더니 이미 한 번 씻은 걸 농약을 많이 친다더라며 한참 걸려 다시 씻어오는데, 보니 표면이 짓뭉개져 있었어요. 그냥 짓뭉개진 정도가 아니라 그게 원래 딸기였는지 알아볼 수 없을 정도였어요. 그도 제가 편치 않아 하는 것을 모르지는 않았어요. 그래서 항상 "애들이 다칠까봐 내가 치웠어"라든지, "갑자기 손님이라도 들이닥치면 너무 어수선해 보일까봐…", "농약을 듬뿍 발라 먹는 것보다는 낫지" 따위의 근거를 빠뜨리지 않았어요. 그리고 제게는 무안해할 필요도 없고 어색해할 필요도 없다고 했어요. 각자 잘할 수 있는 일을 하는 것이 올바른 부부생활 아니겠냐는 것이지요. 저도 그 말에 동의했어요. 그는 완벽주의자였고 섬세하며, 그래서 제가 미처 신경 쓰지 못하고 해내지 못하는 일들을 '공생의 관계'에서 처리하는 것이라고 생각했어요. 행복한 가정을 위한 그의 노력은 지속되었고, 그게 마음에 들지 않았지만 저는 짐짓 외면하고 본래 그런 사람이라고 치부해버렸지요. 사실 살다보면 적당히 포기하자는 유혹이 들 때가 있잖아요.

그런데 그게 아니더라고요. 제가 둘째를 낳고 세 돌 지나 놀이방에 보낼 무렵이었으니까 결혼하고 8년이 다 되어갈 때였어요. 새로 찾은 직장은 야간작업을 당연하게 생각하는 어린이책 전문 출판사였어요. 별다른 업무가 없을 때라도 '오직 사명감과 책임감'으로 아이디어를 짜내고, 작가들에게 전화도 하고, 시장조사와 호응도 확인 따위를 했어요. 하지만 늦은 퇴근시간 때문에 그가 싫은 내색을 보이거나 아이들 둘 뒤치다꺼리에 불만을 표시하지는 않았어요.

문제는 대학 때 사귀던 선배를 다시 만나면서부터 생겼어요. 아, 오해하실까봐 미리 말씀드리지만 단지 만났다는 것이지 깊은 관계가 되었다는 것을 의미하는 건 절대 아니에요. 그런 뜻이 아니었기 때문에 제가 남편에게 먼저 얘기했어요. 하청을 준 인쇄소에 들렀다가 그 선배를 만났다, 근처 찻집에 가 들어보니 조그만 사회과학 전문 출판사에서 친구 일을 도와준다더라, 일 년에 잘해야 한두 권 책 낼까 말까한 곳이라더라, 예전의 모습은 간데없고 좀 초라해보여서 서글퍼지더라, 요즘 같은 때 사회과학 서적이라니 밥이나 제대로 챙겨먹는지 모르겠다, 정도의 얘기였어요. 남편도 "그래?" 하는 식의 반응 이외에는 무심하게 보였지요. 저도 여성운동에 관심을 가지고 있긴 하지만 지금의 결혼제도가 불합리하다고 주장할 정도는 아니고, 더구나 판을 깨고 새로운 틀을 만들자고 할 만큼 급진적이지도 않고요. 사랑에 대한 정의를 내리기는 어렵지만 저 나름대로 남편과 아이들을 사랑했고 가정이 유지되기를, 아니 최소한 깨지기를 원하지는 않았어요.

그런데 갑자기 남편의 태도가 눈에 띄게 바뀌더군요. "그 사람은 요즘 잘 있대?" 며칠 뒤 뜬금없이 욕실을 나오던 제게 꼭 그렇게 묻더군요. 어린애 같기도 하고 우습기도 해서 "그걸 내가 어떻게 알아" 짜증 섞어 대꾸하고 잠자리에 들었는데, 남편은 멈추지를 않았어요. 오히려 더 집요하고 은근하게 추궁해 들어왔지요. "집은 어디래?", "아직 혼자래?", "예전에는 여학생들한테 인기 있었잖아. 안 그래?", "만나는 여자 없대?", "출판사 일만으론 생활이 안 될 텐데, 다른 일 하는 건 없대?", "한번 우리 집에 초대할까?", "작은 출판사면 기획에서 유통까지 다 신경 써야 되겠네?", "거긴 밤까지 일하지는 않겠네?" 처음에는 사나흘 주기로 툭툭 내뱉더니 점점 하루 이틀로 바뀌고, 나중에는 집에서뿐만 아니라 회사에서도 그랬어요. 일보러 근처에 왔다가 점심이나 같이 하려고 들렀다는 어설픈 핑계로 사무실 문을 열기도 하고, 회사에 전화를 해놓고 "어디야?" 묻기도 하더군요.

사실 그 선배는 인쇄소에서 마주친 이후 전화도 없었고 다시 만나는 우연도 일어나지 않았지요. 단지 아주 오랜만에 낸 책이라면서 독일 경제학자의 자유무역 비판서를 들고 회사에 딱 한 번 들른 게 다였어요. 남편은 제 말을 믿는다고 하면서 "뭐, 옛 애인을 만나지 말라는 법도 없지"라더군요. 별 뜻 없이 한 말이라면서 "그래도 옛 애인인데 감회가 새롭지 않아?" 하며 속내를 드러냈어요. 절 사랑하기 때문이라고 말하면서 꼭 뒷동을 달아 입맛을 쓰게 하더군요. 한번은 "지웠던 그 아이 생각이 날 때는 없어?"라는 말을 내뱉어 고통스럽게 하더군요. 그 말을 듣는 순간 울혈이 막혀 나락으로 한없이 빠져드는 것 같았어요. 그래도 전 자의든 아니든 제가 남편에게 준 상처 때문에 몸부림치는 것이라 이해하기로 마음먹었지요. 그렇게 한 달여가 지났어요.

그러더니 이번에는 돌연 모든 것이 자신의 잘못이라는 거예요. 처음에는 무슨 말인지 몰라 어리둥절했지요. 퇴근길에 맥없이 걷고 있던 절 자신의 차에 태우지 않았더라면, 또 청혼하고 결혼을 서두르지 않았더라면 정말 제가 사랑했던 그 선배와 다시 맺어질 수도 있었지 않았겠느냐는 거예요. 자신의 섬세함이나 꼼꼼함을 조금만 더 억누르고 자제했다면 제가 좀더 즐겁고 행복할 수 있었을 거라고도 하더군요. 그러면 제가 다시 일할 거라고 출판사에 나가지도 않고 그 선배를 마주치는 일도 일어나지 않았을 거라고 말하기도 했어요. 자신이 절 믿고 의심하지 않았어도 일이 더 이상 심각해지지는 않았을 거라고 자책도 했지요. 결국 그 모든 것이 자신의 책임이고 그 죄책감은 평생 자신을 괴롭힐 거라고 하더군요.

전 그가 왜 그런 말을 하는지 도무지 알 수 없었어요. 아무리 우리들 중 누구도 죄를 짓지 않았다고 해도 소용없었어요. 갈수록 스스로에게 부과한 그의 죄는 더 무겁고 위험해지기까지 해서 그 상태에서는 도무지 사면을 받을 수 없는 지경이 되었으니까요. 계속 자신에게 죄를 얹고 털끝만큼도 덜어내지는 않았어요. 일주일쯤 계속된 그의 참회는 우습기까지 했지요. 하지만 평소 농담이라곤 할 줄도, 생각지도 못하는 그에게 웃어줄 수도 없었어요. 그렇다고 오해하지는 마세요. 자신이 죄를 부과하는 것을 멈추지 않게 하고 그것을 실컷 비웃어 줌으로써 그를 비극의 구렁텅이로 밀어 넣을 의도는 없었으니까요.

저는 그게 차라리 더 나았어요. 어폐가 있을지 모르겠지만, 너무나 성실하고 순진하기 이를 데 없는 그보다 자신을 학대하고 그로써 저를 간접적이나마 비난하는 것이 오히려 견딜 만했다는 거예요. 겉으로 보기에는 피학이지만 속성은 그대로 가학이었으니까요. 여자는 마조히스트일 수밖에 없다는 말에 의식적으로 동의하지는 않지만, 막상 그의 태도가 바뀌면서 '그러면 그렇지, 이제야 진면목이 드러나는구나' 당연한 수순을 밟는 듯한 기분이더라고요.

그 사람이 11층에서 뛰어내린 이유 말인가요? 아니오, 그 사람이 죄책감을 느껴 스스로에게 벌을 내리려했다는 건 그런 의미가 아니에요. 아까 말씀드린 대로 그는 완벽주의자였고, 언제나 '완전한 모습을 비춰주는 거울' 하나를 지니고 있었어요. 그리고 매일매일, 매시간, 매순간 들여다보며 자신의 모습과 일치시키려고 했지만 쉬울 리가 없었지요. 피그말리온이 사랑한 것은 갈라테이아가 아니었던 것처럼 그가 사랑한 것도 저나 아이들이 아니었던 것이지요. 그 자신도 처음에는 사랑이라고 믿었던 모든 것들이 내부에서 반기를 들기 시작한 거죠. 부자는 아니지만 그런대로 풍족하고 누가 보아도 행복을 느낄 수 있는 가정을 원했지만 그런 꿈이 서서히 멀어지고 탑은 무너지고 있었어요. 직장에서 아무리 오래 일해도 완벽해질 수 없었고 저나 아이들이 모두 그의 뜻대로 움직여줄 리 만무했지요.

결국 살바도르 달리의 달걀처럼 너무도 쉽게 깨질 수밖에 없는 운명이었음을 스스로도 알고 있었어요. 저도 나중에야 깨달은 일이지만 그가 끊임없이 자신에게 죄를 뒤집어씌움으로써 이혼을 할 수밖에 없도록 한 것도 자신의 파국을 감지했기 때문이었어요. 파국이 한 단계, 또 한 단계 진행되다가 궁극을 어떻게 맞을지 몰랐던 것일 뿐이지요. 완벽은 없었고 꿈은 그저 꿈일 뿐 허망했겠지요.

그는 그렇게, 회귀성 동물처럼 항상 처음으로 돌아와 자기 자신을 괴롭혔어요. 마조히스트의 전형이 아닐까 할 정도였지요. 저만 의심하는 것이었다면 의처증이라고 단정지었을 테지요. 하지만 그는 완전주의자였기 때문에 스스로와 가족에 대해 철저하기 위해 노력했고, 그 사실을 여러 번 공표했던 터라 이의를 제기하기도 어려웠어요. 그렇긴 해도 견디어 낸다는 건 쉬운 일이 아니더군요. 남편은 저와 가족의 행복을 위해 부단히 노력하였고, 불행히도 저는 그게 싫어지기 시작했어요. 술 안 마시고 담배도 피우지 않는 남편을 둔 행복, 취미도 없고 친구를 만나지도 않아 항상 집에 있는 남편을 둔 행복, 기념일을 잊어버리지도 않고 시댁과 친정에 충실한 남편을 둔 행복, 간혹 찾아오는 가벼운 편두통을 빼면 건강하고 성실하기 그지없는 남편을 둔 행복, 그 모든 행복들이 마침내 답답하고 지겨워졌다는 것이지요. 그 모든 것이 사실은 나나 아이들을 위한 것이 아니라 자기애(自己愛) 때문이었던 것이지요.

결국 제가 먼저 남편에게 함께 정신과 상담을 가자고 제안했어요. 남편도 남편이지만 솔직히 통념상으로 보면 저도 정상이라고 보기는 어려울 것 같다는 생각이었어요. 아니나 다를까, 그는 무섭게 화를 내었어요. "나를 미친놈 취급하는 거냐"는 거였지요. 처음으로 그렇게 크게 화내는 모습을 보았어요. 그리곤 급격히 사이가 냉랭해지고 소원해지고 말았습니다. 아무리 그런 의도가 아니라고 해명해도 소용없었어요. 그로부터 이혼까지는 채 한 달도 걸리지 않았지요.

그 후에도 완전주의자로서의 삶은 달라지지 않았더군요. 오히려 이혼이 하나의 오점으로 남았다는 생각 때문인지 아이들에게 더 집착하는 것 같았어요. 딸아이 말로는 편두통이 더 심해져 약을 매일 먹는다고 했어요. 아마도 그 모든 책임을 자신의 어깨에 몽땅 올려놓았을 테지요. 이미 그의 죄는 11층에서 뛰어내려야 할 만큼 쌓였고 기대할 그 어떤 것도 남아있지 않았을 거예요. 그래요, 그는 그런 사람이었어요. 아이들을 더 이상 괴롭히지 말아주세요. 알고 있는 게 거의 없고, 그건 지금 저의 남편도 마찬가지예요.

전 이제 가봐야겠군요. 오늘 남편의 일을 도와주기로 했어요. 아직도 사회과학 출판사에서 일하고 있는데, 좀더 대중화시켜 보겠다고 편집디자인 쪽 일까지 신경을 많이 쓰고 있거든요. 일은 몇 배로 하고 월급은 그 몇 배로 적게 받아오더라고요. 그런데, 설마 저를 다시 부를 일은 없으시겠지요?

아이들

—알아요. 우리가 그날 있었던 일에 대해 상세히 말씀드려야 한다는 사실 말이에요. 또 아저씨들이 우릴 괴롭히려고 이러는 것이 아니라는 것 정도는 알고 있어요. 그냥 아빠에 대해 얘기하면 된다고요? 알겠어요. 그러니까, 엄마하고 헤어진 후 더 열심히 일을 하고 집에도 일찍 들어왔어요. 슈퍼나 반찬가게에서 이것저것 사와서 밥도 짓고 설거지, 빨래도 했고 우리 숙제도 점검했어요. 뭐 전에도 하던 일이니까 특별할 건 없었어요. 아니요, 아빠는 술 안 드세요. 시골 할머니가 더 자주 올라오신 것도 아니고요.

—피이, 할머니가 와서 오래 있었잖아.

—아니야, 맹추야. 할머니는 한참 뒤에 알고서 일주일쯤 한숨만 쉬시다가 내려가셨단 말이야. 아빠가 할머니께는 아무 말도 안 했거든요. 아직도 할머니는 두 분이 왜 헤어졌는지 잘 모르실 거예요. 사실 그건 우리도 잘 모르는 일이지만.

—난 알아. 엄마하고 그 아저씨하고….

　─그게 아니라니까. 그건 훨씬 나중 일이란 말이야. 알지도 못하면서 자꾸 그런 말 하지 말란 말이야. 저, 그러니까… 뭐라고 불러야 될지…. 언니라고 부르라고요? 예, 어, 언니. 그날도 아빠는 일찍 들어오셨어요. 기분요? 괜찮아 보였어요. 반찬가게에서 사온 장조림과 연근조림, 또 나물 한두 가지를 내어놓아 저녁도 먹었고 셋이서 설거지도 같이 했어요. 그리곤 밤마다 하는 일이 똑같이 반복되었지요. 숙제 점검하고 일기 쓰고, 다음날 시간표대로 가방 챙기고 준비물도 빠뜨리지 않고요. 거의 매일 아빠가 일일이 옆에서 확인하셨어요. 하루에도 몇 번씩이나요. 그러고선 다음날 아침 등교할 때면 또 확인을 했어요.

　─피, 누난 일기 안 쓰고선 썼다고 거짓말하기도 했잖아.

　─일기는 나만 보는 거니깐 그럴 수도 있지. 선생님도 이젠 일기검사 같은 건 안 하신단 말이야. 니네들하고 같은 줄 아니? 그 다음에 뭘 했냐고요? 아빠가 텔레비전 뉴스를 보시는 동안 욕실에서 씻고 나왔어요. 그런데 거실에서 뉴스를 보시는 줄 알았던 아빠가 안 계시지 뭐예요. 갑자기 불안한 생각이 들어서 아빠를 부르며 급히 제 방에 들어가 보았어요. 역시 아빠는 생각한 대로 제 일기장을 보고 있었던 거예요. 저는 비명을 지르면서 달려들었어요.

　─나는 욕실에 들어가 씻고 있었어요.

　─일기장에요? 하루 전 엄마가 와 교문 앞에서 기다리시기에 학원 빼먹고 떡볶이 사먹고 원피스 샀던 일을 적었거든요. 아뇨. 엄마랑 만나는 걸 막거나 나무라지는 않았어요. 그렇지만 제 일기를 함부로 보는 건 싫었거든요. 또 엄마하고 있었던 일을 일일이 아빠한테 말하고 싶지도 않았어요. 그 전에도 여러 번 그런 일이 있어서 그러지 말라고 했지요. 그때마다 아빠는 미안해하고 다시는 그러지 않겠다고 다짐하

고 또 다짐했단 말이에요. 하지만 그날은 달랐어요. 일기장을 돌려주지도 않았고 엄마가 사준 원피스가 어떤 것이냐며 옷장을 열었어요. 저는 아빠를 말리다가 그만 어딘가에 부딪친 것 같았는데, 그 다음부터는 모르겠어요.

—그 다음이요? 아빠하고 누나가 다투는 소리를 듣고 욕실에서 나오니까 누나가 쓰러져 있었어요. 아빠는 놀라서 누나를 잡고 막 흔들다가 갑자기 피 흘리는 걸 보더니 119에 전화를 했지요. 전화를 끊고 나서 거실을 서성이다가 구급차가 오는지 베란다로 나가 살피다가, 계속 그랬어요. 그러다가 다시 누나 방에 가더니 물끄러미 누나를 한참 바라보았어요. 잠깐 동안이지만 아주 오랫동안 그러고 있었던 것 같은 느낌이 들 정도로요. 그러다가 들릴 듯 말 듯한 소리로 "정말…"이라고 했어요. 또 한참 뒤에 "엄마를 빼닮았구나…" 했어요. 말을 하는 게 아니라 그냥 한숨을 쉬었는데 그렇게 말한 것처럼 느껴질 정도였지요. 그리고는 수족관을 한동안 바라보다가… 구급차가 오는지 보러 다시 베란다로 가더니, 아래가 아닌 밤하늘만 바라보았어요.

—수족관을 보셨다고? 아빠는 마우스브리더라는 이상한 이름의 열대어를 키웠거든요. 열대어를 좋아하는 것 같지는 않았어요. 그 물고기랑 아빠랑 비슷하다는 말을 하신 적이 있었어요.

—아니야. 아빠는 열대어 얼마나 좋아했는데. 누나가 열대어 키우는 거 안 좋아했잖아. 아빠는 열대어를 키우면서 집에서 부화까지 시킨 사람은 드물다고 했어요. 그런데 아빠는 직접 부화시키고 그걸 일일이 나한테 설명도 해주었어요. 그때도 아빠는 여러 번 수족관을 들여다보고 하늘도 보고 했어요. 그러다가 한참을 움직이지 않고 있었는데 베란다 창을 열더니… 흑, 의자를 하나 옮겨서… 흑흑, 올라서더

니… 흑흑흑, 나는 뭘 하는지도 모르고 그냥 보기만 했는데 … 엉엉엉,
뒤도 안 보고 그만 … 엉엉엉엉, 아무 말도 안 하고 … 엉엉엉, 나는 소
리도 못 내고 마음속으로만 … 엉엉엉엉 … .

친구

　저하고는 고등학교 동깁니다. 그렇긴 합니다만 그다지 친한 사이는
아니었고, 1학년 땐가 같은 반이 된 적이 있어 아는 정도였지요. 워낙
말이 없고 나서는 성격이 아니어서 평소에는 잘 드러나지 않는 그런 친
구였습니다. 제가 전문의 따고 얼마 후 병원 개원을 했는데, 그때 동창
들 몇 명과 함께 왔더군요. "축하해주러 오기는 했지만 막상 정신과에
오니까 조금 긴장되네." 긴장된다고 했는지 떨린다고 했는지 정확히 기
억나지는 않지만 그 비슷한 말을 했습니다. 그 후 다시 절 찾아온 게
첫 아이를 낳고 나서였어요. 그땐 혼자였지요. 그때 위험 징후를 깨달
았어야 했는데 …, 지금 생각해보면 … 충분히 포착할 수 있었던 것 같
은데 … .

　예, 맞습니다. 그는 친구이자 제가 담당한 환자였습니다. 두 번째
절 찾아왔을 때, 그는 자기가 키운다는 마우스브리더에 대해 꽤 길게
얘기했어요. 열대어 이름입니다. 정식 명칭은 '드워프 이집션 마우스
브리더'(*Dwarf Egyptian Mouth-breeder*)인데 줄여서 이집션 마우스브리더
혹은 그냥 마우스브리더라고 해요. 우리나라에서 관상용으로 많이 기
르는 열대어종인데, 나일강 유역이 원산지입니다. 외양보다는 이름에
서 알 수 있다시피 구중부화(口中孵化), 즉 산란이 끝난 알 80여 개를

입속에 넣어 부화시키는 특이한 습성으로 더 잘 알려져 있어요. 그 기간이 약 열흘 정도 걸리는데 알이 부화할 때까지 아무것도 먹지 않고 오직 새끼가 나올 수 있도록 정성을 쏟습니다. 게다가 부화 후에도 새끼가 혼자 힘으로 헤엄치고 살아갈 준비가 될 때까지 입속에 넣어 보살핍니다. 이런 이유로 특히 우리나라 애어가(愛漁家)들에게 인기가 높지요. 얼마 후 저에게 키워보라고 선물해 주어서 조금 알게 되었지요.

물론입니다. 자신의 취미이야기를 하려고 절 찾아온 것은 아니었지요. 자꾸 재촉을 하시니까 결론부터 말씀드리면, 그는 강박증 환자였습니다. 강박증은 자신이 스스로를 억압함으로써 피곤하게 하는 것이라고 할 수 있어요. 흔히 강박관념이라는 용어는 쉽게 쓰고 알고 있으면서 강박증이라고 하면 어쩐지 낯선 느낌이지요? 사실 어느 정도의 강박증세는 급변하는 사회에서 경쟁에 밀리지 않으려면 필요한 요소이기 때문입니다. 하지만 의욕을 불러일으키는 정도를 넘어서서 과도한 정신적 중압감에 시달리게 되고, 급기야 일상생활에 지장을 줄 정도라면 질병이 되고 말지요. 경계가 모호한 질환입니다.

그 친구의 경우 불안하고 쉽게 공포를 느끼는 성격으로 자신의 내부에서 심한 갈등을 느끼는 부류였어요. 의존적 성격을 가지고 있어서 자신이 내릴 수 있는 쉬운 결정도 다른 사람이 결정해주기를 바라고, 다른 사람의 의견에 좌지우지되는 경우가 많지요. 아, 전 부인의 진술에서 그런 내용이 나왔다고요? 하지만 강박증 환자라는 사실은 몰랐을 텐데요. 그렇지요? 부분적으로 그런 느낌을 받았을지는 모르지만 정신과 치료를 받고 있는 줄은 몰랐을 겁니다. 예, 그렇습니다. 어릴 때는 부모에게, 결혼 후에는 배우자에게 결정을 미루는 성향을 가지고 있습니다. 그러다보니 독립적인 일보다는 주어진 일을 처리하는 일을 주로

하게 되지요. 그가 가진 완벽주의적인 경향은 여기에서 비롯된 것입니다. 그 외에도 사소한 것에 집착하고, 물건을 잘 버리지 못하고, 새로운 것보다 낯익은 것을 선호하고, 감정표현이 부족하고, 일과 가정에 지나치게 충실하고, 타인에 대한 배려가 없어 인색한 것처럼 보이기도 했지요.

무엇보다 그의 증상에서 두드러진 것은 아내와 아이들에 대한 사랑이었어요. 처음 몇 번은 주로 자신의 완벽주의적 성격이 주된 상담내용이었는데, 조금 익숙해지자 가족이야기를 하더군요. 이지적이면서도 다소 냉담한 구석이 있는 성격에서 발산되는 매력이랄까, 아무튼 그런 부인을 무척 사랑했습니다. 대학 때나 졸업한 후에도 한동안 표현을 하지 못하고 있었을 뿐이었지요. 부인도 그의 사랑을 알았고 여느 가정처럼 행복했습니다. 문제는 그의 성격과 사랑의 방식이었어요. 그는 아내가 완전한 사랑, 완전한 행복을 누리길 원했습니다. 자신이 할 수 있는 한에서는 완벽에 완벽을 기해 그들의 사랑을 완성시켜 나가려고 안간힘을 썼지요. 그러나 그럴수록 틈이 벌어지고 예상치 못한 벽에 부딪치곤 했던 것입니다. 그는 홀로 고뇌하면서 몸부림치곤 했어요.

많은 환자들이 강박증을 자신의 잘못으로 생각하고 심지어 자신을 범죄자로 여기기도 합니다. 쉽게 죄책감을 가지게 되는 이유도 이런 경향 때문이지요. 그도 자신이 원하는 사랑을 이룰 수 없는 원인을 스스로에게서 찾고 결국 자신을 억압하게 됩니다. 그 무렵 제가 처방했던 약을 전혀 복용하지 않은 사실을 알았어요. 플루옥세틴이라는 약을 처방했는데, 대인관계가 원만하지 못하고 모난 성격을 치료하는 약물이지요. 왜 먹지 않았냐고 하니까 자신의 의지로 극복할 수 있을 것 같아서 약을 먹지 않았다고 하더군요. 저는 필요하다고 생각해서 처방했지만 억지로 복용하게까지는 못하지요. 그래서 상황은 점점 정반대로 진행되어 갔습니다. 저는 우선 환자가 치료에 적극성을 보이지 않기 때문에 혼자서 해결하려고 하지 말고 가족에게 알려 함께 치료할 것을 권했어요. 사실 진작 그랬어야 했지만 친구의 간곡한 부탁에 제가 굴복하고 말았던 것이지요. 하…지금 생각하면 정말 후회가 됩니다. 그는 아내에게 자신의 질환을 알렸을 때 일어날 일에 대해 심한 공포감을 가지고 있었지요. 제가 몇 번을 권하자 나중에는 애원까지 하더군요. 그때라도 위험성을 알아챘더라면 …, 더 큰 불행은 막을 수 있었을 텐데.

결국 얼마 후 이혼을 하고 말더군요. 전 잠시 휴직하고 입원하라고 했지만 아이들 때문에 그럴 수 없다고 했습니다. 걱정을 많이 했는데, 그땐 의외로 잘 버티더라고요. 상황이 바뀌면 기존의 증상에 새로운 증상이 추가되어 우울증까지 생긴다든지 나빠지기 일쑨데, 오히려 더 나아진 것 같더군요. 어쩌면 그동안 아내와 관련된 강박증을 이혼과 동시에 훌훌 털어버리고 새로운 도전과제, 즉 아이들에게 관심을 쏟아야 하므로 자연해소가 되어버린 것이 아닐까 하는 생각이 들 정도였어요. 우리가 의식적으로 행하고 있는 인지행동치료법을 스스로 자연스럽게 적용시킨 결과가 되는 셈이었지요. 밀쳐두었던 약을 복용한 것도 도움이 되었을 거라고 생각했습니다.

한동안, 약 6개월 정도였던 것 같은데, 그는 병원을 찾지 않았어요. 저도 학회세미나 준비로 바빠 거의 잊어가고 있었지요. 그러다가 이제 한숨을 돌릴 만하다 싶을 무렵 그가 다시 찾아왔어요. 사고가 나기 한 달쯤 전이었지요. 진료실로 들어서는 그를 보고 저는 눈을 의심했습니다. 눈자위가 표나게 꺼지고 얼굴색도 많이 어두웠어요. 불안해하는 모습이 역력했어요. 찻잔 잡은 손을 떨며 "마우스브리더가 새끼를 낳았어”라더군요. 아까 구중부화한다고 말씀드린 그 열대어 말입니다. 어색하게 웃고 있는 그에게 축하한다고 했지요. 사실 집에서 키우는 열대어가 부화하도록 한다는 것은 쉬운 일이 아니거든요. 그런데 그가 웃음기를 지우며 “몇 마리는, 아니 제법 많은 녀석들을…먹어버렸어”라더군요. 열흘 동안 아무것도 먹지 않고 새끼를 입속에 넣어 키우던 어미가 자신의 새끼를 삼켰다는 이야기였습니다. “아니, 일부러 배를 채우기 위해 그런 건 아니야. 자신도 모르는 사이에 그런 일이 일어나 버린 것이지.” 새끼가 워낙 많다보면 그럴 수도 있지 않겠냐고 했더니, 얼굴을 일그러뜨리더군요. “그럴 수도… 있겠지. 하지만 새끼들은… 어미의 뱃속으로 들어가… 생명을 잃고 말았지.” 그는 어미가 새끼를 낳고 키우는 과정을 자신의 모습에 투영하고 있었던 거였습니다.

저는 그의 마음에 얹힌 무거운 돌덩이를 내려주어야 했습니다. 어미가 80여 마리가 넘는 새끼를 모두 잘 돌본다는 것은 어려운 일이다, 의도하지 않은 일들이 불가항력적으로 일어날 수도 있지 않느냐, 나 자신에게마저 실수할 수 있는데 새끼들이라고 다르겠느냐, 완벽이란 신에게도 어려운 일이다 따위의 말들은 주섬주섬 늘어놓았지요. 그는 한동안 말이 없더군요. “그래, 완벽이란 불가능할지도 모르지. 그러나 실수라는 이유로 결코 용납될 수 없는 결과를 낳을 수도 있지.”

제가 간간이 말씀드렸듯이 충분히 막을 수 있는 사고를, 예측할 수 있는 징후들을 여러 차례 놓치고 말았어요. 그날도 그랬습니다. “자네는 인간의 불완전함 때문에 살아가지만, 완전해지기는 어려우니 불완전한 대로 그냥 살라고 해서도 안 되지 않나.” 갑자기 그의 아이들이 궁금해지더군요. “아이들? 잘 지내. 나야 아이들에게 항상 미안하지. 최대한 노력하고 있지만 다 채워줄 수 없다는 게. 그것이 가져올 결과

가 두렵기도 하고.”새 환자가 기다린다고 간호사가 전하자 그는 일어
서려고 하더군요. “아니야. 오늘은 진료를 받으러 온 게 아니라네. 열
대어이야기를 해주러 온 거였어.”

　얼핏 그의 눈동자가 크게 흔들리는 것을 본 나는 소매를 잡는 시늉
을 했습니다. 붙잡아서 자세한 이야기를 들어야 할 것 같았어요. “무슨
일이 있었냐고? 글쎄, 굳이 일이라면…, 어느 날 회식자리에서 평소보
다 술을 아주 많이 마셨어. 깨어보니 여관방이더군. 독수공방 어쩌고
하며 동료들이 내민 술잔을 다 받아 마신 결과였지. 못 마시는 술을 마
셔 쓰린 속보다 갑작스런 외박에 당황할 아이들이 먼저 떠올랐어. 그
런데…짐작하는 바대로, 웬 여자가 벗은 채 옆에 있더군. 동료들의
짓, 아니 배려였지. 일이라면 그것밖에는 없었어. 처음 보는 여자와
잔 거야.”그러나 정신과 의사 입장에서는 그 일을 어떻게 받아들였느
냐가 중요했습니다. “사실 난 그런 거 별로 좋아하지 않거든. 안경에
난 흠집 같다고 할까. 내가 동정을 지켜야 한다고 생각지는 않았지만
결혼 전에도, 또 후에도 그런 적은 단 한 번도 없었지. 아니야, 그런
여자들을 비난하는 건 아니야. 그런데 내가 너무 당황하고 어색해 보
였는지 여자가 발끈 화를 내지 뭔가. ‘내가 뭐 이상한 병이나 퍼뜨리는
똥갈보로 보여?’그리고 나가버렸어.”걸려온 전화도 마다하고 제약회
사 영업사원도 기다리게 해야 했습니다. 그의 이야기를 끝까지 들어야
했으니까요. “그런데 정말 이상한 건 말이야, 여자가 말하기 전에는 전
혀 걱정하지 않았던 게 말을 내뱉은 다음 순간 걱정되기 시작한 거야.
이상한 병, 혹은 치명적인 병이 생기고 내 인생에 큰 흠이 생기는 게
아닌가. 그것이 직접적으로 아이들에게 옮겨질 수 있는 병이거나 간접
적으로 영향을 미칠 수 있는 것이라도 두려운 일이지. 그렇게 두려움

이 불안으로, 불안이 원망으로, 원망이 참담함으로 천천히 모습을 바꾸었다네. 아니, 신체적 질병도 질병이지만 내 마음의 질병이 아이들에게 악영향을 미칠 것만 같았어. 근래 두 달간 새로운 강박증에 시달리게 된 것이지." 나는 그를 그대로 보낼 수 없었어요. 하지만 그는 자신을 쥐어짜듯 문손잡이를 비틀었지요. "아닐세, 아니야. 정말 오늘은 그냥 한번 들른 거야. 나 때문에 저렇게 많은 사람들을 무작정 기다리게 할 수는 없지. 내일? 내일은 좀 어렵고…아니아니, 조만간 다시 오겠네."

그게 그를 마지막으로 본 것이었어요. 그는 오지 않았고, 그래서는 안 되는 일이었지만 나도 그만 잊고 말았던 거죠. 글쎄요, 항상 그렇듯이 언론에서 말하는 것은 너무 앞서 가거나 아예 엉뚱한 경우가 많지요. 그는 아마 딸과 짧은 말다툼을 하고 많은 생각을 했을 겁니다. 어쩌면 거실 가운데 있다는 수족관을 물끄러미 보고 있었을지도 모르지요. 그리고 아내에게 완벽할 수 없었던 자신과, 아이들에게조차 충분치 못한 자신을 매질했을 겁니다. 외부의 위협으로부터 자식을 보호하기 위해 입속에 넣어 키우던 새끼를 자신도 모르게 삼켜버리기도 하는 물고기를 보면서, …자신이 두려워졌을지도 모르지요. 그런 생각을 하면 가슴이 답답해지고 주위가 하얗게 바래져버립니다. 혹은 마우스브리더의 모습이 자신의 영상과 겹쳐지는 것을 보았을 수도 있지요. 그에게 있어 강박증은…자신을 삼키고도 남을 정도로 확대 재생산된 눈덩이였습니다. 이것이 …담당의사로서의 소견입니다.

더 이상 질문 없으시면 가봐도 되겠지요? 예? 사실 병원은 후배에게 맡겨두고 조금 쉬고 있습니다. 솔직히 말씀드려서 자책감이 들어섭니다. 마지막으로 찾아왔을 때 그의 말과 달리 도움을 요청하고 싶었을 수도 있지요. 저는 그를 붙잡았어야 했어요. 이런 일이 처음은 아니지만 이번은 더욱 견디기 어렵군요. 친구였기 때문만은 아닙니다. 직접적인 책임을 질 필요야 없다지만 미리 막을 수도 있지 않았느냐는 강박관념이 짓누르는 건 어쩔 수 없군요. 그와의 사적인 관계 때문에 치료가 제대로 이루어질 수 없었던 부분을 간과한 것도 사실이고요. 그 자신이 저에게 했던 '친구이기 때문에 올 수 있었지, 그렇지 않았다면 정신과 문을 두드릴 생각도 하지 않았다'는 말을 액면 그대로 받아들인 것도 사실입니다. 원활한 상담과 치료를 위해서는 그를 설득해 다른 의사에게 가게 해야 했는데. 참담한 심정이지요. 그 일이 일어난 이후 거의 매일 악몽을 꾸다가 가위에 눌려 깨어나곤 합니다. 아무래도 저부터 정신과 상담을 받아야 할 모양입니다.

저는 그만 일어서겠습니다. 그럼 이만.

부서지기 쉬운 날들

시어머니는 없었다. 시아버지는 눈을 마주치지 않고 뒤로 한 걸음 물러섰다. 용석이 미리 시킨 대로 인사하고 할아버지 품에 안기려 해도 시아버지는 엉거주춤한 자세를 어쩌지 못하고 있었다.

"어제까지만 해도 너희들 온다고 기다리고 있었지."

이틀 뒤인 시어머니의 생신을 앞당겨 오늘 점심이라도 함께 하자고 약속이 되어 있던 터였다. 그런데 시어머니가 친구들의 강권에 못 이겨 온천에 가고 없다는 것이다.

"네 누이한테는 올 필요 없다고 미리 전화했다."

인근 도시에 사는 시누이에게는 연락을 해주었다는 얘기였다. 하지만 나는 시누이에게도 시어머니나 누구에게도 전화 한 통 받지 못했다. 가슴에서 바람이 일고 머릿속에서 공명이 일었다.

"어머니도 안 계신데 무얼 하기도 그렇고, … 어쩐담."

상근도 시아버지와 비슷한 자세를 취했다.

"그럼 어머닌 오늘 늦으시겠네요, 여보, 사온 선물은 두고 우린 가지 뭐."

나는 용석의 손을 잡아끌었다.

"그래, 바쁠 텐데 늙은이 생일 신경 쓰지 말고 가보거라."

시아버지는 연신 어흠, 에헴 헛기침을 했다. 있어봐야 서로 눈치보고 억지춘향 노릇에 힘만 들 것이 분명했다.

"용석이 촛불 끌래. 생일축하노래 하고 용석이가 촛불 끌 거란 말이야."

용석이 보채는 것을 어르고 달래어 겨우 차에 태웠다. 상근은 시동을 걸어 골목길을 빠져나가느라 이리저리 두리번거렸고 용석은 소리를 높여 울었다. 나는 아무 말도 하지 않고 차창 밖을 응시했다. 아니 사실은 아무것도 보지 않았다.

빠져나온 골목길 시댁 쪽에서 시어머니의 목소리가 들리는 듯했다.

"뭐 한 군데라도 닮은 데가 있어야 할 텐데. 갈수록 달라지기만 하니 원." 용석이 다섯 살 들면서부터 시어머니의 푸념은 점점 그 정도를 더해만 갔다.

"다른 방법을 찾아봐야 할까봐."

"다른 방법이라니?"

상근도 묵묵히 운전만 하는 동안 시어머니와 용석의 문제를 생각하고 있었음이 분명했다. 무슨 특별한 방법이 있겠느냐는 뜻의 반문이었다. 뚜렷한 방법이 생각나서 꺼낸 말은 아니었지만, 남편의 반응에 나는 무언가 확신이 서는 것 같았다.

"퇴근시간까지 봐주는 어린이집이 있대. 아니면 집에서 그런 일 하는 사람도 있을 거야. 당장 알아봐야겠어."

"당신이나 나나 퇴근시간이 항상 일정한 것도 아니고, 그래도 할머니하고 있는 게…."

상근은 끝까지 말하지 못했다. 그래, 보통의 경우라면 그게 낫겠지. 하지만 그건 이제 더 이상 나은 방법이 되지 못하였다.

시어머니가 처음부터 그랬던 것은 아니었다. 여느 할머니처럼 "아이고, 우리 새끼" 밝은 표정으로 용석을 어르고 달래주었다. 아니, 여느 할머니와 같지는 않더라도 최소한 그렇게 하려고 애를 썼다. 그러면서 "아범을 꼭 닮았구먼. 봐라, 눈이며 코, 입매는 꼭 지 아빠하고 빼다 박았네" 옆 사람에게 확인을 시키곤 했다. 시아버지나 시누이가 슬쩍 외면이라도 하는 것 같으면 아이를 들이대면서 큰소리로 강조하고 또 강조했다. 실제로 아들과 손자가 닮아서가 아니라 꼭 닮아야 한다는 듯, 그렇게 주문이라도 걸듯이. 그 모습이 자못 안쓰러웠지만 불쑥불쑥 고개를 드는 불안감 때문에 나나 남편은 어쩌지 못하였다.

하지만 용석은 이마가 넓고 둥근 상근보다 나를 닮아갔다. 그렇다고 시어머니의 주장이 금세 꺾이지는 않았다. 두세 돌이 지나고 젖살이 빠지면서 상근의 부드러운 느낌보다는 갈수록 이지적인 모습이 도드라지자, 시어머니의 표정이 눈에 띄게 바뀌어갔다. 눈을 포기하고 코를 포기했지만, 웃는 입매만은 닮았다는 주장을 꺾지 않았다. "너희들은 모르겠지만 활짝 웃는 모습은 지 아빠 어릴 때랑 어떻게 저리도 같은지 몰라."

물론 친정식구들을 비롯한 누구도 용석이 누굴 닮았다느니 아니라느니 하는 이야기를 입에 담지 않았다. 속 모르는 이웃 중에 "아빠보다는 엄말 닮았구먼. 시어머니가 손자 욕심이 많으신 것 같네요" 할 뿐, 그들도 큰 관심을 보이지는 않았다. '발가락이 닮았다'는 식이었지만 시어머니를 말릴 사람은 아무도 없었다. 지금이야 얼굴 하나하나 뜯어보면 나를 닮았다지만 전체적인 느낌은 나를 닮지도 않은 것이 점점 더 분명해지고 있지 않은가. 아이가 남편을 닮지 않았다고 내가 죄의식을 가질 일도 아니고 시어머니가 나를 책망할 수도 없다고는 하지만 불편하고 어려운 일임은 확실했다.

"뭐해? 전화 받지 않고?"

내 휴대전화가 울리고 있었다. 국장 전화였다.

"아, 최 기자. 아무래도 불안해서 말이야."

시어머니 생신 때문에 후배기자에게 맡긴 인터뷰에 대한 이야기였다.

"이제 육칠 개월 된 병아리가 알면 뭘 알겠나? 그쪽 사정이야 최 기자가 속속들이 잘 알고 있지 않은가 말이야. 아무래도 출판계에서 오랫동안 관행처럼 해오던 일이고 자기들로서도 난처한 부분이 많아 인터뷰에 성의 있게 응해주지 않을 것 같은 느낌이 들어. 바쁘겠지만 최 기자가….”

이미 사정을 설명하고 다 결정된 일이었다.

“알았어요. 제가 갈게요.”

너무 쉬운 대답에 국장이 황망히 뭔가 더 말하려 했지만 먼저 끊어버렸다.

“엄마, 어디 가?”

“응, 일하러.”

“엄마, 가지마. 오늘 용석이랑 놀아주기로 했잖아.”

“미안해. 그렇지만 방금 엄마 전화 받는 거 들었지? 갑자기 일이 생겨서 그래. 여보, 그냥 요 옆에 세워줘. 택시타고 갈게.”

아이는 보챘고 상근은 아무 말 없이 차를 세웠다. 차 뒷좌석 선반에 올려둔 생일용 고깔모자가 멀어져 가는 것을 보자 그만 감정의 실타래가 일시에 헝클어지는 느낌이 들었다. 정치만평 속 인물의 말주머니에 글자가 아니라 배배꼬인 실뭉치가 들어있는 것처럼. 회사 앞까지 차를 몰아 웃으며 수고하라고 말해주던 예전의 남편은 이제 없었다.

“허허, 저럴 때가 좋지. 몇 년만 살아보라지.”

초로의 택시기사가 앞에 나타난 신혼여행 차를 가리키며 말했다. 와이퍼에 흰색 장갑을 끼워 주위의 시선에 응답하듯 흔들고 있었다. 이것 좀 보아달라는 듯이.

생각해보면 무슨 텔레비전 드라마 같은 상황에 헛웃음만 나올 뿐이었다. 저렇게 우스꽝스럽지는 않았지만 주위의 이목을 끌기에 충분한 시작이었다. 주목받는 젊은 시인이자 강사와 장래가 촉망되는 여기자의 결혼.

  그때는 잘 몰랐었다. 왜 본래의 내 모습을 두꺼운 화장으로 감추고
전혀 다른 모습으로 평생 남을 사진을 그토록 많이 찍어댔는지를. 허
여멀건한 색조에 한 번도 해보지 않은 올림머리를 하고, 가부키나 경
극배우처럼 거짓 입술을 그린 모습은 낯설고 이질적이어서 싫었다. 내
가 아니라는 느낌뿐이었다. 결국 신혼 초에 몇 장 붙여두었던 사진도
얼마 안 가 옷장 속에 집어넣고 말았다. 그러면서도 그 모든 것이 새로
운 생활의 시작을 알리는 무대장치 정도로만 생각했다. "한 번씩 저 여
자와 당신 중에서 누구랑 결혼했는지 헷갈릴 때가 있어." 상근이 낄낄
대며 놀릴 거리가 사라졌다는 것을 서운해 했지만.

  우리의 결혼이 가져온 상승효과는 뚜렷했다. 상근은 곧 박사과정을
마치고 늘어난 강의로 바쁜 한편으로, 이런저런 문예지의 원고청탁도
받았다. 나 역시 '신문밥'을 먹기 시작한 지 얼마 되지 않았으므로 내
자리를 잡기 위해 동분서주할 수밖에 없었다. 의도한 것은 아니지만
자연스럽게 나는 문학담당 기자로 위치를 굳혀나갔다. 직간접으로 상
근과 관련되거나 가까운 문인들 위주로 취재가 이루어지고 칼럼 필진
이 구성되었다. 그리고 오래지 않아 첫 시집이 나와 상승효과의 정점
을 이루었다. "지구상에서 가장 완벽한 한 쌍의 바퀴벌레야." 입사 동
기 윤 기자의 평가였다. "보기 싫어서 없애려고 해도 끝끝내 살아남고
마는 아주 징글징글한 바퀴벌레 부부지." 욕쟁이 아줌마 기자로 통하는
이 선배도 빠지지 않았다. 그 외에도 시기와 질투가 섞인 한마디들이
여기저기서 튀어나왔다. 은근한 비난도 없지 않았으나, 우리는 만족했
고 행복하다고 저 자신과 서로를 부추겼다. 나머지는 생각지 않았다.

구급차 한 대가 요란한 소리를 내며 근처 대학병원으로 향했다. 아직 인터뷰가 예정된 시각은 멀었다. 상념은 구급차를 따라 대학병원으로 따라 들어갔다. 남편 상근의 고등학교 동창인 이영진이 근무하는 병원이었다.

"아니, 넌 여기 웬일이냐?" 시누이가 친정에서 출산하기 위해 이 대학병원에 입원했을 때였다. 상근과 함께 시누이에게 갔다가 가슴이 덜컥 내려앉는 소리를 들었다. 복도 맞은편에서 대학 때부터 나를 쫓아다니던 남자와 맞닥뜨린 것이었다. 그런데 더 놀란 것은 그 남자가 남편을 보자마자 "야, 오랜만이다" 하며 굳게 악수를 한 것이었다. 그가 영진이었다.

"상근이 네가 콧대 높은 윤희 씨를 사로잡았단 말이냐? 정말 부럽다." 의아해하는 남편에게 영진은 잠깐 동안이나마 나와 사귄 적이 있다는 말 따위는 하지 않았다. "응, 우리는 늘 방학이 되면 의료봉사 나갔잖아. 그때 학보사 기자로 취재하러 왔더라고. 그래서 알게 된 거지." 상근이 수긍하는 표정을 보이자 묘하게 장난기가 고개를 들었다. "어머, 한두 번 보고 어떻게 제 이름을 기억하고 계세요?" 얼핏 내 장난기를 받아들이는 듯한 미소를 보인 영진은 태연하게 대꾸했다. "워낙 미모가 뛰어난 데다, 우리 과 여학생들도 콧대가 세기로는 둘째가라면 서러운데 한술 더 뜨더라니까요. 아마 그때 윤희 씨를 본 남학생들은 다 기억하고 있을 걸요." 그러자 남편이 나섰다. "야야, 그만해라. 진짜인 줄 착각하겠다. 안 그래도 공주병 증세가 심한데." 의료봉사를 취재한 것은 사실이지만 그건 내가 영진에게 결별을 선언하고 난, 2년 후의 일이었다.

얼마 후 시누이는 건강한 남자아이를 낳았다. 영진의 시선이 부담스러워 내가 병원을 찾지 않는 동안 그는 꽤나 신경 써주는 듯 병실에 들락거렸던 모양이었다. 시누이나 시어머니와 스스럼없이 지내는 눈치였다. 그런데 외손자를 본 시어머니의 눈빛이 갑자기 달라졌다. "내가 그동안 아무 말 않고 조용히 기다려왔다만, 너희는 언제쯤에나 손자를 보게 해줄 생각이냐?" 그동안 일이 바빠서 그렇겠거니 이해하고, 오히려 내가 더 미안해 할까봐 내색조차 하지 않았던 시어머니였다. 그렇게 5년 가까운 시간이 흘렀으니 시어머니로서는 기다릴 만큼 기다려준 것이었다.

어느 날 느닷없이 함께 병원에 가자고 손을 잡아끌었다. "분명 문제가 있는 게지. 그렇지 않고서야…." 시어머니는 내 몸에 이상이 있다고 믿고 있었다. 일이 이쯤에 이르자 상근도 더 이상 얼버무리고 넘어갈 수 없게 되었다. 그동안엔 시부모의 실망이 너무 클까봐 말을 꺼낼 엄두를 내지 못하였다. 처음에는 아이를 빨리 가질 생각이 없어 그냥 넘겼으나, 2년이 지나자 원인을 찾지 않을 수 없었다. 조마조마하고 또 한편, 수치스러운 마음으로 이런저런 검사를 받았다. 일 년 넘게 불임치료를 받았는데도 임신이 안 되었다. 이른바 '용하다'는 한의원의 약을 먹어보고, 산부인과의 권유로 시험관 아기시술을 심각하게 고려해보기도 했다. 친정어머니는 수십 군데 사찰을 찾아다니며 비는 모양이었고, 급기야 "굿을 해보자"고 내비치기까지 했다. 그런데 정작 원인은 뒤늦게 내가 아닌 남편에게서 발견되었다. '무정자증'이라고 했다. "음식이나 환경 때문일 수도 있지만 과도한 육체적, 정신적 스트레스로 인해 정자수가 급격하게 감소할 수도 있지요." 의사의 말을 듣는 순간 나는 무언가 뚝 떨어져 나가는 듯한 느낌을 받았다.

"어머니, 그 사람한테는 문제가 없어요." 어렵게 꺼낸 상근의 말에 시어머니는 그 말이 무엇을 뜻하는지 얼른 이해되지 않는 표정으로 아들만 바라보았다. 그러다 일순 내 팔목을 잡은 손에 맥이 탁 풀리는 것이 느껴졌다 싶은 순간, 시어머니는 그 자리에 주저앉고 말았다. 상근의 목소리는 흡사 무슨 죄를 지은 사람처럼 가늘게 떨렸다. "체외수정이나 시험관 아기 같은 방법도 쓸 수 없다더군요. 저한테서 아예 나오질 않는다니까…."

그 후 실의에 빠진 시어머니는 한동안 바깥출입도 삼가고 말을 잃은 것처럼 보였다. 우리도 이주일 가까이 전화조차 하지 못하고 있었다.

"오늘 잠깐 들를 시간 있니?" 남편 상근과 달리 시어머니는 맺고 끊음이 비교적 분명했다. 시아버지가 오래 생각을 굴리고 있는 사이에 웬만한 일은 거의 시어머니가 결정을 내려버리곤 했다. 여느 때와 같이 별다른 상의 없이 시어머니는 입양이야기를 꺼내었다. 그리고 알아보고 있으니 아무 걱정 말고 기다리고 있으라고만 했다.

나는 무슨 말을 해야 할지 몰랐고, 남편은 조율을 시도했다. 자기도 생각해보지 않은 바 아니다, 아직 의학적으로 해볼 수 있는 방법이 있지 않겠는가, 다시 한번 더 찾아보고 있는 중이다, 그러니 조금만 더 참고 어머니가 기다려 주시라, 등의 말을 쏟아놓았다. 물론 우리 부부의 힘으로 아이를 낳을 수 있는 확률이 영에 가깝다는 말을 하지는 않았다. 자식이 있으나 없으나 무슨 상관이냐고 내게 했던 말도 꺼내지 않았다. 상근의 바람대로 그 자리에서 일단은 벗어날 수 있었지만 아주 잠깐 동안일 뿐이었다.

아니나 다를까. 며칠 후 다시 시어머니의 전화를 받아야 했다. "내 아무리 생각해도 안 되겠다. 너희들이 알아보고 있다지만 마음을 놓을 수가 없어." 방법을 찾고 있다면 5년 동안 벌써 찾았을 거라는 애기였다. 시누이 출산 때 많은 도움을 주었던 영진에게 물어보고 부탁도 하여 가장 적절한 방법을 찾았다고 했다. "도무지 너희들 힘으로 낳는 건 안 되고, 그래서…." '상근의 능력'으로 안 되는 게 아니라 '너희들 힘'으로 안 되는 거였다. "입양도 생각해보았다만, 피 한 방울 섞이지 않은 생면부지 남의 아이를 키운다는 것도 할 짓이 아니겠더라. 해서, 씨만 빌려서 낳는 게 가장 적당하겠더구나. 서운하기는 하겠지만 어쩌겠니. 그래도 영진이가 친구라고 제일로 좋은 씨로 구해준다고 하였으니…. 이번에도 어물쩍 넘어가려고 하지 말고, 내가 하자는 대로 하거라."

에이·아이·디(AID), 비배우자 인공수정. 다른 사람의 정자를 자궁에 심어 아이를 갖게 한다는 것이었다. 시술용 정자는 주로 의과대생이 많지만 누구인지는 알려주지 않는다. 얼핏 텔레비전이나 신문, 영화 등에서 보았던 일이 내게 일어나게 될 줄 상상조차 하지 못하였다. 상근은 아무 말도 하지 못한 채 베란다의 어둠만 응시하고 있었다. 남편의 도움도 청할 수 없게 된 내 입은 그렇게라도 손자를 안아보고 싶어하는 시어머니의 말을 끝내 거역하지 못하였다. 그때 무엇이든 제멋대로 정해버리곤 하던 영진이 떠오른 건 우연이 아니었다. 나중에 안 일이지만 비배우자 인공수정을 시어머니에게 강력히 추천한 것도 영진이었다.

시술은 간단히 끝났다. 그러나 나에게는 간단한 문제가 아니었다. 성령으로 아이를 잉태하게 되면 이런 기분일까? 섹스와 같은 황홀한 자극도 없고 강간과 같은 거친 손길도 없이 그런 허허로움을 느낄 수 있다는 게 한편으론 신기했다. 과연 이렇게 아이를 가져도 되는 것일까? 법리야 내버려두더라도 남편과 나 사이가 이런 관계로 연결되어도 되나 하는 고민이 뒤를 따랐다. 더구나 영진이 직간접적으로 간여하여 이루어진 시술이라 흡사 스타킹 사이에 이물질이 낀 것 같은 기분이었다.

하지만 그런 생각도 오래가지 않았다. 기자라는 직업이 하루를 '마감'이라는 단두대에 목을 내미는 것으로부터 시작하기 때문이었다. 더구나 임신을 핑계로 게으름을 부린다느니 이제 그만둘 때가 되지 않았느냐는 식의 시선이 싫었다. 내 자존심의 문제였다. 그래서 그 전보다 부러 몇 발자국이라도 더 뛰었고 몇 가지 기획물까지 해내었다. 여기자로서 나는 내 품위를 유지하는 방법을 잘 알고 있었던 셈이었다. 말하려 하지 말고 침묵 속에서 보여줄 것, 말하되 간단명료하게 맺고 곧바로 돌아설 것. 그 덕에 문화부장으로부터 '깡순이', 동료들로부터 독종 이상이라는 의미의 '맹독종'이라는 별명을 얻었다. 그리고 예정 출산일 3주 이틀을 앞두고 조산을 하였다. 그 동안 이미 시위를 떠난 화살의 방향에 대해서는 생각지 않았고 그럴 겨를도 없었다. 설령 화살이 내 쪽을 향하고 있다는 느낌이 들어도 그 느낌을 지워버림으로써 화살의 존재마저 지워버리려 했다.

그렇게 용석이 태어났다. 프리지어 꽃다발 뒤의 그 서먹하고 어색한 상근의 표정은 처음 보는 것이었다. 웃지도 못하고 평범함을 유지하지도 못한 채, 안면근육이 제멋대로 움직이는 바람에 미세하게 경련을 일으키고 있었다. 간호사가 포대기에 싼 아이를 상근에게 안아보라고 했을 땐 거의 울음이 터져 나올 지경이었다. 손은 내밀면서도 엉거주춤 한 걸음 뒤로 물러서는 바람에 중심을 잃어 넘어질 뻔하였다. "아니. 무슨 아빠가 그래요? 자, 아기 안으시고 '우리아들' 하고 한번 불러주세요. 사진기 안 가져 오셨어요? 사진 찍어두시는 게 좋을 텐데." 모든 일을 도맡아 해온 영진이 부담스러워 집에서 가까운 산부인과로 옮기면서 간호사는 물론이고 의사에게도 남의 정자로 태어난 아이라는 걸 알리지 않았다.

상근의 어색함도 잠시, 의식적인 노력 덕분에 평범한 가정의 모습으로 돌아갈 수 있었다. "아이고, 우리 새끼." 시부모, 특히 시어머니는 입술 두께며 귓바퀴, 손톱 모양 따위를 가리키며 상근을 닮았다고 기꺼워했다. 곧 상근의 박사학위 논문이 통과되었고, 바라던 대학은 아니지만 인근 중소도시에 소재한 대학의 전임강사로 임용되었다. 용석은 시부모 차지가 되었고, 나 역시 이지적이면서도 클레오파트라와 견줄 만한 콧대—자신의 책을 크게 다루어주지 않았다고 서운해 했다는 한 문화평론가가 내게 했다는 말이다—의 여기자로 복귀했다. 평온한 가정의 조용한 일상으로 '그 후 잘 먹고 잘 살았다'류의 해설밖에 붙일 수 없어 보였다.

인터뷰는 싱겁게 무산되어 버렸다. 출판협의회 회장 자신이 개인입장만을 밝힐 수 없으니 곧 열리는 총회에서 공식입장을 정리해 보도자료를 보내겠다는 것이었다. 더 이상 흔들어 봐야 별다른 소득도 없고 앞으로의 관계도 고려치 않을 수 없어 군소리 없이 철수했다. 함께 있던 후배기자에게 상황을 국장에게 보고하도록 하고 다시 혼자가 되었다.

휴대전화가 몇 장 남지 않은 은행나무 이파리처럼 파르르 떨었다.

"난데, 다음 달 세미나 있는 거 준비 때문에 연구실에 가봐야 할 것 같아. 용석이는 11층에 데려다놨어."

순간 짜증이 치밀어 올랐다.

"그런 거 집에서 용석이 보면서 좀 하면 안 돼?"

상근은 집에서 일을 하지 않았고, 사실 용석이와 함께 있으면서 일을 한다는 건 불가능에 가깝다는 걸 모르지는 않았다. 시어머니께 아이를 맡길 수 없을 때는 같은 어린이집 친구인 11층 은영이네에 부탁하곤 했다. 그리고는 간간이 갈비세트나, 굴비, 양주 따위를 보내주곤 했기 때문에 은영이네도 싫은 기색을 보이지는 않았다. 다만 오늘은 무언지 이유를 알 수 없는 화가 나를 지배하고 있었다.

"나도 몰라. 당신 맘대로 해."

쏘아붙이고 전화를 끊었다. 정체를 알 수 없는 화, 혹은 불안인지도 모를 그것은 명치끝에 자리잡고 있음이 분명해보였다.

나는 바람에 부르르 떨어대는 은행나무 잎이 보이지 않는 지하로 내려갔다. 시커먼 동굴 저편에서 전철이 오고 있다는 전자신호음이 울렸다. 나는 어딜 가겠다는 생각 없이 전철에 올라탔다.

명치끝에 자리잡은 그것이 자꾸만 부풀어 오르는 느낌이 들었다. 손을 갖다 대자 정말로 땅콩처럼 딱딱한 것이 만져지는 듯했다. 서서히 풍선이 커지듯 봉긋해지면서 그것이 세 번째 가슴이 되었다. 딱딱하게 만져졌던 것은 그대로 젖꼭지가 되어버렸다. 나는 얼굴이 벌겋게 달아올라 주위를 둘러보았다. 조금 전까지만 해도 어깨가 부딪칠 정도로 많던 승객들은 연기처럼 사라져버리고 두 명의 사내가 건너편과 노약자석에서 졸고 있었다. 세 번째 가슴도 젖꼭지도 없었다. 나는 황망히 내렸다.

상근이 강의하는 대학 앞이었다. 아마도 상근은 벌써 자기의 연구실에서 컴퓨터 자판을 두들기고 있거나 이런저런 자료들을 들추고 있을 터였다. 환풍이 잘 안 되는 구석에 자리잡은 탓에 콤콤한 책 냄새가 항상 방안을 맴도는 곳이었다.

어쩌다가 여기까지 와버린 것일까. 김유신이 장검을 뽑아들고 애마의 목을 베었다지만, 나를 여기까지 오게 한 애마는 이미 두서너 구간을 바람처럼 달려갔을 것이고 내게는 예리한 장검도 없었다. 그러나 곤혹스러워 하는 나를 눈여겨보는 사람은 아무도 없었다. 단지 그런 내 마음을 알겠다는 듯 구스타프 말러의 〈대지의 노래〉가 허술한 옷깃을 여며주었다.

    근심은 가까이 오고, 마음의 화원은 폐허가 되고,
    기쁨도 노래도 사라지고 죽는다.
    어두워라, 삶이여. 캄캄해라, 죽음이여.

테너의 목소리는 힘있고 전투적이다. 그는 인간이 땅의 어둠을 앎으로 인해 삶 자체가 어두워짐을 노래한다. 이어 메조소프라노는 체념으로 꺼져가듯 "내 마음은 지쳐있고 내 작은 등불은 소리도 없이 스러졌네…. 오랫동안 나 고독을 우노라. 내 마음속 가을은 길기만 한데" 라고 읊조린다. 사랑하는 아이를 잃고 심장마저 절망적인 상태였던 말러가 눈앞에 떠올랐다. 조금 후, 자신에게 가혹한 운명을 탓하며 세상에게 "어디로 가나. 왜 가야 하나" 물을 것이다.

레코드가게 주인이 누군지 몰라도 대학가에서 휴일이 아니면 저런 곡을 틀지 않았을 것이다. 가게에 멍하니 앉아 길을 잃었을지도 모를 일이었다. 나와 비슷한 나이의 여자라면 말이라도 건네고픈 기분이 들었다. 그러나 가게 안 계산대에 멍하게 앉아있는 사람은 사십 대 중반쯤 되어 보이는 뚱뚱한 남자였다.

"클래식? 쳇, 집에선 만날 유행가 듣는 것들이 꼭 남들 앞에선 클래식 듣는 척하기는."

영진의 빈정거리는 말투였다. 나는 흠칫 놀라 두리번거렸다. 그 목

소리는 레코드가게 남자의 뱃속에서 나는 것 같다가 내 명치끝에서 나
는 것 같기도 했다. 그러다가 그 속에서 울려 "아기? 쳇, 씨도 없는 것
들이 꼭 아기 타령하기는"처럼 들렸다. 나는 머리를 세차게 흔들었다.
왜 이렇게 생각하기 싫은 일이나 사람은 오히려 더 치렁치렁 엉겨 붙는
지 알 수 없는 일이었다.

　　영진과 처음 만난 것은 2학년 때였다. "너그들, 찐한 연애도 한 번
안 해보고서는 진짜배기 글이 나올 수 없는 법이다." 경상도 사투리를
부러 써대던 교지편집국장 선배가 '찐한 연애'를 위한 소개팅을 주선한
것이었다. "아매도 느그 둘이는 변강쇠와 옹녀맨키로 천하의 최고 찰떡
궁합이 아니모 견원지간처럼 될 끼거마."
　　순전히 선배의 독단에 의해 짝지어지기는 했지만 싫지는 않았다. 영
진의 깊은 눈은 이지적으로 보였고 잘 웃지 않는 표정과 저음도 절제된
자기표현으로 보였다. 잘생긴 외모에 같은 의과대 교수인 아버지의 가
업을 잇는다는 것도 그럴듯해 보였다. 대다수의 의대생처럼 그도 유급
을 당하지 않아야 한다는 지상최대의 과업이 있었으므로 자주 만나기
는 어려웠다. 일주일에 한두 번 만나 밥 먹고, 차 마시고, 영화 보고,
공원을 걸었다. 물론 손도 잡고 입도 맞추었다.
　　그런데 몇 차례 만나면서 무언가 결핍되어 있음을 느꼈다. 그것이
정확히 무엇인지 확언하기 어렵지만, 겉으로 보이는 그와 실제 그를
다르게 하는 뭔가가 있었다. 그 때문에 이지적이던 눈에 그림자가 보
였고 굳은 표정과 저음도 석연찮은 음습함으로 다가왔다. 잘생긴 외모
에서 드라이아이스 표면 같은 냉기가 흘렀고 가업을 잇는다기보다는

남들에게 질 수 없다는, 지지 않겠다는 독기가 엿보였다. 작은 일에도 반사적으로 공격성을 보이는가 하면 은근히 비꼬는 습성이 있었다. "쥐 잡아 먹었니? 입술은 왜 그리 빨갛게 발랐어?", "오늘은 무 팔러 나왔 냐? 안 입던 치마를 입고⋯.", "꼭 공부 못하는 것들이 책을 한 아름 안고 다닌다니까. 그만 가방에 집어넣어라." 이런 식이었다.

가장 참기 힘들었던 것은 뭘 하든 제멋대로 정해버리는 것이었다. 식당이나 찻집, 먹고 마실 메뉴를 단 한 번도 물어본 적 없이 모두 자기가 정했다. 영화도 주로 자기 취향의 액션영화나 공포물을 택했는데, 정작 보다가는 코를 드르렁거려 민망하게 했다. 기회만 생기면 가슴과 스커트 아래로 손을 들이밀었고, 모텔이나 여관 앞을 그냥 지나치려고 하지 않았다. 그럴 때 그는 내 표정도 보지 않았는데 마음까지 알아달라고 하는 것은 무리였다.

결국 나는 석 달을 넘기지 못하고 만나지 않겠다고 선언했다. 그 후 선배를 통하기도 하고 집으로 연락도 해왔었지만 나는 조금도 흔들리지 않았다. 그가 변할 수 있다는 생각은 들지 않았고 그런 것을 바랄 생각도 전혀 없었다. 사실 지금 생각해도 그의 말과 행동 하나하나가 끔찍했다. 그때 이후로 나는 한 번도 영진을 만날 생각을 해본 적이 없었다.

그런데 가혹한 운명의 끈이 보이지 않게 나를 휘감고 있는지, 점점 더 영진에게 얽혀드는 것 같아 불편하고 불안해지고 있던 터였다.

"누구 씨인지 알아야겠다."

어느 날 갑작스런 시어머니의 선언에 나는 할 말을 잃고 말았다. 갈수록 남편과는 딴판으로 변해가는 용석의 모습에 발가락조차 닮았다고 말하기 어렵게 된 때였다.

"밝힐 수 없도록 되어 있다는 것은 나도 안다. 하지만 영진이에게 슬쩍 물어보면 그 정도야 해줄 수 있지 않겠니? 다른 뜻이 있는 것도 아니니."

더 견디기 힘든 것은 마치 정자를 제공했다는 의대생과 나를 연관지어 말하는 것이었다. 둘의 모습을 더해 놓으면 나중에 어떻게 변해갈지, 또 성격은 어떻게 형성될지, 젊은 대학생과 더해놓았으니 좋겠다느니, 따위의 말도 안 되는 얘기가 시누이나 친척들 사이에서 흘러나오곤 했다. 한 번도 본 적 없는 정자제공자와 나를 엉뚱하게 연결시키는 것 자체가 유치하기 이를 데 없었고, 내가 그런 이상한 시선을 받아야 할 이유가 없었다.

"그런 말씀 마세요, 어머니. 소용없어요. 알 수도 없거니와 설령 안다 한들 어쩌겠어요."

상근도 시어머니를 만류했다. 그런데 더욱 충격적인 것은 내 앞에서 항상 시어머니를 만류해왔던 상근의 태도였다. 여전히 그럴 수 없다는 말을 해온 상근이 오래전부터 영진에게 정자제공자가 누군지 캐물어왔다는 사실이었다.

"네가 용석일 낳고 백일이 지나서인가. 하루는 술을 잔뜩 마시고 병원으로 찾아왔더라고."

영진을 만나면 나는 대개 입을 다물어버렸다.

"그러더니 다짜고짜 '누구냐?'는 거야."

영진도 나의 대답이나 대꾸를 기다리지 않았다.

"술 취한 게 우습기도 하고 묻는 게 어린애 같기도 해서 '너보다 훨씬 잘생기고 머리도 좋은 녀석의 씨'라고 농담조로 말해줬지."

영진의 목소리는 여전히 낮고 미끈거려서 농담이 어울리지 않았다.

"그런데도 계속 진지하게 나를 노려보더군. 내가 고등학교 때부터 알아온 상근이 아닌 것 같더라니까."

영진은 말할 때 손을 많이 썼는데, 언제나 하던 얘기를 마무리할 때는 두 손을 펴서 약간 들어 보이는 습관이 있었다.

"내가 '의사 노릇도 못하게 할 참이냐' 하고는 말았지 뭐."

영진을 붙잡고 혀 꼬부라진 소리로 정자의 주인을 캐묻는 상근. 흐트러진 모습을 한 번도 본 적이 없는 나로서는 상상하기 어려운 장면이었다. 그것이 그리도 궁금했을까? 궁금증이 아니라 이질감에 의한 반작용은 아니었을까? 하지만 나는 상근에게 그런 사실들을 캐묻지 않았다. 어느 쪽이든 내가 흔쾌히 받아들일 수 있는 것은 없어 보였다.

그 후에도 상근은 심심찮게 영진을 찾아갔고, 그럴 때마다 보고하듯 영진에게서 연락이 왔다. 상근은 쌓여가는 원고청탁서를 미처 처리하지 못하고 강의준비도 제대로 하지 못한 채 이리저리 밀려다니는 듯했다. 시어머니도 한두 번 영진을 찾아갔지만 원하는 답을 얻지는 못했다. 그러나 상근과 시어머니의 집착은 상상외로 강해서 곧 무언가 터뜨릴 것만 같은 분위기가 만들어지고 있었다.

영진에게 내가 먼저 연락을 취한 일은 단 한 번도 없었다. 연락할 일도 없었고 만나고 싶은 마음이 전혀 없었기 때문이었다. 그런데 지난주 화요일, 나는 그에게 먼저 전화를 걸었다. 한 의사협회에서 펴낸 책자에 실린 그의 논문을 발견한 직후였다.

그날 넘겨야 할 기사 원고를 검토하고 있는데 입사 동기인 윤 기자가 다가왔다.

"최 기자, 이영진이라고 산부인과 의사 알지? 일 때문에 오늘 만났는데, 남편 친구라며? 이거 전해달라고 하더구먼."

산부인과 의사협회 이름으로 나온 그 책자에는 예닐곱 편의 논문이 실려 있었다. 그중 영진의 논문은 다섯 번째에 실렸는데, 제목이 "생명 의료윤리에 대한 소고찰"이었다. 그러나 정작 내 눈길을 잡아끈 것은 "비배우자 인공수정(AID)을 중심으로"라는 소제목이었다. 순간 명치끝에서 무언가 툭 끊어지며 하나는 아래로 떨어지고 다른 하나는 얼굴로 솟구치는 것이 느껴졌다. 이어 소름이 돋고, 식은땀이 흐르고, 눈앞이 흐려지고, 오금이 저리고, 손이 부들부들 떨리는 현상들이 어느 것이 먼저랄 것 없이 엄습해왔다. 그런 내 모습을 들킬까봐 서둘러 화장실로 뛰어들었다.

영진은 전화를 받지 않았다. 조금 후 영진이 병원에 있음을 확인한 나는 곧장 지하주차장으로 내려갔다. 차의 시동을 걸었다가 운전을 포기하고 나왔다. 잘 잡히지 않는 택시를 겨우 잡아타고, 그의 논문을 대강 훑었다.

인간복제 운운하며 생명윤리와 의료윤리에 대해 설명, 인공수태시술과 관련된 종류 소개, 비배우자 인공수정의 역사와 근래의 실태에 대해 언급했다. 그리고 독일, 스웨덴, 일본 등의 예를 들며 인권문제 때문에 비배우자 인공수정 자체를 인정하지 않는 나라와 정자제공자를 밝히지 않는 것에 대한 문제를 거론했다. 더불어 관련법규가 마련되어 있지 않은 우리나라의 현실을 짚었다. 문제는 그 다음이었다. 정자제공자가 대부분의 경우 익명의 대학생이지만 근친자, 즉 남편의 아버지나 형제인 경우도 있다는 '폭탄선언'이었다. 그 뒤에 비배우자 인공수정으로 태어난 사람의 절망감과 함께 정자제공자의 불안감, 시술을 받은 주부의 정신적 충격 등의 문제도 나왔지만 내 눈에는 들어오지 않았다.

문득 상근과 시어머니의 얼굴이 떠올랐다. 어딘가 분명히 있을 거라면서 아이에게서 남편과 닮은 곳을 찾던 시어머니, 몇 년 동안이나 누구의 정자로 만들어진 아이인지를 캐묻고 있다는 남편. 만약, 가정이기는 하지만 만약에, 핏줄을 중요시하는 시어머니가 영진에게 부탁해 근친자의 정자를 사용하게 했다면? 나는 눈을 감아버렸다. 영진의 음습한 저음은 그런 말도 안 되는 제안도 받아들일 수 있을 것 같았다. 상근의 여리고 우유부단한 태도는 시어머니에게 저항할 엄두조차 내지 못했을 것이다. 아아, 그렇다면 내 몸에 들어온 정자는…, 내 아들 용석의 친부는…? 미쳐버릴 것만 같은 불안이 온몸을 휘감았다.

"이리와!"

택시에서 내려 몇 걸음 걷기도 전에 누군가 허청거리는 나를 붙잡았다. 영진이었다. 미리 기다리고 있었던 모양이었다. 영진은 나를 자기 차에 밀어 넣고 출발했다.

"도대체 무슨 짓을 한 거야!"

책자를 운전석으로 던졌지만 영진은 아무 말 없이 차만 몰았다. 곧 나는 영진과 함께 조그만 술집의 방에 마주 앉아 있었다. 영진은 양주 서너 잔을 거푸 들이켜고 난 후 입을 열었다.

"내가 태어나기 전에 아버지와 어머니가 일본에 건너가신 적이 있었어."

나는 그때까지도 감정을 추스르지 못하고 있었다.

"지금 무슨 헛소리를 하는 거야!"

영진의 목소리는 그 어느 때보다도 더 낮고 무겁게 울렸다.

"들어봐. 금방 용석이에 대해서도 알게 될 테니까."

영진이 내민 술잔을 입에 털어 넣자 목젖께에서 화르르 맞불이 일었다.

"아버지와 어머니는 거기 한 병원에서 시술을 받았어. 바로 비배우자 인공수정 말이야. 아버지도 무정자증이었거든. 그렇게 해서 태어난 게 나야. 아버지 어머니는 친척 누구에게도 알리지 않고 나를 키웠지만 내 피까지 바꾸지는 못했어. 고등학교 때 혈액형 검사를 하고 난 후 아버지에게 막 따져 물었더니 대답해주더군."

영진이 다시 술잔을 입으로 가져갔다.

"정자는 일본 의대생의 것이었던 모양이야. 그러니까 나는 정확히 말해 혼혈인 셈이지. 그 느낌, 얼마나 처절했는지, 알겠니?"

그러니까 네 기분을 나한테 알려주고 싶었던 거야, 뭐야? 나는 영진을 노려보았다.

"용석이는? 널 차버린 나한테 복수하려고 나를 이용했던 거야? 그래서 시아버지의 정자를 내 몸에다 집어넣은 거야? 말해봐, 어서. 그거 확인해보라고 저 쓰레기 같은 논문을 나한테 보낸 거냐고. 남편하고 살면서 또 다른 시아버지의 아들을 낳아서 같이 사는 느낌이 어떨지, 모르모트에게 하듯이 실험한 거 아니냐고, 이 빌어먹을 개자식아!"

눈물이 흘러내렸다. 영진의 표정이 하얗게 바뀌었다.

"무슨 소리야, 실험? 시아버지의 정자라니? 천만에. 네가 나를 파렴치한이라고 욕해도 괜찮지만 그런 일은 하지 않았어. 이런 제기랄! 거기 언급된 건 너나 용석이 하고는 전혀 상관없는 일이야."

그 말을 듣는 순간 목까지 차올랐던 물이 일시에 넘치듯 나는 주저앉아 엉엉 소리내어 울고 말았다.

"미안해, 윤희야. 정말이야. 그리고 그거 사실은 내 거였어. 용석이는 너와 내 아들인 셈이지. 의대생 거라고 속여서 정말 미안해. 상근이는 아직 몰라. 하지만 그만큼 널 사랑했기 때문에 그랬던 거야. 아니, 시기와 질투, 그리고 끝을 알 수 없는 소유욕이 그렇게 만들었어. 나 자신도 제대로 의식하지 못하는 사이에 내 정자를 주입하고 난 후에 얼마나 고통스러웠는지 몰라.”

나는 비명을 지르고 말았다.

내가 기억하고 있는 건 거기까지였다. 그날 술을 얼마나 마시고 어떻게 집에 들어갔는지 알 수 없었다. 물어보지도 않았지만 상근도 아무 말 하지 않았다. 상근의 침묵은 너무나 무겁고 불안했다.

연구실 문은 열려 있었지만 상근은 자리에 없었다. 컴퓨터가 켜져 있는 것으로 보아 멀리가지는 않은 것 같았다. 화장실에 갔거나 아직도 끊지 못한 담배를 사러 나갔을 것이다.

그때 휴대전화가 울렸다. 손가방에서 전화기를 꺼내보니, 발신번호가 상근의 것이었다. 전화기를 귀에 대려는 순간, 작은 전화기가 손에서 미끄러져 바닥에 떨어졌다. 그 충격으로 배터리가 분리되어버렸다. 나는 쪼그려 앉아 배터리를 끼우고 전원 단추를 눌렀지만 불은 들어오지 않았다. 충격으로 내부의 어딘가가 망가진 것 같았다.

“저건….”

책꽂이 제일 아래 칸에 가로로 얹힌 눈에 익은 책 한 권이 보였다. 영진의 논문이 실린 책자였다. 영진이 준 것일까. 하기야 나와 영진이 만난 다음날, 영진의 논문을 바탕으로 기사가 제법 크게 실렸으니 상근이 얼마든지 구할 수 있었을 것이다. 다시금 비참한 생각이 들었다.

파스칼이 인간은 그 자신이 비참하다는 것을 알기 때문에 위대하다고 말했다지만, 이런 경우 전혀 위안이 되지 않았다.

상근은 일하다 말고 나가서 내게 무슨 말을 하려고 전화를 했던 걸까. 혹시, 그 사실을 알고 있는 것은 아닐까. 시어머니까지 알게 되어 오늘 같은 일이 벌어진 것은 아닐까. "현실은, 겉으로 보기에 잘 정돈되고 단단해 보이지만 정작 들여다보면 어처구니없을 정도로 부서지기 쉬운 유리그릇 같아. 당연하게 확신하고 있던 것들이 어이없이 그 외피를 부정하곤 하거든. 과연, 내 실체는 어떤 모습일까?" 영진이 작은 술잔을 노려보며 했던 말이었다. 산산이 부서져 내리는 그를 보면서 나는 원망할 수도, 미워할 수도 없었다.

그때, 컴퓨터에서 신호음이 들렸다. 전자우편이 도착했다는 신호였다. 신혼 때 부부 사이에도 사생활이 있음을 강조했던 것은 나였다. 그러나 전자우편 신호음은 도착했으니 지금 당장 마중 나와 달라고 요구하는 듯했다. 성대한 환영식은 아니라도 최소한 보아주기만이라도 해달라고 두 번, 세 번 부탁했다. 그것이 반복되고 내 눈길이 일부러 외면할수록 그것의 표정은 점점 일그러지고 급기야 눈물이 흘러내릴 것만 같았다. 나는 손수건을 꺼내들고 다가갔다. 발신자는 '씨받이'라는 닉네임을 썼다. 영진이었다.

'토론토 도착, 날씨 쾌청!'

그러고 보니 이민갈 거라는 말을 취중에 들은 것 같았다. 이렇게 빨리 떠나다니. 생각해보면 뭔가 복잡한 매듭 하나가 풀리는 듯한 느낌이다. 더 이상 산부인과 의사 노릇은 하지 않을 거라고 했던 말도 떠올랐다. 내용은 간단했다.

166

내 마음도 쾌청하다.
여기서 나 자신의 실체를 찾아보려고 한다.
아니, 그보다 연금술사로 직종 전환을 하련다.
그래서 나를 다른 나로 만들어보고 싶다.

그리고 덧붙여진 말.

PS. 오기 전에 내과과장에게 들었다.
네놈 대장에 들러붙은 암덩어리가 최악이라더라.
너 수술 안 받으면 6개월짜리 목숨이나마 허락해준 암세포가
당장 한 달로 깎아내려 버릴지도 몰라, 임마.
너 혼자 속썩지 말고 제발 내 말 좀 들어라.
치료받으러 가기는커녕 휴대전화도 안 받고,
너 자꾸 그러면 윤희한테 일러바칠 수밖에 없단 말이다.

눈앞이 흐려졌다. "현실은 너무나 부서지기 쉬운 유리그릇 같아." 나
는 그 자리에 주저앉고 말았다. 늦가을 짧은 해는 이미 기울기 시작했
고, 연구실 문은 좀체 열리지 않았다.

고도를 찾아서

그래, 참 오랜만이다, 그치. 못 알아볼 뻔했다, 애. 10년쯤 됐지? 12년이라고? 어머, 우리가 대학 졸업한 지 벌써 그렇게 됐니? 참, 빠르다. 안 그래도 작년에 시골에 내려와서 심심하고 힘들었는데, 잘됐다, 애.

우리 남편은 서울서 직장 다녀. 증권회사 펀드매니저. 항상 바빠. 주말부부지 뭐. 딸애가 워낙 아토피가 심해서 작년에 애들만 데리고 여기 온 거야. 응? 그 위에 오빠가 하나 있는데 초등학교 3학년이야. 아니, 그 앤 아토피 없어. 남편이 직장 다니면서 어떻게 애까지 데리고 있겠니. 그래서 내가 둘 다 데리고 내려온 거지, 뭐. 다행인 건 여기 내려와서 딸애 아토피가 많이 좋아졌어. 역시 지리산 공기가 좋긴 좋은 것 같아.

그나저나 넌 어째 많이 야윈 것 같다. 에구 참, 내 정신 좀 봐. 너무 반가워서 내가 깜빡했지 뭐니. 애, 같이 차 한잔하자. 아님, 점심을 같이 먹어도 좋고. 이런 시장에는 커피숍 같은 게 없을 테고, 아, 저기 다방이 있네. 저기라도 가서 얘기 좀 하자, 응?

* * *

어휴, 왜 이리 침침해. 쿰쿰한 이 냄새는 뭐지?

으응, 나? 애들 학교 보내고 심심해서 시골 오일장 구경이나 하려고 나왔어. 사람구경도 하고 애들 간식거리랑 찬거리도 좀 사려고.

참, 그나저나 너 원래 서울서 대기업 홍보실에 다녔잖아. 그때 우리는 얼마나 널 부러워했는데. 그런데 어떡하다 여기까지 오게 된 거니? 결혼은 했고? 남편은? 아이들은? 사실 난 네가 작가가 되어서 뭐랄까, 고고하고 우아하게 살 줄 알았어. 그때 우리 국문학과 학생들 중에 교수들한테 인정받은 건 너뿐이었잖니. 그래, 학교신문이랑 교지 같은

데 시도 싣고 소설도 실었던 거 같은데.

근데 너 완전히 시골아줌마 다 됐구나. 요즘 글 안 쓰니, 응? 쓰기는 쓰는 모양이구나. 얘는, 어디로 등단했는지 그런 게 뭐 중요하니. 오랜만에 네 글도 한번 보고 싶다. 언제 한번 보여주라, 알았지?

포도원? 포도농장을 한단 말이니? 고도포도원? 재미있네. 아니, 의외라는 뜻이야. 네가 농장을 할 거라는 생각은 해본 적이 없거든.

뭐, 고슴도치랑 산다고? 갑자기 그게 무슨 말이니, 고슴도치를 정말 키운다는 말이니? 아님 고슴도치 같은 사람과 산다는 말이니? 아하, 문학적 표현이라 이거지. 뭐, '고슴도치도 제 새끼는 함함하다고 한다'더니 자식사랑 같은 걸 말하니? 그게 아니면, 뭐야? 아, 그래. 다가가기 어려운 사랑, 맞지? 고슴도친 가시가 있으니까 다가가면 다가갈수록 아프고 고통스러운, 그런 사랑. 맞지, 그지? 아니야? 그것도 아님, 아 그래, 지독한 사랑. 그래 맞아, 거부할 수 없는 지독한 사랑, 꼭 끌어안을수록 가시가 온몸을 찔러 피투성이가 되지만 그래도 끌어안은 손을 놓을 수 없는, 그런 사랑 말이야. 내 말이 맞지?

얘, 뭐라고 말 좀 해봐. 웃지만 말고. 뭐, 전정가위를 사러 나온 거였다고? 아아, 포도나무 잔가지를 잘라줘야 한다고? 얘, 가지를 잘라내면 포도가 적게 열릴 거 아니니. 가지가 많이 뻗게 해줘야 하는 거 아냐? 볼품이 없을 정도로 잔가지를 몽땅 잘라야 한다고? 굵은 가지 위에 눈을 두서너 개 정도만 남기고? 포도가지가 아깝다고 치지 않으면, 아하, 잎으로 양분이 흩어져 오히려 포도가 적게 열린단 말이지. 전정가위 사다가 가지치기를 할 생각이었다면 바쁘겠네. 그럼 내가 더 붙들고 있어선 안 되겠다.

그래, 잘 가. 니네 농장 위치는 대강 알았으니까 짬내서 한번 놀러

갈게.

＊＊＊

  예, 그렇다니까요. 포도원 하는 그 친구가 대학 때 저하고 동기예요. 수정이라고, 최수정. 아, 얼굴은 알아도 이름은 잘 안 부르면 모를 수도 있겠네요. 포도원 하는 그 친구 말예요. 아주머니는 새댁이라고 부른다고요? 아주머니도 잘 아시는가 보네요. 하기야 이런 시골에 누가 들어와 살면 온 동네 사람들이 모두들 호기심 어린 눈으로 볼 테니까요. 우리가 작년에 여기 들어올 때처럼요.

  수정이는 여기 들어온 지 4년째라던데. 네? 혼자인 거 같다니요? 새댁이라고 불렀다면 결혼해서 남편이랑 있어서 그렇게 부른 게 아니에요? 자기 말로도 남자가 있다고 하는 것 같았는데⋯. 남자를 본 적은 없다고요? 확실히 아이도 없었다고요? 이상하네⋯, 동네분들 중에 포도원 남자를 본 사람이 아무도 없다니. 어떻게 된 일일까? 고슴도치랑 산다고 한 걸로 봐서는 남편이 있는 것 같던데. 아니오, 설마하니 진짜 고슴도치랑 살겠어요? 그게 아니라 고슴도치와 비슷한 사람과 같이 산다는 뜻인 것 같았어요. 생김새를 말하는 건지 아님 성격을 말하는 건지는 몰라도.

  맞아요, 그 친구 시도 잘 쓰고 소설도 잘 썼어요. 그 친구 소설이 실린 책을 가지고 계시다고요? 맞아요, 아까 만났을 때 여기에 있는 지역 문학단체에서 활동한다고 하더라고요. 아, 아저씨가 면사무소에 계시지요? 그래서 이 지역에서 만든 책을 가지고 계신 거군요.

  그 책, 저 좀 빌려주세요. 요즘은 어떤 글을 쓰나 궁금하기도 하고요, 나중에 친구 만나면 얘깃거리 삼을 수도 있잖아요. 아니오, 뭐 일부러 갖다 주실 것까지는 없고 제가 나중에 지나는 길에 들를게요. 아니, 그럴 것까지는 없는데…. 예에, 그래주시면 저야 고맙지요.

* * *

정말 고맙습니다. 읽고 곧 돌려드릴게요. 아니, 왜요? 볼 사람도 없고 찾지도 않는다고요? 정말 제가 가져도 될까요? 고마워요.

예? 아, 그 세안비누 말이에요? 써보니까 괜찮지요? 아유, 뭘요. 그리고 차 마시러도 자주 오세요. 올해 첫물 녹차 나온 거 있거든요. 지금 들어오셔서 맛 한번 보실래요? 금방 내올 수 있거든요. 계모임 가는 길이라고요? 그러세요, 그럼. 내일이나 모레, 아무 때나 시간 나면 오세요.

참, 그리고 아저씨가 면사무소 계시니까 수정이가 혼자 사는지 아닌지 알아보실 수도 있을 거 같은데. 아뇨, 일부러 그러실 필요까지는 없고, 제가 나중에 수정일 만나서 실수하지 않으려고요. 예, 어쨌든 책 고맙습니다.

* * *

작년 여름에 나온 책이네. 3호면 모임이 생긴 지 얼마 안 됐거나 책이 나온 지 얼마 안 되었다는 얘기네. 표지에 철쭉사진하며, 뒷면에 단위농협 광고까지, 이렇게 촌티를 꼭 내야 했을까? 하기야 나보다, 우리나라 굴지의 K그룹 홍보실에서 사보를 만들었던 수정이 입장에서 보면 얼마나 한심했을까. 목차를 볼까, 소설을 실었다고 하니까 뒤에 있겠네. 여기 있다…, 최수정, 응? 〈고슴도치〉? 자기 이야기를 쓴 건가? 188페이지라…, 읽어볼까? 아니, 잠깐. 커피부터 한 잔 마시고….

* * *

고슴도치

최수정

꿈속에서 꿈을 꾸었다.

인터넷에서 한 장의 사진을 발견했다. 뭐지, 나는 고개를 갸웃했다. 아이콘을 맞추어 마우스를 한 번 '딸깍'하자 큰 사진이 나타났다. "나야, 고슴도치!"라 말하고 정지화면에 걸린 듯한 표정의 작은 동물이었다. 한 번도 고슴도치를 본 적은 없지만 고슴도치라고 인정하기 사뭇 어려운 모습이었다. 내 머릿속에 저장된 고슴도치에 관한 정보는 어둡고, 더럽고, 거친 가시로 상대를 위협한다는 정도였다. 하지만 이 녀석은 전체적으로 하얗고 작아 앙증맞은 모습이었다. 까만 눈 위로 난 흰 털이 눈가를 뒤덮어 순한 아이 같다고나 할까. 귀도 코도 발도 너무 깨끗하고 작아 마치 선물가게에 놓인 캐릭터인형 같았다.

'생각보다 귀엽네.'

스노샴페인 고슴도치, 삼십만 원. 어떤 애완동물 가게에서 운영하는 홈페이지였다. 온몸이 하얀색인 그 녀석 외에 플라티나 고슴도치, 시나몬 고슴도치, 핀토 고슴도치 등 종류도 많다. 오른쪽에 있는 동영상을 클릭했다. 달린 제목이 "사랑에 빠진 고슴이"다. 사육통에 홀로 있는 고슴도치 한 마리가 안절부절못하며 뭔가 소리를 내고 있다. '삐삐 —'거리는 것 같기도 하고, 어쩌면 '잭잭 —'거리는 것 같기도 하다. 발정난 기색이 역력하다.

"불쌍한 녀석, 상대가 없으면 혼자서라도 해결해."

하지만 생각해보니 그게 가능할 것 같지는 않다. 자위를 하더라도 인간과는 다른 방법을 쓰지 않을까. 인간과 같은 방법을 쓴다 해도 손 — 아니, 발이라고 해야 하나? — 이 제 성기에 닿을 것 같지도 않다. 자신의 성기는커녕 발등조차 내려다볼 수 없는 비만인처럼.

언젠가 미국의 사진가 찰스 게이트우드가 찍은 사진 속 초비만형의 여자를 보았을 때의 애처로움이 되살아났다. 늘어진 배와 엄청난 살들 때문에 그 여자는 나체였지만 음부가 전혀 드러나지 않았다. 그 부위는 커녕 음모 한 끝도 보이지 않았다. 그것은 참으로 그로테스크한 이미지였는데, 보면 볼수록 살들이 부풀어 오르는 것처럼 크게 부각되어 눈 속으로 파고들었다. 그 전시회의 주제는 '육체의 영광과 비참'이었다.

살과 가시라는 차이가 있기는 하지만, 그 주제가 이 녀석에게도 어울리는군. 가시로 뒤덮인 작은 육체의 영광과 비참이라. 불쌍한 녀석.

나는 손을 뻗어 녀석을 잡았다. 등에 삐죽삐죽 솟은 가시가 억세고 자꾸 손바닥을 찌른다. 손을 배 쪽으로 가져가 대자 녀석의 온기가 느껴진다. 그리고 미세한 떨림, 그 작은 육체가 떨고 있다. 나는 녀석을 보살펴야 한다는 생각에 사로잡힌다. 그것이 애완동물을 파는 홈페이지의 판매전략이라는 생각을 하면서도 그 느낌은 점점 강렬해진다. 모성본능이라는 것이겠지, 내게도 그런 본능이 있다는 게 신기하게 느껴진다. 칼 융은 '그레이트 마더'라고 했다던가. 절대적인 다정함과 안정감, 그것을 바탕으로 보살피고 키워주는 위대한 어머니의 그것. 아, 나도 이참에 그레이트 마더가 한번 되어볼까?

나는 '바로구매' 단추를 두 번 클릭했다. 그리고 스노샴페인 고슴도치 수컷을 주문하기 위해 필요한 사항들을 기입해나갔다. 이름과 주민등록번호, 우편번호와 주소, 전화번호와 카드번호 따위를 꼼꼼히 적어 넣었다. 마지막으로 특기사항에 직장에 출근해야 하니 회사로 보내줄 것, 그리고 아직 신입이니 되도록 상사들 눈치 보지 않도록 점심시간에 보내달라는 내용도 빠뜨리지 않고 기록했다.

"최수정 씨, 주문하신 고슴도치가 도착했습니다! 사인해주세요!"

하지만 택배회사 직원이 내 이름을 크게 외친 건 부장님이 하반기 홍보전략에 대한 설명을 한창하고 있던 중이었다. 말이 잘린 부장은 화가 나 담배를 피워 물었고, 다른 선배들은 킥킥거리거나 고개를 절레절레 흔들거나 혀를 끌끌 찼다. 나는 쥐구멍에 들어가 수령증에 사인을 했다.

온 직원들의 눈길을 받으며 포장을 뜯자, 인터넷에서 보았던 바로 그 조그만 가시투성이 동물이 나왔다. "와아…" 조금 전과는 달리 여기저기서 탄성이 터져 나왔다.

그런데 이상한 일이 벌어졌다. 포장지가 모두 뜯겨나감과 동시에 고슴도치는 웅크리고 있던 허리를 쭉 펴고 일어선 것이었다. 허리를 펴는 동작이 '슬로 모션'처럼 진행되면서 동시에 고슴도치의 모습과 크기도 점점 바뀌고 커졌다. 눈 깜짝할 사이에 아주 잘생기고 키가 큰 남자가 되었다.

나는 감격했다. 좀 비싸기는 했지만 고슴도치 주문하기를 참 잘했다고 생각하고 또 생각했다. 부장을 비롯한 남자 직원들은 "우우…" 질투 섞인 비난을 했지만, 여직원들은 모두 하나같이 "와아…" 탄성을 질렀다. 그러자 고슴도치도 화답하듯, "수정 씨, 당신은 내 여자야"라고 말했다. 깊고 깊은 입맞춤과 함께. 거 왜 있지 않은가, 〈바람과 함께 사라지다〉의 포스터에 나오는 그 자세의. 장엄한 배경음악도 흘렀다.

꿈속에서 또 꿈을 꾸었다.

그의 이름은 고도다. 동영상에 나왔던 '고슴이'라고 하기도 뭣하고, '도치'라고 하기엔 더 이상했다. 그래서 고슴이와 도치 각각의 첫 글자를 따 '고도'로 정한 것이다.

"난 고슴이가 더 익숙하고 편한데….."

그건 당연했다. 애완동물 가게에서 줄곧 그 이름으로 불렸기 때문이다.

"그렇지만 내 입장도 생각해주었으면 좋겠어요."

나는 주장했다. 만약 어디 외식을 하러 나가거나 영화를 보더라도 사람들 많은 장소에서 "고슴 씨"라거나 "도치 씨"라 할 수는 없지 않은가. 다행히 그는 내 입장을 충분히 고려해줄 만큼의 이해심을 갖고 있었다. 나는 조금 장난스러운 기분이 되어 그에게 말했다.

"당신 성은 고씨예요. 이름은 도, 한자로 길 도(道) 자를 써서 당신

자신의 길, 당신만의 인생을 뜻하는 이름이 되는 거죠. 괜찮지요? 그리고 그건 사뮈엘 베케트의 희곡에 나오는 고도가 되기도 해요. 그 희곡에서 고도는 끝내 나타나지 않지만, 이렇게 당신처럼 '짠'하고 나타나주면 좋겠다는, 순전히 나만의 생각을 담은 이름이에요.”

그는 자신만의 길이나 인생보다는 희곡 속 고도를 더 마음에 들어했다. 사람들이 날마다 기다리면서도 실제로 누구인지 또는 무엇인지, 동시에 기다리는 것이 정말 올 것인가에 대해서조차 아무런 확신도 주지 않는 존재로서의 고도. 아마도 그 신비스러움이 좋았던 것 같았다. 내가 출근하고 없는 동안에 그는 책장 구석에서 먼지를 뒤집어 쓴 채 잊혀져있던 베케트의 책을 읽는 것 같았다.

고도는 해가 뜨면 본래 모습으로 돌아가고 해가 지면 인간으로 변했다. 원래 야행성이기 때문인 듯했다. 내가 출근한 뒤에 그가 무얼 하는지 직접 볼 수는 없었지만, 그는 대부분 내 오피스텔 침대에서 잔다고 했다. 하기야 지금껏 고슴도치로 살아온 그가 잠을 자거나 기껏 텔레비전을 보는 것 외에 무얼 할 수 있겠는가. 그러나 밤이 되면 그는 완전 딴판으로 변했다. 욕구가 강한 정도를 넘어 섹스머신에 가까웠다. 그것이 마치 삶의 궁극적 목적인 양 줄기차게 해댔다. 대학 1학년 때 문학동아리 선배와의 첫 경험 이후 몇 명의 남자를 만나봤지만 고도만큼 계속 요구한 사내는 없었다. 격렬한 섹스 후 잠시 수그러든 링가가 다시 일어설 때까지 대개 짧아도 10~20분 정도의 시간은 있어야 했지만 고도는 그렇지 않았다. 마치 그의 링가만은 뻣뻣한 가시처럼 내내 곤두서 있어서 작아지거나 수그러들지 않는 건 아닐까 하는 생각이 들 정도였다. 그의 엄청난 욕구를 잠재울 수 있는 것은 단 하나, 아침 햇살뿐이었다. 마치 트란실바니아의 드라큘라 백작처럼. —그런데 택배상자를 열었을 때, 왜 많은 사람들 앞에서 대낮에 인간으로 변하는 모습을 보였는지 논리적으로 설명하기 어렵다. 그저 꿈속이었으니 그랬겠거니 할 뿐—.

처음엔 그의 열정이 좋았다. 나를 바라보는 그윽한 눈빛이 좋았고, 온몸을 찌르듯 자극하는 그의 손길이 좋았다. 눈꼬리가 약간 처져 조금은 슬퍼 보이면서도 깊은 눈 속에는 무언가 드러낼 수 없는 이야기를 가득 담고 있는 듯했다. 물론 내가 1년 넘게 남자친구가 없었고 섹스를 하지 못했던 것도 하나의 이유가 될 수도 있을 것이다. 하지만 고도에게는 내가 아는 어떤 남자와도 다른 특별한 것이 있었다. 열정 외에 그의 테크닉도 그 누구와 견주지 못할 정도였다. 본래 고슴도치의 천성이 그렇듯 그는 전혀 서두르지 않았다. 아주 부드러운 전희부터 격렬한 섹스, 그리고 마무리까지 모든 게 완벽했다. 강약 조절과, 무엇보다 상대에 대한 배려가 무엇인지를 알고 있었다. 처음부터 요니로 돌진해 제 욕구만 채운 뒤 담배 한 대 피워 물고는 "괜찮았어?" 혹은 "좋았이?" 따위의 말 같잖은 질문은 절대 하지 않았다. 단순히 기계적으로 움직이는 그런 섹스머신이 아니었다. 갑자기 쳐들어와 닥치는 대로 노략질하는 점령군 타입이 아니라, 체위를 바꿔가며 내가 좋아하고 싫어하는 것을 파악해 다양한 전략과 전술을 구사할 줄 알았다. 그의 요구에 화답하고 즐기는 스스로를 보면서 '내게도 엄청난 욕구와 욕망이 숨어 있었구나' 새삼 깨닫게 되기도 했다.

"난 절대 오럴은 안 해요, 절대로."

첫날인가 둘째 날인가, 불쑥 내 코앞에 나타난 그의 링가를 보고 나는 단호하게 말했다. 고도는 잠시 어리둥절한 표정으로 나를 내려다보았다. 내 단호함에 막힌 링가는 터질 듯한 욕구를 어쩌지 못하고 내 눈앞에서 까딱대고만 있었다. 하지만 그날 이후 고도는 다시 오럴섹스를 요구하지 않았다. 그런 그의 모든 말과 행동은 완벽에 가까웠고, 나는 시쳇말로 '금덩이를 주운' 그런 기분이었다.

그런데 고도의 욕구는 하루가 다르게 커져만 갔다. 2주일 정도가 지나자 아침 햇살이 제법 방안으로 쏟아져 들어오는데도 숨지 않게 된 것이다. 매일 퇴근하고 곧장 내 오피스텔로 돌아가 출근할 때까지 섹스를 하는 건 아주 힘든 일이었다. 회사에서 나는 자주 졸았고 코피도 쏟았다. 하루 종일 잠을 자는 고도와 달랐다. 하지만 고도는 그런 걸 모른 척했다. 스스로도 통제할 수 없는 정도의 욕망일 거라고 나는 짐작했

다. 어쨌든 해가 떠오를 때까지도 그의 링가는 곤두서 있었고, 손은 내
젖무덤 위를 떠나지 않았다. 그리고 햇살을 받으며 마지막 섹스를 감행
하기 시작했다. 그러고 또 며칠이 지나자 고도는 내 출근시각을 위협하
기 시작했다. 나는 마침내 짜증을 내었다.
　"아, 이제 그만해요. 난 당신이 원하기만 하면 흔들어대는 섹스 자동
판매기가 아니란 말이에요."
　그러자 고도는 놀란 듯 잠시 멈칫하더니 구석자리로 가 몸을 웅크렸
다. 오럴섹스 이후 두 번째로 거절을 당한 셈이었다. 그가 웅크릴 때 수
십 개의 정지화면이 고도에서 고슴도치로 변하는 과정을 보여주었다.
마치 뒤샹의 그림 〈계단을 내려가는 나체〉처럼. 거칠게, 그러나 선명하
게. 뒤샹도 고슴도치를 키운 적이 있을까?
　한 꿈이 끝나도 다른 꿈이 계속돼 알면서도 어쩔 수 없이 더 자야 하
는 경우도 생기곤 했다. 에이, 도대체 언제 깨야 하는 거야? 요니가 아
려왔다.

* * *

으응, 우리 딸 왔어? 그래, 학교에서는 재미있었니? 아니, 왜 그리
부어 있어? 학교에서 무슨 일 있었니? 애들이 놀렸다고? 널 거짓말쟁
이라고 했단 말이지. 왜 애들이 널 거짓말쟁이라고 했을까? 응, 서울
에 있는 우리 집이 아파트 24층이란 걸 안 믿는단 말이지. 걔들은 그렇
게 높은 아파트를 본 적이 없으니까 그럴 수도 있지. 또 벽걸이 텔레비
전도, 학교에 있는 것보다 더 큰 피아노도 안 믿었다고? 아니야, 우리
딸이 왜 거짓말쟁이야. 그 애들이 잘 몰라서 그런 거야. 그 애들은 시
골에서만 자라서 그런 것들을 보지 못했거든. 그럼, 그 애들보다야 우
리가 훨씬 부자지. 그러니까 네가 좀 참아.
　자, 가서 손 씻고 와. 식탁 위에 있는 간식, 씻고 와서 먹어라. 응,

엄마 지금 읽고 있는 책이 있거든. 엄마 친구가 쓴 소설인데, 엄만 그 것 좀 보고 있을게.

휴우, 그나저나 애는 글이 왜 이렇게 거칠어졌을까? 학교 다닐 때하 고는 많이 다르네. 그동안 무슨 일이 있었나? 어휴, 낯 뜨거워. 소설이 야, 포르노야? 살아온 게 뭔가 순탄치 못했던 것 같기도 하고, …남잘 잘못 만났었나?

응, 그래, 손 깨끗이 씻었니? 식탁에 옥수수 쪄놓은 거 있지? 그거 먹고 있어. 엄마, 이거 마저 좀 읽을게.

* * *

꿈속에서 꿈을 꾸는 일이 계속되었다.

퇴근하고 오피스텔 문을 열자 고도가 다가왔다. 벌거벗은 그의 몸은 보기에도 훌륭했다. 게다가 탄력 있고 강했다. 그런데 고도보다 고도의 욕망이 먼저 내 손목을 잡았다.

"아아, 오늘은 싫은데…. 생리 때문에 오늘은 좀…."

나는 그의 손을 뿌리치며 거부했다. 물론 생리는 없었다. 다른 꿈속 에서 자동판매기가 되었던 기억이 그런 거부감을 불러일으켰다. 아니, 그게 싫으면 곧장 집으로 가지 말았어야지, 하고 잠 밖의 내가 생각했 다. 하지만 곧 이 상황은 꿈이니까 어쩔 수 없다고 판단하고 꿈에 집중 하기로 했다. 그래도 고도가 덤비면 어쩔 수 없지 않은가, 하는 생각도 들었다. 그런데 고도는 의외로 선선히 물러섰다.

"알았어. 내가 당신한테 원하는 건 당신의 영혼이지 피가 아니니까."

전날 거부당한 고도가 한쪽 구석에 가 웅크리고 있던 것과는 백팔십 도 달라진 모습이었다. 고도의 대답에 나는 그만 머쓱해지고 말았다. 내 영혼을 원했다고? 그냥 서로의 육체를 원한 게 아니고, 그럼 정말 나 를 사랑한단 말인가?

그는 내 생각을 읽은 것처럼 물었다.

"내 가시가 모두 몇 개나 되는지 알아?"

나는 당연히 고개를 저었고, 당연하다는 듯 고도는 그의 등을 내게 보이며 말했다.

"1만 6천 개쯤 돼. 금강산 봉우리보다 많지."

왜 저런 얘길 하지? 나는 그의 입만 바라보았다.

"난 매일 내 가시에 무언가를 꽂아야 마음이 놓여. 그러지 않으면 가시가 근질거려 도무지 참을 수가 없거든. 지금까지는 당신 영혼을 꽂아왔어. 당신의 즐거움, 환희, 꿈, 그리고 당신의 우울과 슬픔, 고통까지 수많은 감정과 표정을 수집했어. 아니, 뭐 그리 놀랄 건 없어. 당신은 평소 너무 많은 감정의 소비 때문에 힘들어하고 괴로워했잖아. 그리고 어떡하면 아무런 감정의 동요 없이 원하는 방법으로 일 처리하고 원하는 것을 얻어낼지 생각해왔잖아, 항상. 그리고 당신에게는 내 가시에 모두 꽂고도 남을 욕망이 있잖아."

나는 그냥 그와 잠자리만 해왔을 뿐인데, 그는 어떻게 나에 대해 저리 잘 알고 있을까. 그렇다면 내가 지금 생리중이 아니라는 것도 알 텐데…. 내 눈썹이 어색하게 찌푸려지는 게 느껴졌다. 하지만 고도는 내 표정과 상관없이 말했다.

"그리고 며칠 동안 여기저기 구경을 꽤 했어. 이젠 낮에도 어느 정도 적응하고 익숙해졌어. 쉬고 있어. 난 잠깐 나갔다 올 테니까."

그는 나를 남겨두고 혼자 나갔는데, 이상하게도 그가 어딜 가고 무얼 하는지 모두 보였다. 아하, 이게 호접지몽(胡蝶之夢), 나비의 꿈이요, 장주(莊周)의 꿈이로구나. 장자처럼 내가 꿈속에서 나비가 된 꿈을 꾸는 중이렷다, 그냥 혼자 그렇게 해석하기로 했다. 적당한 높이, 적당한 거리에서 그를 바라보는 것은 매우 흥미있는 일이었다. 조물주나 신의 높이보다는 낮겠지만 제법 그럴듯한 기분을 느끼게는 해주었다. 어찌 생각하면 캠코더를 들고 그를 찍고 있다는 생각이 들다가, 어느 순간 내가 찍히고 있다는 생각이 들기도 했다. 내가 나비인가, 나비가 나인가?

하지만 뭐, 무슨 상관이랴.

고도는 꽤 분주하게 움직였다. 그는 단독주택이나 아파트, 자취방이나 찜질방, 여관, 지하철 안, 거리 등 장소를 가리지 않았다. 남녀노소, 꽃미남, 왕따, 잘생기고 못생긴 것 따위를 가리지도 않았다. 유명도 무명도, 돈이 많고 적음도, 권력의 있고 없음도 전혀 개의치 않았다. 그들 곁에 가만히 다가가 사람들의 머리뚜껑을 열어보거나 가슴을 열어서 살폈다. 그리고는 그들의 영혼을 꺼내 자신의 가시에 꽂으면 또 다른 장소, 또 다른 사람을 찾아갔다. 터져 오르는 욕구를 어쩌지 못해 요니를 붙잡고 있는 여자와 섹스를 하기도 했다. 예쁘고 아니고를 가리지는 않았다. 간혹 남자도 있었다.

몇 번 따라다니다 보니, 한 가지 눈에 띄는 것이 있었다. 고도가 찾아다니는 사람들 가운데 특별히 좋아하는 부류가 있었다. 아무리 작은 영혼이라도 마다하지 않는 그였지만, 그 중에서도 욕구나 욕망의 크기가 큰 사람들의 영혼에 크게 만족감을 나타냈던 것이다. 마치 그 욕구나 욕망이 고도 자신의 것이라도 되는 듯했다.

어느 날 나는 흡족한 표정으로 돌아온 그에게 따졌다.

"그래, 사람들의 영혼을 수집하는 게 기분 좋아요? 날마다 1만 6천 개씩, 당신의 탐욕은 정말 지독하군요."

하지만 고도는 전혀 문제될 게 없다는 표정으로 대꾸했다.

"뭘 모르는군. 사람들은 오래전부터 자신의 영혼을 팔아왔어. 당신도 잘 알잖아. 검은 흙에 뱀의 피나 닭의 피로 흑마술의 별모양 마크를 그리고 주문을 외는 의식 말이야. 인간이 가지기 힘든 큰 욕구를 해결하기 위한 최후의 수단으로 오래전부터 이용해왔었지. 흑마술뿐만이 아니지. 점쟁이의 부적이나 무당의 굿, 신을 향한 간절한 기도 등 욕망을 이루기 위한 방법은 셀 수조차 없을 정도로 다양해. 나는 다만 사람들의 보편적인 염원을 옆에서 도와주는 것뿐이라고. 굳이 복잡하게 흑마술을 이용하지 않아도 되고, 피차 좋잖아."

당신도 잘 알잖아, 라는 그의 말이 가슴에 와 박혔다. 그래, 나도 한

때 그런 생각을 했던 때가 있었지. 글을 더 잘 쓸 수만 있다면, 수많은 독자의 마음을 움직일 수 있는 작품을 쓸 수 있다면 내 영혼이라도 팔고 싶다고. 팔 수만 있다면 그까짓 것 뭐가 대수겠느냐고. 아니, 한때가 아니라 지금도 그렇던가? 직장에서 능력도 인정받고, 한발 앞서 진급도 하고, 잘생긴 사내와 결혼도 하고, 토끼 같은 아이도 낳고, 수많은 사람들의 심금을 울릴 수 있는 시나 소설도 쓰고, 사인회도 하고, 강연도 하고, 그리고….

고도는 나와 섹스를 하지 않고도 내 욕망 몇 조각을 주워들었다. 곧 고도는 고슴도치로 모습을 바꾸고 꿈속의 꿈을 빠져나가며 내게 말했다.

"그건 그렇고 … 어때? 포도원을 해보는 게?"

* * *

아니, 아주머니, 벌써 다녀오셨어요? 계모임이 일찍 끝났네요? 저는 지금 아주머니가 주신 책, 거기에 실린 친구의 소설을 읽고 있는 중이에요. 거의 다 읽어가요. 사실 예전과 주제도 그렇고 문장도 많이 달라져 내심 놀라고 있었어요. 그 때문인지 이것저것 생각이 많아져 빨리 읽히지가 않네요. 아, 서 계시지 말고 이리 오세요. 제가 녹차 준비해 올게요.

그래요? 아니, 그 집에 수정이 말고는 아무도 안 사는 걸로 되어 있다고요? 분명히 같이 산다고 했던 것 같은데. 고씨 성 가진 사람인 것 같기도 하고. 지금 아저씨께 물어보고 오시는 길이라고요? 가구주가 그냥 수정이로 되어 있단 말이지요? 그럼 고슴도치나 고도는 단순한 소설적 장치일 뿐이라는 말인가?

예? 아, 아니에요. 차 드세요. 아, 소설이 꼭 자기 이야기를 써놓은 것 같아서 꼼꼼히 읽고 있어요. 안 읽어 보셨다고요? 글쎄요, 꿈 이야

기에다 여러 가지 비유를 섞어놔서 명확하지는 않아요. 나중에 친구한
테 직접 들어봐야 정확한 사실을 알 수 있을 것 같기도 하고요. 하여간
일단 이 소설부터 찬찬히, 그리고 끝까지 읽어봐야 하겠지요.

　수정이도 못 본 지 대여섯 달 되었다고요? 작년 가을에 보고 못 보셨
단 말이에요? 어쩜 …, 그러니까 작년 포도농사 망치고 난 후 그리 됐
다는 말이지요? 하기야 좋은 일도 아니고 서로 얼굴보기 민망할 수도
있겠네요. 뭐, 평소에 내왕이 잦았던 사이도 아니었다니까 ….

＊ ＊ ＊

　꿈과 꿈 사이의 경계가 모호해졌다. 그러다 종내에는 꿈과 현실의 경
계마저 조금씩 엷어져갔다.

　"어때? 포도원을 해보는 게?" 고도의 말은 며칠이고 꿈과 꿈 사이, 꿈
과 현실 사이를 오가며 메아리처럼 울렸다. 그랬다. 포도나무 그늘을
가지고 싶었다. 고도는 그 사실을 알고 있었던 것이다. 문예반 선생님
에게 칭찬을 듣기 시작한 고등학교 때부터였던가. 포도나무밭이 있는
작은 작업실에서 글을 쓰고 싶다는 생각을 하기 시작했다. 한 번도 가져
보지 못했고 그 아래 앉아본 적도 없었지만, 가지고 싶다는 욕구는 커져
만 갔다. 가지지 못한 것을 더 희구하게 되기 때문인가. 그 무렵 내가
본 《세계문화상징사전》엔 '포도나무/포도원'에 대해 이렇게 기록하고 있
었다.

포도나무는 다산과 생명의 상징이다. 포도나무는 '생명의 나무'이며, 어떤 전
통문화에서는 '지식의 나무'이며, 또한 '죽어서 소생하는 신'의 성스러운 나무
이기도 하다. 열매가 풍성하게 열린 포도나무는 풍요와 열정을 나타내고 ….

　뭔가 새로운 것을 만들어내고 싶었다. 이 세상 어디에도 없는 아주

창조적인 이야기, 그래서 그리 예쁘지도 않고 별다른 재능도 없는 내 인생에 한 부분 풍요로운 결과를 남기고 싶었다.

예전에는 그게 가능할 것 같지도 않고, 포도나무밭을 가질 수 있을 수도 없어 보였다. 그런데 고도는 내게 그 가능성을 열어주었다. 어떻게 실현시켜 줄지, 어떻게 도와준다는 말 한마디 하지 않았지만 "어때? 포도원을 해보는 게?"란 말로 그것이 실현될 수 있음을 충분히 느끼게 해주었다. 그리고 어느 꿈과 꿈 사이에서 지리산 한 자락의 포도원을 끄집어내었다. 크지는 않았지만 백여 그루의 포도나무가 있고, 그 포도나무밭 한가운데 우리—나와 고도의—방과 별도의 내 작업실이 있는, 그런 포도원이었다. 그가 내 영혼을 가져간 대가치고는 너무나 화려한 것이었다. 적어도 나는 그렇게 생각했다.

첫해 포도농사는 망쳤다. 내 딴에는 열심히 풀 뽑고 거름도 내고, 잘 보살핀다고 보살폈으나 포도가 많이 열리지 않았다. 백화점이나 시장에 나오는 것처럼 먹음직스럽게 보이지도 않았다. 몇 년 묵혀둔 탓이라고 생각했다. 그러나 그게 아니었다.

"포도가 많이 열리게 하려는 욕심에 마구 뻗은 가지를 그대로 두었기 때문이야."

고도는 말라비틀어진 포도열매를 따 집어던지며 혀를 찼다. 가지를 정리하고 잘라주어야 포도송이에 영양분이 충분히 공급될 수 있다는 거였다. 사방팔방으로 뻗은 가지와 잎을 키우느라 정작 포도열매를 키워낼 수 없었는데, 나는 그런 기초적인 것조차 모르고 있었다.

"괜찮아, 내년에는 잘할 수 있을 거야."

고도는 내 젖꼭지를 깨물며 나를 위로해주었다.

그런데 두 번째도 실패했다. 근처에서 농사짓는 아주머니와 노인네들에게 묻고 또 물어 가지치기도 잘 해주었다. 시기별로 밑거름 주기와 물거름 주기, 웃거름 주기도 했고 병충해 방제에도 신경을 썼다.

고도는 농장 일에는 손가락 하나도 꿈쩍하지 않았다. 전보다 훨씬 줄어든 섹스 때 외에는 집에도 잘 붙어있지 않았다. 자신의 가시에 걸 영혼 때문이겠지, 싶어 나는 아무 말도 하지 않았다. 오히려 나 혼자 힘으로 포도를 가꾸고 많은 수확을 하면 훨씬 더 기분 좋을 것 같았다.

재배법을 비롯한 많은 것들을 새로 알게 되었다. 포도열매가 열릴 때 나무가 허물을 벗는다는 사실도 알게 되었다. 열매를 맺는 과정과 줄기의 부피, 길이 생장이 동시에 일어나 부피가 늘어나면서 작년에 성장했던 표피가 터지는 것이었다. 나날이 새롭고 즐겁기만 했다. 주변에서도 모두들 "초보치고는 포도가 너무 튼실하고 잘되었다", "평생 포도농사 지어온 사람보다 낫다"고 추어주었다.

그럼에도 불구하고 포도농사는 또 실패했다. 첫해처럼 열매가 부실한 것은 아니었다. 포도뿌리혹벌레나 포도유리나방 같은 해충이 생긴 것도 아니었다. 무엇이 잘못되었다기보다는 잘 열려 있던 포도가 갑자기 없어진 것이었다. 그렇다, 없어진 것이라는 표현이 정확했다. 썩어 문드러진 것도 아니고, 포도가 바람이나 기후의 영향으로 떨어진 것도 아닌, 그 열매 자체가 증발을 해버린 것이었다.

너무 허탈하고 허무한 마음에 나는 어쩔 줄을 몰라 했다. 놀이공원에서 잡고 있던 풍선줄을 놓쳐버린 기분이랄까, 아니, 함께 간 엄마나 아빠가 갑자기 사라져버려 혼자 남겨진 그런 기분이랄까.

"괜찮아. 올핸 그만큼 많이 배웠잖아. 내년엔 올해보다 더 잘 될 거야."

고도는 이번에도 내 요니에 링가를 갖다 대며 나를 위로해주었다.

그런데, 정말 이상하게도 세 번째 해에도 포도농사는 실패하고 말았다. 포도는 전해와 마찬가지로 아주 잘 열었다. 크고 튼실했으며, 색깔도 좋고 당도도 아주 높아 무엇 하나 흠잡을 데 없는 최상품의 포도였다. 흡족한 기분을 느낄 틈도 없이 포도가 익을 무렵부터 나는 불안했다. 지난해 포도가 사라져버린 이유를 모르는 상태에서 언제 다시 그런 일이 일어날지 알 수 없었기 때문이다.

아니나 다를까, 우려하던 일은 벌어지고 말았다. 하룻밤 사이에 거의 절반가량의 포도가 감쪽같이 사라져버린 것이었다.

"아아, 이럴 수는 없어. 뭔가 이유가 있을 거야."

나는 이를 악물었다. 꿈속에서 꿈을 꾸는 중에도 이를 악물었다. 고도가 너무 상심하지 말라고 속삭이는 중에도 이를 악물었다. 나를 위로해주기 위해 그 어느 때보다 격렬하게 섹스를 하는 중에도 나는 이를 악물고 있었다. 온몸이 저릿저릿하고 곧 녹아내릴 것만 같은 중에도 이만은 악물고 있었다. 한 꿈이 지나가고 다른 꿈이 다시 다가오는 중에도 계속 이는 악물었다. 너무 꽉 물고 있어서 아픔 없는 고통이 몰려왔다. 입안이 버석거려 뱉었더니 부서진 이가 한 움큼 나왔다. 남은 이가 하나도 없다. 백 개도 넘을 것 같다. 빠진 이는 포도씨 같기도 한데, 점점 풍화되어 모래알처럼 풀풀 날렸다. 아아, 일어나야 해. 이 꿈에서 벗어나야 해. 소리 없는 외침 끝에 마침내 풍화된 꿈에서 빠져나올 수 있었다.

꿈 밖에서도 오로지 포도나무 생각밖에 나지 않았다. 그리고 실오라기 하나 걸치지 않은 하얀 몸을 이끌고 포도나무밭으로 나갔다. 거기서 나는 보고 말았다.

"아니, 그럼 포도를 훔친 거야…?"

거기엔 역시 실오라기 하나 걸치지 않은, 새하얀 몸의 고도가 서 있었다. 등에는 1만 6천 개의 가시가 나 있는. 그리고 그 가시에 내 영혼 한 조각과 1만 5,999개의 포도를 꽂고 있는.

그리고 모든 꿈의 끝이 그러하듯, 아무런 대책 없이 허무하게 그 속에서 빠져나오고 말았다. 서양 배우들이 손바닥을 펴들고 어깨를 으쓱하는 듯한 모호한 표정의 고도를 남겨두고서.

나는 꿈속에서 다시 꿈을 꾸며 고도를 기다리고 있다. 그날 고도는 내 포도와 함께 마지막 남은 영혼을 가져갔다. 그래서 난 그날 이후 영혼 없는 잠을 자고, 영혼 없는 꿈을 꾸며, 영혼 없는 시간을 살고 있다. 그러면서 기다리고 있다. 이유나 목적 같은 건 없다. 영혼이 없으므로. 설혹 있다손 치더라도 이제 그것은 나와 관계없는 일이 되지 않았나 싶다. 어쨌든 나는 고도를 기다린다. 기다리면서 전정가위를 사와 가지치기도 하고 거름도 낸다.

요즘에는 내 육체가 그의 가시에 꿰어 있는 꿈을 자주 꾼다. 내 육체가 모두 사라져버리기 전에 고도가 돌아와 주기를 바란다. 하지만 왜 그걸 바라는지는 사실 잘 모르겠다. 그저 계속 그래왔기 때문인 것 같지만 정확한 건 아니다. 영혼은 사라졌지만 욕구나 욕망은 본능처럼 내 몸 구석구석에 살아있었다.

하지만 모두 정확하지 않다. 꿈속을 사는 것 같기도 하고 현실 속의 삶 같기도 하다. 내가 사람 같기도 하고 고슴도치인 것 같기도 하다. 점점 내 몸이 투명하게 변해가고 있다. 내가 무엇이고, 어떻게 되어가고 있는지 그에게 물어보고 싶은데…. 아아, 그러려면 빨리 고도가 와야 할 텐데….

* * *

여기가 끝인가? 무슨 소설이 이렇담. 찜찜해. 예전의 수정이 글은 깔끔하고 담백했는데, 무슨 말을 하는지도 정확했고. 교수들이 수업 시간에 칭찬을 늘어놓을 정도였잖아. 그런데 이건 전혀 수정이 글이라는 느낌이 안 들어.

고슴도치가 영혼을 빼앗아간다고? 그래, 어디선가 들은 기억이 나. 고슴도치가 포도나무에서 포도를 훔치는 건 악마가 인간의 영혼을 훔치는 것과 같다는 얘기. 그렇다면 수정이가 말하는 고도는…?

아, 간식 다 먹었어? 그럼 과외 갈 준비해야지? 태워다 줄게. 자, 엄마 차에 타. 애, 너 정신을 어디다 두고 있니. 가방을 안 가지고 오면 어떡해.

(…)참, 너 과외선생님이 내주신 숙제 다 했니? 영어단어 외우는 거랑 영어일기 쓰는 거 말야. 시골서 학교 다닌다고 여기 애들처럼 놀기만 하면 안 돼, 알았니? 너 아토피 확실히 나았다 싶으면 금방 서울

갈 거야. 그러니까 서울 애들한테 뒤지지 않게 열심히 해야 돼. 너도
유치원 때 해봤잖아. 유치원에서는 하루 종일 영어로만 말하고, 끝나
고 나서는 또 다른 학원 가서 더 공부하고…. 서울선 지금 그때보다
애들이 더 열심히 공부한단 말이야. 어차피 여기 애들은 나중에 다시
만날 일이 거의 없을 테니까 친구 사귈 생각하지 말고, 내 말 알아들
었니?

　(…)자, 다 왔다. 그래, 열심히 해. 엄마 뽀뽀. 나중에 마칠 때쯤
올게.

* * *

　여보세요? 나야. 애 영어 과외선생한테 태워다주고 돌아가는 길에
그냥 전화해봤어. 뭐? 아니, 당신 바쁜 시간인 줄 아는데…, 그래도
무슨 일 있냐고 물어봐주면 어디 덧나? 아니, 안다니까. 당신 간이고
쓸개고 빼놓고 돈 버느라 힘든 줄 아는데, 나도 당신만큼 힘들단 말이
야. 내가 여기서 꽃놀이하고 노는 줄 알아? 나도 여기 유배온 기분이란
말이야. 여긴 감옥이야, 감옥. 창살 없는 감옥. 가뜩이나 대학 동기라
는 애 때문에 기분 꿀꿀해 죽겠구먼. 알았어, 알았다고. 끊을게. 그나
저나 바쁘니 어쩌니, 접대 핑계 대고 지난번처럼 외박하고 그러면 나
도 더 이상 못 참아. 내가 여기 산골짜기에 있다고 시골 아낙네처럼 됐
다고 착각하지 마. 나 없는 사이에 당신이 뭐하는지 도통 모를 것 같
아? 몸은 여기 있지만 내 마음은 전부 서울에 있고, 내가 몇 군데 전화
만 하면 당신의 일거수일투족 알아내는 건 식은 죽 먹기니까. 한 번 더
그러면 정말 우린 끝이야, 알았어?

　돈 버는 게 무슨 큰 유세라고…, 나쁜 새끼.

* * *

(…)계세요? 아무도 안 계세요?

어휴, 웬 풀이 이리 무성하담. 얜 마당에 풀도 안 뽑고 청소도 안 하나? 꼭 폐가 같은 분위기잖아. 온통 거미줄투성이고, 먼지 쌓인 것 좀 봐. 대낮인데도 귀신이나 도깨비 하나쯤 나올 분위기네.

계세요? 수정아, 최수정! 어딨니?

아무도 안 사나? 분명 푯말에 '고도포도원'이라고 되어 있었는데. 아까 전정가위 사다가 당장 가지치기해야 한다고 서두르더니, 이것 봐, 가지치기는커녕 손도 안 댔네. 어머, 깜짝이야. 저게 뭐야, 두꺼빈가? 어휴, 왜 저리 커? 황소개구리만 하겠네. 끔찍해. 그나저나 얜 도대체 어찌된 거야?

얘, 수정아! 소설가 최수정 씨, 어디어디 숨었니? 머리카락이라도 보여라! 어, 현관문도 부서져 있고, 사람이 안 사는 것 같은데. 도대체 어떻게 된 거야. 엇, 저건 … 전정가위네. 포장도 안 뜯었잖아. 수정이네 포도원이 맞는 것 같은데, 사람이 살거나 드나든 것 같은 흔적은 없고, 이것 참. 여기 사는 거야, 안 사는 거야. 귀신이라도 있으면 붙잡아 물어보고 싶네. 참, 아까 아줌마 말로는 못 본 지 대여섯 달 됐다고 했지. 그럼 어디 딴 데로 이사간 건가? 하지만 아까 분명히 제 입으로 여기 산다고 했는데, 그리고 전정가위가 여기 있고. 아이, 뭐가 어떻게 된 건지 도무지 모르겠네.

고도의 가시에 자신의 육체까지 꿰었다고 했고, 점점 투명하게 변해 간다고 했고, 또 … 그럼에도 불구하고 고도를 기다리고, 그 덫에 걸려 중독된 나머지 자신의 영혼과 육체를 훔쳐간 고도를 기다린다? 아님, 기다리다 못해 고도를 찾아 나서기라도 한 걸까? 그럼 아까 제 입으로

고도를 찾아서 191

했던 말은 다 뭐야.

　어머, 벌써 시간이 이렇게 됐네. 애들 데리러가야 되겠네. 이럴 줄 알았으면 아까 휴대전화 번호라도 물어보는 건데, 할 수 없지 뭐. 아주머니한테 어떻게 된 건지 다시 물어봐야 되겠네. 아무튼 참, 희한한 애야.

닫힌 밤

전화가 단조로운 기계음을 내며 울렸다. 영선은 아이가 그림을 그리느라 쏟아놓은 크레파스를 통에 넣다 말고 서둘러서 수화기를 들었다. 겨우 잠든 아이는 누군가에 의해 단잠을 방해받으면 몹시 짜증스러워했고, 그것은 곧바로 그녀에게로 전이되곤 했기 때문이다.

"담배 가진 것 있지? 피우고 싶어 미칠 지경이야."

한동안 뜸하던 그녀의 전화였다. 그녀는 필요한 말만 간단히 전달했다.

"내가 지금 곧 니네 집 앞으로 갈게."

영선은 없다고 잘라 말했다.

"얘, 너 피우던 거 있잖아. 아님 남편 거라도 살짝 좀 줘. 분명히 내가 사둔 담배가 있었는데 어디로 사라졌나 모르겠네."

그녀는 영선의 임신 사실과 남편의 비흡연 사실을 듣고서야 마지못해 전화를 끊었다. 정말 담배를 피워야겠다는 생각보다는 다른 무엇이 있을 터였다. 구하려고 마음만 먹었다면 가까운 편의점 어디서든 못 구할 리 없었다. 그녀의 목소리는 그 어느 때보다 더 우울한 상태임을 말해주고 있었다. 어떤 정신분석학자의 말대로 댐으로 금방이라도 넘칠 것 같은 물을 막아놓은 듯한 상태인 것이다. 폭우는 계속될 것이고 그 댐은 곧 무너져 밖으로 쏟아져 나와 주변을 엉망으로 만든다. 그러면 그녀는 내처 무차별적으로 의사표현을 할 것이었다. 입맛이 썼다. 누구나 인간관계를 공짜로 얻을 수 있는 건 아니다. 자칫 잘못하면 사르트르가 '타인은 감옥'이라고 한 말이 실현될 수 있기 때문이다.

그녀의 전화는 이래저래 오히려 담배 생각을 돋워놓고 말았다. 저때문에 병원문을 닫은 사실을 모르는지 알고도 일부러 모르는 척하는 건지 자꾸만 집으로 전화를 거는 것이 얄미웠다. 아무리 겉으로 둘째를 가졌기 때문이라고 했지만 영민한 그녀가 모를 리 없었다. 그래서 더욱 고깝기까지 한 것이었다. 베란다 너머로 옅게 안개가 깔리고 있었다.

오래지 않아 그녀의 두 번째 전화가 왔다.

"지금 좀 나올 수 없겠니? 너한테 할 말이 있어."

그녀는 질문으로 말문을 여는 버릇이 있었다. 자기가 전화를 하고도 인사나 자기소개 같은 건 아예 안중에도 없었다. 질문이라고 하지만 실제로는 거의 직설에 가깝고 강제나 명령으로 들리는 경우도 많았다.

"우리 집에 오지 않을래? 남편은 오늘 안 들어올 거야. 선배 하나가 물 좋은 데로 전출된다나. 모여서 술 퍼마시고 오입하고 그러겠지 뭐. 난 그 인간한테 다른 건 다 괜찮은데, 미성년자만 건드리지 말라고 그랬어. 미성년자 손댔다가는 어찌된다는 것쯤 자신이 더 잘 알겠지만."

그녀의 혀가 다소 풀린 듯했다.

"나 혼자서 술 한잔하고 있어. 그러니까 같이 마시자고. 술 마시니까 담배 생각이 더 간절해지네, 씨발."

그녀는 거친 말까지 쏟아내며 계속 혼자 떠들어댔다.

"야, 니네 교순지 샌님인지 서방하고 토끼 같은 자식 있다고 너무 그러지 마라. 너 잘난 건 나도 알아. 또 애 가졌어? 그래, 나는 빈껍데기라 애새끼도 하나 낳지 못하지만 나도 한때 잘나갔던 사람이란 말이야. 너 나 알잖아. 오월의 퀸!"

그랬다. 그녀는 5·18항쟁 기념투쟁으로 공기가 온통 매캐할 때 대학 축제의 퀸이 되었다. 최루가스는 드라이아이스 효과, 짱돌은 여왕을 위한 꽃송이, 전경들은 사열병쯤으로 여겼다. 같은 여고에서 같은 대학에 들어갔지만 의대에 진학한 영선에 대한 콤플렉스로 고통스러워했던 터였다. 그런데 영선이 온갖 실습과 시험을 치르느라 책과 잠, 피

로와 싸우는 동안 그녀는 불만스러웠던 상황들을 화려하게 만회해 나
갔다. 그 이후로 그녀의 남성편력은 자랑거리가 되었고, 졸업 후엔 방
송국 리포터가 된 지 1년여 만에 사법연수생과 결혼하는 데 성공했다.
몸에 밴 허영과 우아함은 그녀의 상징이 되어 있었다. 그녀는 화려한
드레스를 입고 홀로 무대에 올라 토카타를 연주하는 것 같았다.

　남편 따라 지방에 내려갔던 그녀가 영선의 결혼식장에 나타났을 때
영선은 놀라지 않았다. 전화연락 한 번 없던 그녀가 왜 모습을 드러냈
는지 짐작이 되었기 때문이다. 그녀가 지방으로 간 지 4, 5년이 지나
있었다. "신랑이 박사학위는 땄니?"에서부터 "아직도 시간강사야?",
"애, 너 정도면 잘난 남자들 얼마든지 고를 수 있을 텐데", "니가 벌어
먹여 살려야겠네", "그러고 보니 너도 아직 레지던트라면서?" 따위의
말을 따라다니듯 나타나 불쑥불쑥 던져댔다.

　다시 몇 년이 지나 영선이 어렵사리 신도시에 조그맣게 신경정신과
의원을 열었을 때, 그녀가 그 도시에 살고 있는 줄 몰랐다. 알았다면
아마도 어렵게 생각하지 않고 쉬운 쪽으로 일을 결정했을 것이다. 한
달쯤 뒤 진찰실 문을 들어선 그녀의 모습을 영선은 알아보지 못했다.
"애, 나야"라는 말과 함께 들여다본 진료기록 파일의 이름이 아니었다
면 그럴 수도 있었다. 예전의 뽀얗고 화사한 모습은 온데간데없었다.
바싹 야위어 뼈의 윤곽이 드러난 데다가 피부는 생기를 잃어 여기저기
골을 파기 시작했다. 목과 손등 위로 드러난 실핏줄은 왠지 신경질적
이고 위태로움을 내포한 듯했다. 무슨 이유에선지 온몸이 점점 투명해
지면서 내포되어 있던 성정이 가시적으로 드러나는 과정처럼 보였다.
그런 것들을 감추기 위해서인지 짙게 덧칠한 화장은 파리한 보랏빛을
띠고 있었다. 그녀의 모든 것을 뒤로, 혹은 그녀의 모든 것을 싸고 있

는 그림자를 발견할 수 있었다.

"요즘 난 잠잘 때가 가장 행복해. 나의 허영과 불행도 잠을 자니까. 그렇지만 난 불면증이야. 잠을 이룰 수가 없어. 잠을 자더라도 꿈을 꾸는 동안 그 꿈이 현실로 둔갑해 버리고 말아. 난 완전히 잠을 잃고 만 것 같아."

처음 진찰을 마치고 영선은 그림자의 실체를 그녀 자신으로부터 분리된 또 하나의 그녀라고 진단했다. 본래의 그녀는 집안에서 남편을 기다리고, 다른 그녀는 그것을 비웃으며 자유로워지기를 원한다. 남편을 기다리는 그녀는 남편의 경제와 권위에 기대어 있고, 자유를 갈구하는 그녀는 남편의 그것을 비웃지만 스스로 그것을 가질 수 없으므로 절망했다. 이 두 그녀가 충돌을 일으키면서 스스로를 이해할 수 없고 날카로운 존재로 치환시켰다고 판단한 것이다.

그녀는 거의 일주일에 한 번 꼴로 찾아왔다. 영선의 진찰을 받는다기보다 영선에게 넋두리를 늘어놓는 듯한 분위기였다.

"그거 알고 있었니? 내가 퀸이 되고 난 이후로 거의 하루도 남자 없이 잠들어 본 적이 없다는 거. 섹스를 할 때 아랫배가 꽉 차는 느낌, 무언가 충만하고 만족스러운 느낌이 좋았어. 빠져나가고 나면 오는 허탈감을 참을 수 없어서 매일 그것을 채우려 했어. 언제나 먹어도 먹어도 배가 고픈 정글의 포식자처럼."

올 때마다 한 가지씩의 증상을 풀어놓았다. 우아함은 다소 잃었지만 지적 과시를 위해 먼 나라의 이야기를 가져오는 버릇은 여전했다.

"중국 신화에 보면 단번에 열 명의 자식을 낳는 귀모(鬼母)란 여자가 나와. 그런데 그녀는 아침에 낳은 아기들을 저녁이면 다 잡아먹어 버렸대. 자식을 낳는 것은 조물주와 비슷하지만 결국 다 잡아먹어 버려서 귀신에 머무르고 말지. …나도 그래, 귀모처럼."

아이를 가질 수 없는 스스로의 처지를 그녀는 그렇게 표현했다. 방문 횟수가 많아지면서 비슷한 이야기를 조금 변형시켜서 표현하기도 했다.

"중세 유럽에서는 남자들의 마음을 사로잡기 위해 자신의 아이를 제물로 바치기도 했대. 아이로 인한 행복보다 사내의 그것이 주는 만족감이 더욱 소중했겠지. 내가 아이를 갖게 되면 그렇게 하지 않을까, 미리부터 스스로가 무서워지기도 해."

그러나 그녀는 나의 처방을 따르지 않았다. 스스로의 의지로 이겨내 보겠다며 간단한 약물치료나 입원치료도 외면했고, 취미생활이나 운동에도 관심을 보이지 않았다. 자신만의 일을 가지거나 아이의 입양도 원치 않았다. 더 큰 병원에 가보라는 권유도 못 들은 척했다. 친구로서 진정한 우정을 나눈 적 없고 강요된 경쟁과 치열한 각축 속에서 데면데면하게 지내왔지만, 영선은 진찰을 할수록 그녀의 처지를 마음속 깊이 동정하고 도울 수 있게 되기를 바랐다. 하지만 다른 친구들을 만날 때와 같은 느긋함이 그녀와의 사이에서는 생겨나지 않았다. 그러면서도 달리 깊이 사귈 만한 대상이 없고 사교성이 떨어져 어디에도 쉽게 뿌리내지지 못하는 사람의 우정이 파괴적이라는 사실을 영선은 미처 깨닫지 못하고 있었다.

언젠가 아이의 성화에 못 이겨 패스트푸드점에 갔을 때였다. 영선은 예닐곱 테이블 건너 혼자 앉아 있는 그녀의 옆얼굴을 발견하고 이름을 부르려다가 그만두었다. 질긴 고무를 삼키듯 햄버거를 느리고 힘겹게 씹으며 아이들이 놀고 있는 볼풀장을 초점 잃은 눈으로 바라보고 있었기 때문이다. 그녀의 눈은 희고 예쁜 드레스를 입은 대여섯 살가량의 여자아이 뒤를 쫓고 있었다. 그 모습을 보면서 영선은 대상을 상실한 모성을 발견하였다. 그 모습은 영선이 지독스레 말을 듣지 않는 환자를 버리지 못하는 이유가 되어버렸다.

진찰을 한 지 반년쯤 지나자 그녀가 병원이 아닌 영선의 집으로 전화를 하기 시작했다. 그리고 질문, 아니 그보다는 질문을 가장한 요구를 해대기 시작했다. "얘, 너 시간 좀 내줄 수 있니?", "지금 나와 줄 수 있니?", "여기 교외에 있는 카펜데 바람 쐬러 나오지 않을래?", "남편하고 사랑을 나눌 때 넌 무슨 생각을 하니?", "낯선 사람과 다리가 후들거릴 때까지 춤추고 싶은 때가 있지 않니?" 등. 그녀는 어느 순간부터 몸의 구석구석에 의문부호를 달고 다니게 된 것 같았다. 그러나 그것은 권태로 인한 우울증이나 스트레스였다면 오히려 대답을 해주기 쉬웠을 것이다. 너무나 일상적인 데다가 낯설고 가벼워서 대답을 해야 할지 말아야 할지 판단되지 않을 때가 많았다. 서너 차례 영선은 한밤중에 화장기 없는 얼굴로 그녀를 만났다.

처음 밖에서 그녀를 만난 것은 폐선을 시 외곽에 끌어다 개조한 카페였다. 영선은 한숨을 쉬듯 그녀의 초췌한 얼굴을 바라보며 인사를 대신했다.

"항상 확신에 차 있던 네 모습이 사라져버린 것 같아. 대신 물음표가 온통 널 차지한 것 같아."

그녀는 와인잔을 무표정하게 만지작거렸다. 그리고 담배를 계속 피워물었다. 갈수록 투명해져가는 자신을 담배연기로 채우려는 것처럼.

"처음엔 모든 것이 너무나 명백했어. 나만큼 행복하고 화려하며 우아한 여자는 없었어. 결혼하고 2, 3년 있다가 불임 판정을 받을 때까지는 말이야. 나는 나를 꼭 빼닮은 여자아이를 낳고 싶었어. 공주 같은 드레스에 화사한 머리핀, 맑은 유리구두를 신겨줄 수 있는 그런 딸을 말이야. 모든 준비는 완벽했고 그것은 나에게 또 하나의 빛이 되어 줄 것 같았지. 그런데 그 아이는 내 뱃속에서 짐승의 내장처럼 떼져 산부인과 쓰레기통의 검은 비닐봉지에 담겨졌어. 몇 번을 그랬어. 그러고 나니까 비닐봉지만 봐도 핏물이 배어나올 것만 같아 진저리가 쳐졌어. 재래시장 같은 데 가면 검은 비닐봉지에다 뭘 담아주잖아. 그러고 나서는 비닐봉지를 내밀면 받을 수가 없는 거야. 그러다가 지나가는 임산부들만 보면 그 여자들이 갑자기 핏덩이를 툭 거리에 떨어뜨리지 않을까, 겁이 나 슬금슬금 뒷걸음질치기도 했어."

그녀는 검지를 잔에 넣었다가 꺼내 혀 위에 보라색 방울을 떨어뜨렸다.

"너무너무 겁이 나서, 임신한 여자들만 보면 물어보았어. 괜찮냐고. 이상한 눈으로 날 쳐다보더라고. 난 그들이 무슨 생각을 하고 있는지 궁금해졌어. 그리고 날 위로하려고만 드는 남편도 실제론 무슨 생각을 하고 있는지, 다른 곳에서 어떤 모습으로 살아가는지 알고 싶어지더라고. 그 뒤에도 내 아이는 빛 한 번 보지 못하고 두 번 더 비닐봉지에 담겨 어디론가 떠나갔어."

영선은 고개를 가로저었다.

"그런데 네 질문은 너무 비틀려 있어. 무의식이 너의 의식을 쥐어짜고 있는 거라고."

"웬 줄 아니? 나에게 허락된 질문이 그런 것밖에 없었거든. 왜 결혼하고 아이를 낳아야 하는지, 죽고 못 살 것처럼 하다가 몇 년 살다보면 시들해지느니 그때그때 맘에 드는 사람과 사랑을 나누는 것이 현실적으로 나은 방법이 아닌지, 내가 여성해방운동가는 아니지만 일부일처

제 같은 건 가부장제의 억압 때문에 생긴 악습이 아닌지 물어보았어. 돌아온 건 냉소와 경멸뿐이었지. 그래서 내 질문조차 뒤틀려 버리고 말았어.”

“무정부적이네. 세기말적인 것 같기도 하고.”

“그런가? 아니, 그것도 확실치 않아. 내 질문은 나도 모르는 사이에 지향 없이 계속되고 있거든.”

그녀는 와인을 마시다 말고 내려놓았다. 그리고 자신의 차로 영선을 바래다주었다.

그 다음 날 밤 10시쯤 그녀는 또 전화를 했다. “지금 꼭 해야 할 말이 있다”는 거였다. 아파트를 나서면서 영선은 꺼림칙한 느낌을 버리지 못하였다. 그 전날 학회와 세미나 준비로 남편이 이른 새벽녘에야 연구실에서 돌아온다는 사실을 발설한 자신의 불찰일지도 모른다고 자책했다.

그녀는 혼자가 아니었다. 변두리에 있는 그리 크지 않은 호텔 바에 들어갔을 때 그녀는 한 젊은 남자의 귓속말을 듣고 있었다. 이어 주위 사람들이 흘깃거리며 쳐다볼 정도로 턱없이 크게 웃었다. 영선은 그 모습을 발견하는 순간 돌아설 뻔하였다. 그러다 젊은 남자와 눈이 마주쳤다. 20대 중반 정도의 그는 건장한 체구에 제복처럼 보이는 짙은 청색 양복을 갖춰 입고 있었다. 매끄럽고 탄력있는 몸매가 연상되었지만 눈은 다소 날카롭고 그림자가 드리워져 있었다.

테이블로 다가갔을 때 그의 양복 왼쪽 깃에는 눈에 익은 엄지손톱만한 금색 배지가 달려있었다. 자주 보았던 로고타이프였지만 어디에서 보았던 것인지는 쉽게 떠오르지 않았다. 그녀는 두 가닥의 끈 이외에 어깨를 다 드러낸 베이지색 드레스 차림이었는데, 얼핏 피부색과 비슷해 벌거벗은 듯 보였다. 그녀는 왼손으로 턱을 괸 채 담배연기 너머로 남자를 바라보며 웃음을 흘리곤 했다. 그들은 한 쌍의 연인처럼 보였고 또 그렇게 보여지기를 원하는 것 같았다.

그는 자신을 김상규라고 소개했다. 그녀는 이름을 다 부르는 대신 규라고만 불렀다. 그녀는 규를 만나게 된 경위를 다소 호들갑스럽게 이야기했다.

"오후에 백화점에 갔다가….."

그러고 보니 규의 심장 위에서 반짝이고 있던 배지는 바로 그 백화점 로고였음이 떠올랐다.

그녀는 목적 없이 백화점에 갔다가 이것저것 샀다. 옷을 두 벌 고르고 구두와 핸드백, 그리고 남편과 함께 입을 수 있는 나이트가운을 샀다. 불과 30여 분 만에 이 모든 것을 다 산 그녀는 두 손에 각각 세 개의 종이가방을 나눠들고 엘리베이터로 향했다. 그때 엘리베이터 옆에서 무전기를 들고 손님을 향해 눈을 굴리며 서있는 규를 발견하였다. 다이아몬드가 박힌 목걸이가 갑자기 금속성 재질의 성분을 발휘하여 가슴을 자극하였고, 그녀의 심장이 두근거리는 소리를 조용히 들었다. 다른 사람들은 눈치 채지 못할 정도로 잠시 동안 멈칫했지만 규는 그것을 알아볼 수 있었다. 이내 그녀는 결심하고 곧장 그에게 걸어가 종이가방을 내밀었고 규는 아무 말 없이 그것을 받아들었다. 지하주차장까지 따라 내려가기는 했지만 확신을 할 수 없었던 그에게 그녀는 자동차 열쇠를 내밀었다. 칙칙거리며 규를 찾는 무전기를 쓰레기통에 버리고 그들은 차를 몰아 혼잡한 시내를 빠져나왔다. 교외로 드라이브를 하고 저녁을 먹은 후에 바에 자리를 잡자 영선에게 전화를 했다. 그 모든 상황을 단숨에 설명한 그녀는 다시 크게 웃으며 칵테일잔을 들었다.

규는 대학 축구부를 졸업했다. 비록 프로팀 진출에는 실패했으나 자

신이 실력있는 팀의 일원이었음을 강조했다. 그 증거로 전국대학축구
대회 8강에 진출했을 때 모든 부원이 전의를 불태우며 서로의 왼쪽 팔
에 새겨준 '하면 된다'는 문신을 보여주었다. 푸르딩딩한 잉크가 번져
글자가 조악하게 변해있었다. 그것은 1970년대 자신의 성을 따서 국제
대회를 개최했던 대통령의 재임시절에 국가대표선수를 지낸 바 있는
대학 축구부 감독의 좌우명이라고 했다. 그 문신이 팔뚝에 힘을 줄 때
마다 튀어나올 듯 꿈틀거렸다. 왼쪽 팔뚝에는 '영광의 등번호' 11이 같
은 방법으로 새겨져있었다.

"꼭 해야 할 말이라는 게 이거였니?"

규가 화장실에 간 사이 영선이 다그쳤다. 너의 자아가 두 개의 모습
으로 갈라져 다차원적인 양상을 띠고 있다, 노력 여하에 따라 얼마든
지 생동감 있고 활력 있는 삶을 창출할 수도 있다, 그러나 이런 행동을
계속한다면 끊임없이 떠오르는 남편의 환영으로 인한 피곤과 불안정에
몸을 떨어야 할 것이다, 언제 어느 장소에서 불확실한 미래로 내팽겨
쳐질지 모른다, 라는 식으로 의사다운 소견을 이야기해봐야 소용없는
일이었다.

"어때, 귀엽지 않니? 싱싱해 보이고."

그녀는 빈 담뱃갑을 확인하고 다른 담배를 주문했다.

"너 정말 큰일 내겠다. 이런다고 문제가 해결되는 건 아니잖아. 오히
려 문제를 키우게 되고 결국 너도 더 힘들어질 뿐이야."

"네가 유능한 정신과 의사라는 건 알지만 제발 시어머니 같은 소린
그만해. 그냥 귀여워서 예뻐해 준 것뿐이야. 심각하게 생각할 것 없
어. 그냥 같이 술이나 한잔하자고."

그러나 술잔이 더해 갈수록 그녀의 몸이 자주 흔들렸고 규는 그녀에

게 밀착해 들어갔다. 영선의 존재는 안중에도 없다는 듯 그녀의 입을 맞추고 허리를 붙안았다. '하면 된다'가 튀어나와 그녀의 젖가슴 속으로 들어갔다. 거의 동시에 '11'이 뱀처럼 스스륵 팔뚝을 기어나와 치마 속으로 무혈입성을 시도했다.

"야, 이 새끼야, 손 치우지 못해. 더러운 자식."

보다 못해 영선은 규의 손길을 뿌리치고 그녀를 억지로 택시 안으로 밀어 넣었다. 그녀는 술 마신 속도에다 거의 몇 배의 가속을 붙여 취한 것 같았다. 택시기사에게 요금 외에 1만 원을 더 내밀어서야 겨우 축 늘어진 그녀를 같이 부축해 아파트에 들여보낼 수 있었다.

다음 날 오후 영선에게 전화를 건 그녀는 고맙다는 말을 하지 않았다. 그저 저녁식사를 같이 하자고 했다. 영선은 어제의 일 때문에 고맙다는 인사를 하려는 것이라면 번거롭게 식사할 것까지 없이 그냥 고맙다고 말하라 했다. 그러자 그녀는 아무 말 없이 한숨을 토해낸 후 천천히 주말에 검사부인들끼리 하는 골프모임이 있는데 나오라고 했다. 영선은 고맙다는 한마디 하는 게 그렇게 어렵냐고 되물었고, 그녀는 다시 전화하겠다며 수화기를 놓았다. 그녀가 영선에게 원하는 것이 의사로서의 전문적 소견도 아니고 친구의 우정에 기대어보겠다는 것도 아님은 분명했다. 그녀의 말은 반복적이고 단조로우며, 논리가 단절되는 우울증 환자의 양상을 보였다. 그러나 한편으로는 사고기능이 정지되기라도 한 듯 혼돈스러운 표정을 지으며 기호해독 불능증에 빠진 현상과 뒤섞여 나타나곤 하였다. 하지만 그녀는 영선이 찬찬히 진찰하도록 해주지 않았다.

어떻든 그게 두어 달 전쯤의 일이었다.

오월의 퀸이 두 번째 전화를 끊고 난 후 한 시간가량이 흘렀다. 자정이 지났고, 그녀도 술을 마셨기 때문에 지쳐 잠들었겠거니 생각했다. 영선은 건성으로 읽던 책을 소파 위에 아무렇게나 던졌다. 텔레비전 시사 프로그램의 제목을 따 자극적으로 붙인 책 제목이 눈에 들어왔다. 《영화 속 주인공들의 심리, 그것이 알고 싶다》. 제목 아래 갸름하고 잘생겼지만 어딘지 차가운 느낌을 주는 의과대 동기의 얼굴이 보였다. 영선은 다시 손을 뻗어 책을 뒤집어놓고 냉장고를 향해 걸어갔다.

그때 그녀의 세 번째 전화가 영선의 귀를 먼저 열었다. 남편이 아직 들어오지 않았지만 남편의 전화이기보다 그녀일 거라는 느낌이 기계를 거치지 않고 바로 전달되었다.

"내가 너 귀찮게 하는 거 아니지, 그치?"

술을 마셨다는 느낌이 들지 않을 정도로 차분한 목소리였다. 그것이 오히려 폭우 전의 고요나 지독한 지진 전의 허허로움을 연상케 했다. 정체를 알 수 없는 불안이 배어있었다. 일종의 예기불안 증세라고 할까.

"… 나 좀 도와줄 수 없겠니?"

고맙다는 한마디도 아끼던 그녀가 도와달라고 말했다.

"무슨 일이야? 무슨 일 있는 거니?"

말해놓고 영선은 후회했다. 그렇게 말하는 것이 개입의사가 있음을 의미하는 것이기 때문이다. 일부러 영선은 의식적으로 말끝을 흐렸다.

"술 한잔했으면 그만 자. 밤도 늦었는데, 요즘 내가 입덧이 심해서 힘들어 …."

사실 입덧은 거의 없었다.

"그 새끼가 자꾸만 …."

그녀가 불안의 그림자를 내비쳤지만 영선의 의식적 외면에 막히자 이내 전화를 끊었다. 그랬다. 그녀는 아직도 규와의 관계를 끊지 못해 지금까지 끌었고, 영선도 그런 사실을 이해하지 못했다. 그런 관계는 깊어질래야 깊어지기도 어렵고 대개 오래 지속되지도 않는다. 만남 후에 더욱 깊어지는 존재의 욕구불만이 불협화음을 일으키거나 정신의 반란을 초래할 수도 있었다.

규와 처음 만난 날의 소란이 지나고 일주일가량 지나서였다. 오랜만에 일찍 퇴근한 영선이 그녀가 기다리고 있는 카페로 향했다. 그곳에는 하늘을 거칠게 가른 듯한 핏빛 노을과 그 핏물을 받아 끓이고 있는 인공호수가 먼저 자리를 잡고 있었다. 그 배경을 뒤로 한 채 테라스에 마주 앉은 그녀와 규를 발견하고 영선은 멈칫했다. 피가 소리 없이 부글거렸다. 그녀는 영선의 병원 간호사에게 만나자는 쪽지만 남겼을 뿐 동행이 있다는 걸 말하지 않았기 때문이다.

노을을 배경으로 차를 마시고 낮과 밤의 경계에서 저녁을 먹었다. 장소는 바뀌지 않았다. 같은 자리에 붙박인 듯 앉아 유원지의 야경을 보며 칵테일을 마셨다. 그녀도 규도 고맙다거나 미안하다는 말을 하지 않았다. 그녀와 영선은 거의 아무 말도 하지 않았다. 덩치에 어울리지 않게 규는 말이 많아 수다스러운 편이었다. 이 도시가 신도시로 개발되기 전, 도시라기보다 아주 깡촌에 가까웠을 때 이야기부터 어떻게 변해왔는지 설명했다. 태어난 곳이어서 그런지 도시계획 측면보다 역사적, 아니 향토사적 측면의 이야기가 대부분이었다. 그는 그녀와 영선이 듣든 말든 개의치 않고 그래야 하는 것처럼 주절주절 늘어놓았다.

"저기 꼭대기까지 올라가는 길이 두 개 있잖아요. 찻길 하나와 계단으로 된 길이 있는데, 그 계단이 365개라는 거 몰랐지요? 1년이 365일, 그 날수에 맞춰서 일부러 365개의 계단을 만들어 놨더라고요. 저 계단을 오르면서 인생을 생각해봐라, 뭐 그런 뜻으로 만들었다고 하데요."

그녀들은 대꾸 없이 그것을 한 번 힐끔 쳐다보아 주었다.

규는 초등학교 축구부에 들어간 때부터 365계단을 거의 하루도 빠지지 않고 뛰어다녔다. 하루에도 서너 번, 중학교 때는 대여섯 번, 고등학교 때는 예닐곱 번, 대학 때는 여남은 번씩 오르내렸다. 선착순으로 꼴찌를 했다 하면 '빳다'로 엉덩이에 불이 날 정도로 얻어맞기도 했다. 처음엔 '이 빌어먹을 계단을 어떤 새끼가 만들어 놓았어' 욕을 퍼부었다. 축구하는 걸 좋아했지만 계단을 뛰어 오르내리는 게 싫어서 그만둔 애들도 있었다.

"그런데 자꾸 오르내리니까 나중에는 진짜 '아, 이것이 인생이구나' 느낌이 팍 오더라고요. 낮에는 땀을 뻘뻘 흘리면서 계단 뛰어다니고 밤에는 또 거기서 여자애들 꼬이던 때였어요. 나도 여기서 처음으로 뽀뽀도 하고 총각딱지도 뗐어요. 누님들, 인생이 뭔지 알아요? 인생이란 쎄빠지게 올라갔다가 꽁지 빠지게 내려가는 거지요 뭐. 또 어떤 새끼는 피똥 싸가면서 빨빨거리며 뛰어 올라가고 다른 새끼들은 휘파람 불면서 자가용 타고 올라가는 그런 거지요."

그는 자신의 개똥철학이라며 길게 설명을 달았다.

"어차피 힘이 있어야 성공하고 요새 세상엔 돈이 힘이잖아요. 무슨 짓을 하든 다른 놈보다 먼저 계단을 올라가야 되고, 남들 뛰어갈 때 자가용 없으면 남의 차를 얻어 타고라도 먼저 올라가는 게 임자지요. 안 그래요, 누님?"

말끝에 그는 뒷동을 달았다.

"저는 누님이 제 힘이 되어줄 거라고 믿습니다."

듣고만 있던 영선이 그녀의 남편이 누군지 아느냐, 검찰 수사관들 풀면 너에 대해 알아내는 건 시간문제다, 그 뒤에 일어날 일은 아무도

알 수 없다는 등 쏘아붙였다. 오금을 박아 지레 겁먹고 꼬리를 내려뜨
리게 하려는 의도였지만 규는 이미 알고 있다는 듯이 담담했다. 남자
는 여자하기 나름이니, 등잔 밑이 더 안전할 수 있다느니 노골적으로
말했다. 전처럼 '하면 된다'와 '11'이 팔뚝에서 튀어나와 그녀의 가슴과
치마를 들치지는 않았지만, 오히려 영선의 가슴은 그때보다 더 부글부
글 끓었다. 그와 그녀를 남겨두고 돌아서는 영선은 누군가 뒤에서 퇴
화한 꼬리뼈를 당기는 것 같아 내내 불편한 심사를 감추지 못했다.

　돌아오는 동안 영선의 머릿속으로 한 가지 떠오르는 의문이 있었다.
진찰하면서 발견한 그녀 자신의 다중적 모습이라고 보았던, 그녀의 그
림자라 이름 붙였던 것이 정말 또 하나의 그녀일까 하는 것이었다. 그
녀의 내재적 요인도 있겠지만, 그림자는 그녀의 남편 것일 수도 있겠
다는 생각이 영선의 머리를 스쳤다. 고쳐 생각해보면 그럴 가능성은
충분했다. 사실 영선은 스치듯 한두 번 남짓밖에 보지 못하였다는 이
유로 지나치게 그의 영향을 간과해왔다. 소원한 관계가 되었다고는 하
지만 사회적으로는 여전히 부부여서 서로 구속될 수밖에 없다. 문득
검사인 남편이 그녀의 생활과 복잡한 감정을 몰랐을 리가 있겠느냐는
생각이 뇌리를 스친 것이었다. 굳이 검찰 수사관을 동원하지 않더라도
그 정도 알아내는 거야 전혀 어려운 일이 아니었다. 남편으로서 그녀
주위에 모습을 거의 드러내지 않는다는 것이 도리어 항상 있음의 역설
일 수 있었다. 그것을 영선은 물론이고 그녀 자신도 느끼지 못하고 있
을 가능성이 그동안 지나치게 배제되어 왔던 것이다. 의사라고 해서
항상 과학적인 방법으로 살아가는 것이 아니다. 때때로 직관이 훨씬
정확한 경우도 있음을 영선은 알고 있었다.

　영선은 목을 움츠렸다. 그림자를 그녀 남편의 것으로 가정하면 그녀

의 일거수일투족을 보았을 것이다. 이런 사실은 그녀를 투명하게 드러내게 하여 실핏줄을 도드라지게 하고 표정과 말투를 불안정하게 만드는 데 효과가 있다. 그럴수록 그녀는 술과 담배, 무정란만 쏟아내는 섹스에 몰두하게 된다. 결국 예측할 수 없는 거대 공포가 덮치고, 공황발작을 일으킨 그녀는 몸과 마음의 마비상태를 경험할 수도 있다. 혹시 이혼할 구실을 찾고 있다면 영선의 병원을 드나든 사실은 더없는 근거가 되어줄 것이다. 자기통제력을 상실한 자아와 북극의 얼음처럼 차가운 남편의 그림자를 한 몸에 안은 그녀는 사막화가 진행되고 있는 대지처럼 버석거릴 수밖에 없지 않겠는가.

며칠 후, 이번에는 그녀가 규와 함께 퇴근 무렵 병원에 찾아왔다. 같이 온 두 사람을 보는 순간 오히려 영선이 못된 짓을 하다 들킨 사람처럼 허둥거렸다. 파국이 가까웠음을 느꼈던 것일까. 마지막 환자를 서둘러 내보내고 간호사의 퇴근도 재촉했다. 책상 위를 대충 정리하고 옷을 갈아입으려고 할 때 간호사가 잔뜩 질린 얼굴로 뛰어 들어왔다. 그리고 아무 말도 못하고 입을 딱 벌린 채 주사실을 손가락으로 가리켰다.

그곳에서 그녀는 규와 붙어있었다. 얼굴을 마주하고 본래 그렇게 태어난 샴쌍둥이처럼 여하한 일이 있어도 절대 떨어지지 않을 것 같았다. 거친 숨소리와 재빠른 손놀림은 어느 누구의 틈입도 절대 허락할 수 없다는 메시지를 담고 있었다. 영선은 이게 도대체 무슨 짓이냐고, 당장 그만두지 못하겠느냐고, 경찰서 아니, 검찰에 전화하겠노라고 소리를 질렀다. 이미 열정 이외에 아무것도 남아있지 않은 두 사람은 당연히 서로를 탐닉하는 것에만 몰두했다. 간호사는 입을 다물지 못한 채 이 놀라운 광경을 빼놓지 않고 관찰하였다.

영선은 너무 놀란 나머지, 하고 많은 병원 중에서 신경정신과에 전세를 내줄 게 뭐냐고 남편에게 불평하던 건물 주인여자가 월세를 받기 위해 들어오는 것을 보지 못하였다. 주인여자는 자신들의 계좌로 자동이체해 주겠다는 것도 마다하고 항상 정해진 날짜에 직접 월세를 받으러 왔다. 당연히 주인여자도 환한 대낮에 남편 소유의 건물에서, 그것도 병원 안에서 포르노그래피가 실연(實演) 되고 있다는 사실에 경악했다. 특히 주인여자가 얼굴을 들이밀었을 때 그녀의 실크 블라우스와 브래지어가 한꺼번에 벗겨지는 바람에 더욱 놀라고 말았다. 내가 처음부터 정신병원에다 전세주는 게 찜찜하더라니, 어쩜 미쳐도 아주 더럽게 미친 연놈들이 다 있어 그래. 주인여자는 월세고 뭐고 남편에게 이 엄청난 사실을 알리러 가버렸고, 간호사는 온갖 소란스러운 소음에 귀를 기울이며 영선을 걱정해주는 척했다. 규에게 자신을 내맡기고 있던 그녀가 얼핏 실눈을 떴을 때 영선과 눈이 마주쳤지만 이내 외면해버렸다. 무언가 넘어지고 부서지는 소음은 거의 한 시간 가까이 계속되었고, 영선은 암울한 기분에 휩싸여 그들만 남겨둔 채 나와 버렸다.

그렇게 개원한 지 1년도 안 된 병원 문을 닫고 난 후에도 그녀의 전화는 하루에 한 번 이상 걸려왔다. 그 일 이후에는 규와의 관계를 정리하고 싶은데 그게 잘 안 된다는 내용이었다. 물론 미안하다거나 어쩌면 좋으냐는 식의 말은 하지 않았다.

그녀의 세 번째 전화가 끊기고 난 후, 새벽 1시가 다 되어 남편이 돌아왔다. 남편은 요즘 기호학을 불교사상과 연관지어 설명하는 데 골몰해 있고 대화내용도 그 범주를 크게 벗어나지 않았다. 옷을 벗고 냉수를 마시고 목욕을 하면서 새롭게 풀어낸 문제나 해석할 수 있게 된 논리를 자랑스럽게 얘기했다. 영선으로서는 거의 알아들을 수 없는 것이었다. 다만 일주일 전부터 생각하고 있던 이사문제를 어떻게 꺼낼까 생각만 굴리고 있었다. 남편이 강의를 나가는 대학과 가까워 이사 같은 건 생각지도 않고 있는 남편이 마땅찮게 생각할 것은 불을 보듯 뻔한 터였다. 하지만 영선으로서는 이사를 해서라도 잠시나마 그녀로부터 벗어나는 것이 절실했기 때문에 어떻게든 남편을 설득하고 싶었다.

다시 그녀의 네 번째 전화가 왔다. 오늘 따라 많이 걸려오는 전화가 짜증난다. 피하고 싶은데 막상 피할 좋은 방법이 없어서 더욱 신경이 곤두서는 것인지도 모른다고 생각하면서 수화기를 들었다.

"아까도 얘기했잖니. 애도 한참 자고 있고 남편도 방금 들어왔단 말이야. 이런 새벽에 어떻게 나갈 수가 있겠니? 글쎄, 너도 한번 생각해 봐. 매번 네가 그렇게 말을 해서 나가면 그때마다 네가 어떻게 했는지. 넌 너무 네 생각만 하는 것 아니니?"

남편은 오히려 그런 영선을 나무란다.

"그 친구 계속되는 유산 때문에 마음고생이 심한 것 같던데, 당신이 친구로서 말이라도 좀 잘 해줘야 되는 것 아냐?"

"무슨 얘길 하는 거야. 그 애 때문에 내가 당한 일을 몰라서 그래, 당신? 그 애 때문에 내가 얼마나 힘든데."

"아무리 그래도 이 새벽에 실례를 무릅쓰고 전화한 거 보면 몹시 급한 일인 것 같은데."

"당신도 참 이상하네, 마누라가 임신을 했으면 오히려 마누랄 위해 주어야지, 근데 당신은 순전히 거꾸로야."

그러는 사이에 또 전화가 걸려왔다. 영선은 갈수록 더 단호해져갔다. 지금 영선의 아파트로 향하고 있다는 것이었다.

"애 너, 너무 심한 거 아니니? 지금 새벽 2시가 넘었단 말이야. 이 시간에 우리 집으로 무작정 찾아와서 무얼 어쩌겠다는 거야. 사실 말이야 바른 말이지, 너한테 내가 친구로 보이긴 하니? 오히려 너한테는 골빈 축구선수가 더 어울리니까 그 녀석한테나 전화해봐."

남편이 말릴 사이도 없이 영선은 수화기를 쾅 내려놓았다.

"이 사람 왜 이래? 아무리 그렇지만 당신 그런 말까지 할 필요 없잖아. 당신 지금 너무 감정적으로 격해 있는 것 같아."

영선은 목욕실로 들어가 찬물로 얼굴을 씻었다. 거울 속 영선의 얼굴 윤곽을 따라 물방울이 부드럽게 미끄러져 내려가면서 떨어졌다. 영선도 알고 있었다. 얼굴이 화끈 달아오르고 심장박동이 빨라질 정도로 격앙된 목소리였다는 것, 도와달라는 친구에게 그녀의 치부를 드러내면서까지 모욕을 주고 말았다는 것, 하지만 그것이 뒤에 어떤 결과로 나타날지 은근히 후회되면서 한편으로는 가슴이 후련해진 것도 사실이었다.

그래, 담배연기로 투명해진 몸을 채우려 해도 그건 일시적일 뿐이야. 아랫도리에서 남자의 성기가 빠져나가면 다시 허전해지고 말듯 연기도 금방 흩어져버리고 말지. 잠깐 동안 그녀를 위로하는 것이 아니라 그녀 스스로가 근본적인 변화를 꾀하여야만 해, 영선은 스스로에게 정당성을 부여하듯 다짐을 두었다.

침대에 몸을 누이며 영선은 이불이 지나치게 서걱거리는 소리를 낸다고 생각했다. 그러다 그 소리가 이불에서 나는 소린지 남편과 자신 사이에서 나는 소린지 모르겠다고 생각했다. 책을 보기 위해 켜둔 침대조명마저 어색한 침묵을 강요하는 듯 보였다. 어색함을 지우려는 듯 영선은 남편에게 어서 자라는 어눌한 인사를 건넸다. 남편은 대답 대신 책을 덮으며 모로 누운 자세로 영선을 바라보았다.

“그 여자는 정말로 축구선수를 사랑하는 걸까?”

“……”

영선은 감았던 눈을 떠 때 아닌 남편의 호기심을 확인하고 천장을 바라보았다.

“사랑은 무슨, 그렇게 무식하고 힘만 믿고 덤비는 애송이를 좋아할 타입이 아냐. 순전히 상실감 때문에 생긴 스트레스와 우울증 때문이지.”

“그걸 다른 각도에서 보면, 남편이 가진 권력의 허구와 불임에 대한 심리적 압박이 오히려 아무것도 강요하지 않은 관계로의 촉진을 유발한 건 아닐까?”

남편은 영선의 대꾸가 호기심의 가치를 인정받는 것인 듯 말했다.

“단순히 이세 출산과 대를 잇기 위한 애정 없는 부부관계보다는 그것이 더 스스로의 이상실현을 위해 바람직한 것일 수도 있지.”

“그렇게 생각할 수도 있지만, 문제는 자신의 행동에 대해 무지무지 불신하고 있다는 데 있어. 계속 자신의 존재 자체를 부정하는 행동으로 비약되고 있거든.”

“그래?”

“전화를 거는 건 나한테 뿐만이 아니야. 내가 나가고 있는 여성회라고 환경단체 있지? 거기 몇몇 친한 사람들에게 온통 전화해서 도와달라고 한다는 거야. 그리고선 어떻게 하는지 알아? 그 축구선수를 데리고 나오고, 전에 내 병원에서 했던 것만큼은 아니라도 차마 눈뜨고 보지 못할 행각을 벌인다는 거야.”

“왜 그럴까?”

“사실 스트레스와 우울증의 문제만은 아닌 것 같아. 내 처방을 일부러 모두 무시했거든. 당신이 말한 대로 맹목에 가까운 열정일 수도 있

지만 그렇게 생각하기에 그녀의 말과 행동이 너무 이율배반적이야. 그
게 아니라면 오히려 아주 단순하고 ….”

그때 밖에서 여자의 비명소리가 들리고 이어 남자의 고함소리가 들
렸다.

“어이구, 또 시작이군.”

아파트 옆에 조성된 녹지공간은 밤이면 아예 어둠의 자식들을 수용
하는 지하세계가 되어버리는 듯했다. 영선의 집은 3층인데다 침실이
녹지대에 가깝게 접해있어 세상 혹은 누군가를 향한 교성과 욕지거리,
저주와 울음, 웃음, 비난, 야유, 비웃음, 하다못해 슬픔의 웅얼거림까
지 간단없이 견뎌야 했다. 소리뿐 아니라 숨김없이 내보이는 세상 혹
은 누군가를 향한 주먹질과 발길질, 주먹감자, 우뚝 솟는 가운뎃손가
락, 가로저음, 끄덕임, 팔짱, 뒷짐, 하다못해 쏟아놓은 토사물의 성분
까지 보아내야 했다. 그러고 보면 신의 위치도 과히 녹록치 않은 자리
임을 짐작할 수 있었다.

어둠의 무게에 눌려 자꾸만 가라앉는 소리는 코드화되기를 거부하며
공기중으로 흩어졌다. 남자의 목소리는 협박과 회유를 위한 바리톤과
베이스를 오가는 저음으로 무겁게 고막을 울렸다. 여자의 앙칼진 목소
리는 밤공기를 휘젓는가 싶더니 어느새 우는지 웃는지, 교성인지 비명
인지 모를 흐느낌으로 바뀌었다. 물론 영선과 남편은 그런 소리쯤에
무감해질 만큼 이곳에서의 생활에 익숙해져 있었다.

그런데 이제까지의 경험과는 다른 일이 이들 사이에 끼어들었다. 아
직은 익명을 유지하고 있는 저음의 남자 목소리가 남편의 목소리와 섞
이기 시작한 것이었다. 맑은 편인 남편의 목소리가 사춘기 남자아이처
럼 탁해지고 낮아졌다. 한 번도 영선에게 협박과 회유를 해본 적이 없

는 남편의 얼굴에 어둠이 드리워졌다. 그리고 예의 애매하고 모호한 흐느낌이 영선의 목소리와 교직되었다. 당연히 이 모든 일은 어떠한 순서도 없이 거의 동시에 일어났고, 두 사람은 놀라서 몸을 일으켰다. 그들의 소리는 집요하게, 또한 고통스럽게 계속 들려왔다. 영선을 침대에 있게 하고 남편이 거실을 통해 내려다보고 왔다. 남편은 쓴 입맛을 다셨다.

"거 참, 하필이면 저기서 할 게 뭐야, 남세스럽게."

"뭔데 그래?"

"차 안에서 절구질하는 거야 좀 민망스러워도 그럴 수 있다지만, 아파트 옆에서 해대면 도대체 어쩌자는 거야. 파출소에 전화를 할까?"

말은 그렇게 했지만 수화기를 들지는 않았다.

"여자가 강간당하는 거 아냐? 굉장히 고통스러워하는 것 같은데."

"그런 건 아닌 것 같아. 둘 다 똑같이 적극적이거든. 마조히즘 신봉자인지도 모르지."

영선과 남편은 그만 잠을 청하기로 했다. 하지만 불을 끈 후에도 소리는 여전히 들려왔다. 여자가 앙칼지게 저항하면 남자도 울대를 한껏 돋워 욕을 퍼부었고, 퍼더버리듯 울음을 쏟아놓으면 오보에의 저음으로 위로했다. 영선과 남편은 아무 말도 하지 않았지만 잠들지 못하고 소리의 추이를 점검하고 있었다. 30여 분 뒤, 여자는 섹스의 흐느낌과 저항을 두어 차례 엘피판 튀듯이 반복하더니 돌연 어둠을 찢는 듯한 비명을 질렀다. 한 번 지르고 만 것이 아니라 괴기 영화의 불운한 여자들처럼 단말마의 참을 수 없는 고통을 호소하는 것 같았다. 스산해지며 소름이 돋으려는 순간 자고 있던 아이가 울음을 터뜨렸다. 영선이 우는 아이를 안아 등을 토닥거렸다가 볼을 어루만져 주었다가 둘러업어가며 달래는 동안에도 비명소리는 그치지 않았다. 영선은 뇌가 졸아들고 내장기관이 긴장해가는 걸 느끼며 아이와 함께 울고 싶은 심정이 되어갔다. 3, 4분쯤 그랬을까. 갑자기 거짓말처럼 비명이 멎었다. 아이도 마술에 걸린 듯 울음을 멈추고 잠을 자던 본래의 자세로 돌아갔다.

남편은 아이의 잠을 확인한 뒤, 베란다에 서서 꼼짝도 하지 않고 밖을 내다보며 상황을 파악하였다. 영선은 막연한 불안감에 몸을 떨며 남편 옆에 다가섰다. 그러자 남편이 영선을 막아서며 보지 못하게 돌려세웠다. 그러나 짧은 순간이었지만 그 모든 장면은 영선의 감광필름에 고스란히 담겼다. 다음 순서로 영선의 두뇌가 필름에 담긴 하나하나의 장면을 면밀히 분석해 언어기호로 번역해냈다. 이에 따라 자율신경계는 스스로의 맥을 풀어버리고 한편으로는 사시나무 떨듯 떨며, 일정량의 수분을 눈을 통해 배출하였다.

영선의 필름에 찍힌 가로등 아래의 여자는 모로 누운 채 움직이지 않고 있었다. 그녀는 푸른빛이 도는 가로등 때문인지 몹시 파리해보였다. 아니, 아마도 그녀의 몸속에 있던 피가 몽땅 빠져나왔기 때문일 것이다. 점성을 가진 검붉은 액체가 물처럼 멀리 흘러가지 않고 주변 시멘트 바닥에 고여서 그 대비효과는 더욱 뚜렷했다. 그녀의 영혼은 이미 파리해진 육체보다는 빠져나온 따뜻함 속에 깃든 것처럼 보였다. 짧은 순간 영선은 그 모든 것을 포착해내었고, 앞섶이 함부로 흐트러졌지만 낯익은 블라우스와 치마의 주인을 알아보았다. '하면 된다'와 숫자 '11'의 노략질에 속절없이 무너져 내리던 그녀의 블라우스와 치마였던 것이다.

영선은 눈을 감고 무너져 내렸다. 곧 멀리서부터 전화벨 소리가 들리고 점점 커지는 이명(耳鳴)과 함께 그녀의 목소리가 전해져왔다. '나

너한테 해야 할 이야기가 있어. 지금 내 모습이 괜찮아 보이니?' 영선이 고개를 세차게 가로젓자 그녀의 질문이 더욱 세차게 달라붙었다. '솔직하게 말해 줘. 모든 것으로부터 벗어난 오월의 퀸, 훨씬 좋아 보이지 않니?' 영선은 흐느끼며 귀를 막았다. '사실은, 네가 피우던 담배 있지, 그지?'

바람구멍

그녀가 이불을 걷어찼다. 그녀가 밝혀둔 촛불이 한 번 크게 흔들렸다.

촛불에 비친 음부는 숲이라기보다는 그 그림자처럼 보였다. 그러나 숱이 적은 치모는 은밀한 부분을 가려주지 못해 욕정보다는 오히려 안쓰러움을 느끼게 했다. 그에 비하여 젖빛 가슴 위로 작지만 유난히 우뚝 솟은 유두가 아직 20대 초반임을 저 혼자 대변하고 있는 듯했다.

새벽이지만 밖에는 아직도 축제의 열기가 남은 듯 취객들의 고함소리가 끊이지 않았다. 촛불은 실내를 고즈넉하게 만들다가도 고함소리나 그녀의 뒤척임에 쉽사리 흔들리곤 했다.

"이 여관 청소하는 아줌마가 촛불 키는 걸 되게 싫어하거든예. 그을음이 생겨서 방이 칙칙해진대나 어쩐대나. 촛불 킨 거 들키면 막 잡아먹을 듯이 욕하고 쥐어박기도 하고 그래예."

모텔방에 들어섰을 때 그녀가 가장 먼저 한 일은 어린 아이 주먹만 한 사과 모양의 빨간색 양초를 꺼내는 것이었다. 그녀는 핸드백 속에 콘돔 외에도 두어 개의 양초를 늘 가지고 다니는 듯했다.

"그러면서까지 왜 켜?"

그녀의 답은 단순했다.

"그냥 기분이 좋아져예. 형광등보다 분위기가 훨씬 부드러워지잖아예. 그것도 더 잘되는 것 같고. 손님들도 다들 좋아하더라고예."

거의 반강제로 떠밀려 들어온 터라 어쩔 수 없다는 생각을 하면서도 행여 벗어날 길은 없나 궁리하는 동안 다시 욕실로 떠밀려 들어갔다. 하는 둥 마는 둥 샤워를 마치고 나갔을 때까지 그녀는 꼼짝 않고 촛불만 들여다보고 있었다.

"바슐라르라는 사람은 촛불이 사람과 똑같다고 했대예. 사람처럼 슬픔을 속으로 속으로만 삼키고, 그러면서도 혼자 고독과 그리움을 피워

내기 때문이래요."

아무런 대꾸도 할 수가 없었다. 갑자기 가스통 바슐라르가 등장한 것도 그랬지만 아무것도 걸치지 않은 채 침대모서리에 걸터앉은 그녀의 모습이 너무 낯설었기 때문이었다.

"만날 초를 사러 가는 가게가 있는데, 그 가게 언니가 그러대예. 나를 보고 있으면 바슐라르의 말이 저절로 이해가 된다고…."

그녀가 말끝을 다 놓기도 전에 한숨을 포옥 내쉬었다. 그럼과 동시에 어떤 알지 못할 바람 한 줄기가 가슴 한복판을 뚫고 지나갔다. 이 한 줄기 바람은 일주일 전쯤부터 내 주위를 맴돌던 것과 같은 종류의 것임을 단박에 알 수 있었다. 다른 것이 있다면 내가 놓여있는 시간 정황과 현장검증이 점점 모호해져가고 있는 존재감이 바람결에 묻어왔다는 정도였다. 오늘 처음 만난 그녀의 알몸 앞에 어정쩡하게 서있는 모습까지 포함해서.

이렇게 흔들리는 건 소녀적 감수성 때문인가, 근래 생기기 시작한 정체불명의 구멍 때문인가. 정수리가 팽팽히 당기고 등줄기로 서늘한 물줄기가 흘렀다. 썰물처럼 일시에 술기운이 가시는 것을 느낄 수 있었다. 이건 아니다 싶었다. 갑자기 나는 급해져서 그녀를 뒤로 하고 신발을 꿰지르며 문을 나섰다.

사진부 김 기자와 함께 나서긴 했지만 애초부터 제대로 된 취재는 안중에도 없었다. 그저 며칠 바람이나 쐬고 생각이나 가다듬어 볼 요량이었다. 편집부장도 특별한 무엇을 기대하는 것은 아니었다. 어차피 잡지의 판매부수를 겨냥한 기획이었고, D군의 군수가 사장의 대학동기라는 사실도 공공연한 것이었다.

이 기획안은 이미 작년 이맘때 한 번 올라와 보류된 것이었다. '각 지방의 축제'라는 아이템을 두고 이미 많은 매체들이 몇 번씩 우려먹었던 터라 별다른 매력이 없었다. 기자들의 의견은 '우후죽순 격으로 생겨난 지방자치단체의 축제 대부분이 그 나물에 그 밥이다. 굳이 하려면 두세 군데 자치단체를 골라 철저히 파헤쳐서 까야 한다'는 것이었다. 하지만 위에서 내려온 기획안의 의도가 그런 것이 아님은 얼마 지나지 않아 드러났다. 그래도 기자들은 굽히지 않았고 결국 안 자체가 보류되는 선에서 기자들의 의지가 반영되는 듯 보였다. 그러나 두어 달 사이를 두고 두 명의 기자가 나가고 나서야 진정한 승리자가 누구인지 가려졌다.

그리고 올해 다시 같은 기획안이 올라왔을 때 누구도 입을 열지 못하였다. 다만 편집부장의 사족 같은 취재지시가 편집회의의 무거운 분위기에 더해졌을 뿐이었다. 항상 깐다고 해서 좋은 기사가 되는 건 아니야. 잘하는 일이 있으면 매스미디어가 잘한다고 어깨도 두드려줄 필요도 있다고. 그게 정론이고 직필인 거야. 편집부장의 잔소리가 정도를 넘어서면서 바람은 어김없이 내 폐부를 훑고 있었다. 그 바람을 피하고 싶었다.

바람이 처음 내 가슴을 엄습한 것은 9월호가 서점에 깔리고 난 직후였다. 8월 내내 휴가 간 사람들의 몫까지 얹어 무더위와 사투를 벌이다시피 원고 마감하고, 교정 보고, 재교·삼교 보고, 필름 확인에 배포되는 것까지 며칠씩 밤을 새웠던 터였다. 집에 돌아와 화장실에 한 번쯤 들어갔던가. 씻지도 않고 드러누워 밥도 먹지 않고 거의 24시간 이상을 잤다. 정말 세상모르게 잠을 잤다.

자고 일어나서 집안을 한번 휘이 둘러보았다. 딸아이가 집안이 떠나
가라 울고 있었다. 인형과 딸랑이 장난감이 지천으로 널려 있고, 냄새
가 진동하는 토사물 위를 허우적대며 굴렀다. 십여 분 뒤에 돌아온 장
모는 아이가 자고 있어 잠깐 슈퍼에 갔다 왔더니 이 모양이라며 나를
타박했다. 아무리 피곤하다지만 아이가 토사곽란으로 아프면 좀 돌볼
줄도 알아야지, 사람이 그리 무심해서 아비 노릇이나 하겠나. 주섬주
섬 치우고 닦더니 이내 휑하니 가버렸다. 나 갈라네. 그리고 내가 답답
해서 한마디 하네만, 안팎으로 이리 애 하나도 돌보지 못할 정도로 바
빠서야 집안 꼴이 어찌 되겠는가. 에미 벌이가 훨씬 낫다니 자네라도
집안을 좀 건사해야지 않겠는가. 내가 이리 계속 왔다갔다하면서 봐주
는 것도 한계가 있지. 에구 늘그막에 이 무슨 시집살인지 원. 말끝에
잔인한 바람만 남았다. 서릿발처럼 하얗게 날을 세운 바람이 그대로
내 몸을 투과하고 있었다. 그 바람이 지나간 자리의 구멍 뚫린 살갗과
피, 내장과 뼈 따위에서 일시에 공명이 일었다. 저릿한 공명은 이명을
부르며 오랫동안 지속되었다. 클로즈업 상태의 카메라가 갑자기 후퇴
하면서 휑뎅그렁한 방안에 홀로 남은 나를 보여준다.

그날 아내는 밤늦도록 들어오지 않았다. 기다리다 12시 반쯤 전화를
했다. 어머, 당신 집에 있었네. 어쩐 일이야? 아아, 작업 끝난 모양이
구나. 오늘 나 더 늦을 거 같아. 좀 있다가 1시쯤 회의가 있어요. …중
요한 회의란 말이야. 아내는 그때부터 짜증을 내기 시작했다. 그리고
단 한마디 말로 무 자르듯 통화를 끝냈다. 요즘 벤처라는 데가 다 이렇
지, 이 정도도 이해 못해 주면 어떡해. 결국 아내는 돌아오지 않았다.
아침 9시에 들어와 잔뜩 구겨진 옷만 갈아입고는 다시 출근했다. 잠깐
얘기할 시간도 없냐고 묻자, 아이를 병원에 데리고 가보라는 말만 남

겼다.

아내의 변화는 아이를 임신하면서부터 시작되었다. 그 무렵 직장을 그만둔 아내는 채팅에 푹 빠져 있었다. 병원에 가지도 않고 임신중독증을 컴퓨터로 풀다가 첫 번째 유산을 하고 우울증에 시달렸다. 그 우울증을 채팅으로 풀고 다시 임신했지만 또 유산했다. 그러고도 컴퓨터를 버리지 못하였다. 처음엔 나하고 결혼하지 말고 컴퓨터와 결혼하지 그랬냐고 웃으며 핀잔도 주었다. 그런데 어렵사리 세 번째 임신으로 딸아이를 낳고 나서는 아예 업계에 발을 들여놓았다. 아내의 대학선배가 차린 벤처기업에 들어간 것이었다. 경제적 성과는 대단했다. 내 일 년치 월급을 단 서너 달 만에 받아내었다. 스톡옵션까지 포함하면, 아내의 말마따나 나 하나쯤 직장 때려치우고 시를 쓰든 다큐멘터리 영화 공부를 하든 내가 하고 싶은 것을 해도 괜찮을 정도였다. 하지만 아내의 빈자리는 그에 비례해 커져만 갔다.

아내가 출근해버린 뒤 아이는 탈진해 계속 잠만 잤다. 나는 하릴없이 혼자 소주를 들이켰다. 그때, 소리 없이 소주가, 바람구멍으로 쩰꼼쩰꼼 새어나오기 시작해, 내 주위에 흥건히 고이는 걸 보았다.

"아저씨, 가지 마이소. 제가 잘못했어예. 네?"

등 뒤에서 그녀가 허리를 감싸 안았다. 동그란 풍선의 느낌 위로 유두가 선명하게 내 등에 와 닿았다. 내 안에 불던 바람과는 별개로 나는 당황했다. 내가 감당해야 할 무게 때문인데 그녀가 뭘 잘못했다는 말인가.

"이제 청승떨지 않을게요. 촛불도 *끄고.*"

"아니, 촛불 때문이 아니야. 아가씨가 잘못한 건 없어. 그냥…나한
테 문제가 있어서 말이야."

그녀가 다시 콧소리를 내었다.

"그래도 가시는 건 안돼예. 아저씨가 그냥 가버리면 나는 진짜로 큰
일나예."

그렇지만 정말 그녀와 함께 있는 것이 부담스러웠다. 그런 방법으로
는 바람을 잠재울 수도, 구멍을 땜질할 수도 없었기 때문이다. 그녀의
상처를 발견하기 전까지는 어떻게든 빠져나갈 심산이었다. 갑자기 그
녀가 팔에 힘을 주어 조여왔다. 그러자 팔목에 걸린 팔찌의 자잘한 보
석이 작게 반짝였다. 그때 언뜻 모조 팔찌 뒤로 그림자 같은 것이 눈에
들어왔는데, 자세히 보니 칼로 팔목을 그은 듯한 흉터였다. 흉터는 하
나만이 아니라 3, 4도 각도로 세 개가 엇비스듬히 걸려있었다. 왼팔에
는 화상 자국 같은 담배 굵기의 흉이 선명했다. 마치 오래된 구멍의 흔
적처럼. 명치께가 마치듯 저려왔다.

밝은 갈색의 유두가 눈앞에 나타나고 이마의 뾰루지가 가까이 다가
왔다.

"아저씨 눈은 참 정직해 보이네예. 기자 같지가 않아예. 사실은 너무
정직해서 슬퍼 보이기도 하고."

계단에서 누군가 비척이며 올라오는 소리가 났다.

"들어가입시더, 네? 인자부터 제가 즐겁게 해드릴게예."

그녀가 나를 이끌었고 나는 다시 할 말을 잃었다.

아내는 피로에 취해 이른 새벽에 들어와 무심히 출근하기를 반복했고, 나는 자의와 타의를 엇비슷한 비율로 섞어 탈출을 시도하고 있었다. 내가 태어나고 중학교까지 자란 D군으로 향한 것이었다. 2박 3일의 취재일정이었다. 편집부장의 설명대로라면 고향이니 취재도 쉬울 것이고 지역민의 정서도 더욱 잘 잡아낼 것이기 때문이었다. 거기에 아무런 대꾸도 하지 않았지만, 허울뿐인 구실이라는 걸 모두들 알고 있었다. 홍보성 키워주기 기사인 만큼 보도자료나 잘 챙기고 군수의 얼굴만 큼지막하게 잘 잡아주면 그만이라는 사실은 병아리기자였을 때부터 익혀온 어렵지 않은 '기술'이었다. 취재의 초점이 D문화예술제가 아니라 군수의 재선, 나아가 또 다른 정치적 입지를 조성해주는 것임은 두말할 나위 없는 일이었다.

아내와 장모는 지방출장 온 사실을 몰랐다. 일부러 얘기하지 않았기 때문이다. 아내는 바쁘고 장모는 내일 동갑계원들과 함께 동남아 관광을 떠날 예정이다. 아내는 장모의 입을 빌려 말했다. 애보는 사람을 구하든가 자네가 며칠 연월차를 낼 수 있으면 내고 휴가를 미리 당겨쓰라 그러데. 내가 갑자기 출장간 사실을 알게 될 아내의 표정이 사뭇 궁금했다.

D군에 도착하자마자 택시를 타고 축제장이면 어느 곳에나 있기 마련인 향토음식 행사장으로 향했다.

"선배님, 오늘은 그냥 낮술이나 한잔 걸치고 회포나 풉시다."

사람이면 누구나 풀어야 할 무언가가 있는 모양이었다. 그러나 김 기자의 마음자리와 내가 갖게 된 구멍을 함께 풀 수 있을지는 미지수였다. 김 기자는 술로 풀 수 있을 거라 생각하는 모양이었지만, 이미 나는 알코올이 체내에 흡수되기 전에 구멍을 통해 누수된다는 사실을 알기 때문이었다.

행사장은 읍 외곽에 위치한 송림 주변이었다. 송림 중앙에 설치된 무대에서는 아이들의 무용발표회가 열리고 있었다. 그 외에도 백일장이나 그림대회가 열릴 것이고 노래자랑, 미인선발대회도 있을 것이다. 사람들은 거의 대부분 향토음식 행사장과 난전에 끓어 넘쳤는데, 왜 문화예술제라는 묵직한 이름을 붙였는지 알 수 없었고 별다른 특색도 발견할 수 없었다. 김 기자가 찾아낸 딱 한 가지 특이한 점이 있다면 길다방, 돌다방, 차부다실, 역전찻집 등의 이름을 내걸고 군데군데에서 요란한 차림의 아가씨들이 손님을 불러들이고 인스턴트커피를 팔고 있다는 것 정도였다.

길이 엉망이었다. 어제 내린 비로 땅이 젖은 데다가 많은 사람들이 다니는 통에 몹시 질퍽거렸다. 곳곳에 널빤지나 합판, 공사장에서 쓰는 비계를 깔았지만 그것마저 진흙 속에 빠져 여의치 않았다. 그런 중에도 시골 아낙네와 노인들은 난전 하나하나를 놓치지 않고 보고 듣고 만져보았다. 향토음식 행사장으로 향하던 우리는 점점 진구렁과 툭툭 치고 지나가는 사람들에 짜증이 나던 참이었다.

"에이 참, 이거 정말 성가시네."

김 기자가 한마디 내뱉는 순간, 내 몸이 휘청거려졌다. 난전을 향해 상체를 숙이고 있던 여자가 갑자기 일어서는 바람에 내 어깨를 친 것이었다. 그 바람에 오른쪽 발과 들고 있던 취재수첩이 흙탕물에 빠지고 말았다. 스물을 갓 넘겼을 것 같은 여자는 손으로 입을 가리고 다소 과장되게 놀라며 어쩔 줄 몰라 했다.

"이걸 우째, 이걸 우짜노."

수첩에 묻은 물기를 털고 손수건으로 닦았지만 벌써 잉크가 번지고 있었다. 여자의 이마에 난 뾰루지가 더욱 도드라지고 빨개지는 것 같았다. 그런 여자를 두둔하듯 옆에 있던 짙은 아이섀도의 여자가 나섰다.

"아저씨, 눈은 뭐 폼이라예? 똑바로 보고 다니소."

김 기자의 불뚝 성질도 가만히 있지 않았다.

"아가씨, 뭔 말을 그렇게 해? 잘못은 저 아가씨한테 있는데."

생판 모르는 사람끼리 시비가 생기면 뒷간에 앉아 개 부르듯 하기 마련이다. 목청을 높인다고 해서 뒷간지기가 당장 안방마님이 될 수는 없으니 그러기도 어쭙잖다. 시시비비를 굳이 가릴 일도 못 돼 김 기자와 아이섀도를 갈라 세우고 제 갈 길로 가기로 했다. 향토음식 행사장에서 더덕구이에 더덕주 첫 잔을 비우는데 뾰루지가 다시 나타났다.

"아저씨, 이해하이소. 우리 언니가 한 성질 하거든예. 아까 일이야 당연히 제가 잘못했지예. 미안하단 뜻으로 이거 드릴게."

"아니, 이러지 않아도 괜찮아요."

"제가 드리고 싶어서 드리는 거라예. 요즘 유행하는 누드 목걸인데예, 모조품이긴 해도 진짜하고 똑같아예. 사실 저 아까 이거 고르다가 그렇게 된 거거든예."

뾰루지가 사람들 틈으로 사라지고 나자 우리는 좀더 느긋한 기분이 되었다. 아이섀도에 비해 화장도 짙게 하지 않았고 사투리가 섞이긴 했지만 붙임성 있는 말투를 구사하였다.

"이야, 저 여드름 난 영계가 황 기자님을 좋아하는 것 같은데요? 안 그래요? 썩 예쁘지는 않지만 그럭저럭 귀여운 구석도 있고."

"쓸데없는 소리 말고 술이나 받아."

그러나 남은 하루가 우리의 뜻대로 되지 않았다. 문명의 이기가 호출을 했기 때문이다. 더덕주 한 병이 거의 다 비어갈 무렵 휴대전화가 울렸던 것이다. 상대는 부러 친근함을 과시하듯 공대도 하대도 아닌 말투로 자신이 김태수라고 소개했다. 내가 아무 말도 하지 못하자, 상대는 D군의 공보실장인 김태수라고 고쳐 말했다. 직함을 대주어 누군지는 알겠지만 친근을 과시한 첫 말투가 한 번도 보지 못한 기자를 대하는 태도가 아니어서, 예에 그러세요? 라고 말끝을 흐려주었다. 그러자 또 상대는 D국민학교 66회 졸업생인 김태수라고 한 번 더 고쳐 말했다. 아아, 그러면 나하고 동기네. 말은 그렇게 했지만 그래도 이름은 잘 기억이 나지 않아 난감해지고 말았다. 허어, 이 친구 그래도 잘 기억이 안 나나 보네. 학교 앞에 문방구 했던…. 그제야 생각났다. 항상 부모 몰래 자기 가게 물건을 훔쳐내어 자랑하던 아이. 그게 부러워 동경의 눈길을 보낸 나 자신을 부끄럽게 만들었던 아이. 숙제를 대신해주면 연필 한 자루 주겠다며 으르던 아이. 어린 시절의 삽화가 몇 장 떠오르기는 했지만, 이제는 군청 공보실장이 된 그 아이의 얼굴은 도무지 떠오르지 않았다.

헐수할수없이 군청으로 향했다.

공보실 문을 열고 들어서면서 나는 악수를 하기 위해 손을 내밀었는데, 옛날의 그 아이는 껴안으려는 듯 팔을 벌렸다. 축제의 취지나 목적, 다른 지방과의 차별성과 앞으로의 지향점 따위의 보도자료를 바랐지만 내 손에 쥐어진 것은 군대식 보고서 같은 양식에 동원 인원, 예산, 장비, 행사의 식순 등을 빼곡히 적시한 계획서였다. 비록 계획한 취재일정이 엉성한 것이었지만, 그런 것은 개의치도 않고 미리 우리의 취재일정까지 잡아둔 것을 보고 아연해할 수밖에 없었다.

"문화예술제를 시작하게 된 이유야 보도자료 보면 다 나오는 얘기고. 이야, 넌 어째 옛날이나 지금이나 변한 게 없노? 한 번씩 네 기사

보고는 있었지."

"군수님 인터뷰? 그거야 우리가 시나리오 전부 다 만들어 놨다. 그보다 말이야, 너 병호라고 알제? 그 친구하고 우리 동기들 불러 모을 수 있는 녀석들은 다 저녁에 보자고 해놨거든."

"볼 만한 행사는 뭐 별 건 없어. 솔직히 다른 자치단체에서 하니까 우리도 한번 해보는 거지. 에이, 그런 얘기는 고마 집어치우고 그래 결혼은 당연히 했겠지? 애는 몇이고?"

이런 식이었다.

군수는 출장을 나가 있어 부군수를 만났는데, 멀뚱하게 인사만 했다. 그는 정년을 몇 개월 남겨두지 않은 상태였다. 그 다음 행사장으로 가서 문화예술제 대회장을 만났다. 그는 질문에는 답할 생각도 않고 밑도 끝도 없이 잘 부탁한다며 봉투를 내밀었다.

나는 서서히 이 일에 싫증이 나기 시작했고, 급기야 짜증이 솟았다. 하지만 공보실장이 된 친구는 아랑곳하지 않았다. 더덕생산조합장을 만났고, 여성단체회장과 청년회장을 만나 무엇에 대한 것인지도 모를 자화자찬도 들었다. 국민학교에서 이름을 바꾼 D초등학교 교장으로부터 자랑스러운 졸업생으로서 격려도 받고, 축제진행 총지휘를 맡은 고등학교 교장으로부터 교육의 중요성에 대해서도 들어야 했다.

답답한 마음에 담배를 찾다가 바지 호주머니에서 뭔가 만지작거려지는 것을 꺼냈다. 누드목걸이였다. 뽀루지가 주고 간 그 모조품을 만지작거리며 나는 겨우 화증을 삭였다. 언젠가 세태진단 기획물로 이미테이션, 즉 모조품에 대해 취재한 것이 떠올랐다. 짝퉁, 짜가, 무늬만 따위로 불리는 모조품으로 상류층을 흉내내거나 허영심을 채우는 일은 이제 일반화되어 있다. 모두들 이름난 연예인이 했던 나비모양 고무줄

큐빅머리끈을 하고, 누드목걸이에 모조 스위스아미 시계를 찬다. 긍정적인 면이 없는 건 아니지만, 모조품의 유행은 사람들까지 모조화하여 전반적인 행동거지까지 획일화시키고 있음을 지적했던 기사였다.

나는 천천히 염주알처럼 목걸이의 가짜 큐빅을 하나 짚으며 저 사람은 행정관료 모조품, 또 하나 짚으며 저 인간은 얼치기 문화예술인의 모조품, 또 하나 짚으며 저 이는 봉사를 한답시고 이런저런 사회단체를 만들어 권력화한 모리배의 모조품 등으로 반야심경 읊조리듯 낮게 정의해나갔다.

그녀와의 섹스도 처음부터 엇나갔다. 끌다시피 들어온 그녀는 나를 공략해 들어오며 자극했다. 그녀의 상처를 보며 나는 바람 빠진 풍선처럼 무기력하게 침대 위에 널브러졌다.

"제가 홍콩가게 만들어주께예. 아무리 좋아도 기절하진 마이소."

그녀는 먼저 귓밥을 물고 혀 아래쪽으로 마사지했다. 귀청을 울려 사각거리는 소리를 내었다. 금단의 열매를 베어 무는 듯한 은밀함이 꼭뒤를 긴장하게 했다. 이어 작은 젖꼭지를 꽃판째 입속에 넣어 좌우로 굴렸다가 이로 살짝 깨물기도 하였다. 한참을 자극했지만 처음과 마찬가지로 내 것은 왼쪽으로 축 늘어져 있었다.

"이번엔 더 센 걸루 갑니더."

그녀는 긴 머리칼을 내 얼굴 위로 늘어뜨렸다. 그리고 자신의 유두를 내 입속에 넣고 상체를 천천히 흔들었다. 배 위로 기어 올라와 성근 거웃을 이용해 배 주위를 문질렀다. 그러나 소용이 없었다. 여전히 내 것은 힘없이 축 늘어져 있었다.

"술 때문인갑네. 어야꼬?"

오늘은 안 설 거라고 했지만, 그녀는 듣는 둥 마는 둥 수화기를 들었다.

"언니 난데, 쌕쌕이 아주 쎈 걸로 하나 틀어주이소. 꼭 해야 돼. 못 하면 나 맞아 죽는단 말이야."

곧 텔레비전을 켜자 서두도 이유도 없이 백인 남녀가 불문곡절 엉겨 붙은 화면이 떠올랐다. 그녀가 내 등 뒤에 베개를 놓아 주고는 손으로 내 것을 감아줘어 흔들어댔다. 펌프질을 하듯 세게 쥐었다 놓았다를 반복하더니 귀두 갓 부분을 부드럽게 쓰다듬기도 했다. 그녀의 부속물 인 양 나는 하는 대로 내버려 두었다. 호칭도 아저씨에서 어느새 오빠 로 바뀌었다.

"오빠, 원래 이렇게까지 써비스 안 해주는 거 알지예? 내가 그만큼 오빠 좋아한단 말이라예. 그런께네 힘내이소."

드디어 내 것이 그녀에게 화답을 했다. 어린애처럼 좋아하며 내 것 에 가벼운 키스를 보낸 그녀가 허벅지 위에 걸터앉을 때, 그녀가 걸고 있는 목걸이를 발견했다. 나도 모르게 목걸이로 손이 갔고, 순식간에 내 것은 짚불이 사위어가듯 모로 쓰러지고 말았다. 그것은 나에게 주 었던 것과 똑같은 누드목걸이였는데 그녀의 젖빛 가슴과 썩 잘 어울렸 다. 한데 나에게는 그것이 본래 하나였던 것 같이 잘 어울린다는 사실 이 오히려 처연한 느낌을 주어 눈을 감아버렸다. 낮에 만났던 사람들 을 정의했던 방법대로 그녀를 정의한다면, 그리고 나는? 그녀는 자신 의 동굴에 풀죽은 내 것을 밀어 넣으려다 말고 한숨을 내쉬었다.

내가 무슨 생각을 하든 상관없이, 그녀는 실망했으나 포기하지는 않 았다.

"괜찮다, 오빠야. 조금만 쉬고 나면 다시 살아나끼구마는."

친구로서의 이미지가 도무지 살아나지 않는 공보실장은 지치지도 않는 것 같았다. 오히려 이 사람 저 사람 소개하고 인사시키는 것에 신이 난 듯했다. 내가 결국 짜증을 냈을 때 태수는 이해한다며 오늘은 더 이상 그런 인간들 만나지 말고 동기들과 어울리자고 했다.

"아마 녀석들 널 기다린다고 눈이 빠졌을 끼다."

그것이 더욱 힘들고 고달픈 노릇일 것 같아 사양할 생각이었다. 시간의 간극을 메우지 못한 사람들이 친구라는 이름의 과거 자취에 매달리려는 노력은 한 발만 물러서 바라보면 안쓰럽기까지 하다는 걸 알기 때문이다. 그런데 발렌타인 삼십일 년산에다 '죽여주도록 살살 녹는' 여자들이 기다리고 있다는 말에 김 기자가 손을 잡아끌었다. 드디어 출장나온 보람을 찾았다는 표정이었다. 혼자 변명거리를 대기도 어쭙잖아져서 나는 다시 억지춘향이 되었다.

땅거미가 지기도 전에 '황제단란주점' 특실에 자리잡은 사람은 김 기자와 나를 포함해 모두 여섯 명이었다. 공보실장 태수와 중학교에서 국어 '선생질'을 하고 있다는 송태정, 아버지의 자그마한 두부공장을 이어받았다는 권은우, 그리고 황제단란주점 사장인 정병호 등이었다. 하지만 나는 그들과 관련해 특별히 기억나는 게 없어 적이 당황스러웠다. 이야기는 자연히 겉돌거나 단절되기 일쑤였다. 처음에는 의례적인 인사치레로 되다만 내 기사를 턱없이 치켜세우더니 기자 노릇하는 것의 언론사적, 향토사적 의의까지 들먹였다. 메아리 없는 공치사가 재미없어지자 먹고무신 신고 어빡자빡 내달리던 어린 시절이 활동사진처럼 떠올랐다가, 이내 생각나는 친구들의 공과가 말밥에 오르기도 했다. 병호가 술집 사장답게 회오리주를 거푸 돌렸고, 어느 정도 취기가 오르자 자신들의 심중을 슬쩍 내비쳐 보이기도 했다. 그 사이 마담이

몇 번이나, 이제 아가씨 들일까요, 물었지만 해야 할 중요한 말이 남았
다며 물리쳤다. 단순히 옛날이야기나 하자고 모인 게 아니라는 걸 알
수 있었다.

"야, 친구 좋다는 게 뭐고. 높은 자리에 있을 때 잘 좀 봐줘라야."

월간지 기자 자리가 높은 자리라고 추어올리는가 싶더니 셈속이 드
러나는 얘기가 하나둘 나오기 시작했다. 태정이와 은우는 기회 봐서
한번쯤 기사화해주면 바라는 학교로 옮기거나 공장 운영에 도움이 될
수 있지 않겠느냐는 말을 하고 싶어 오랫동안 머뭇거렸다. 정히 안 되
면 어쩔 수 없고 라는 단서도 붙였다. 태수는 현재 군수의 최측근인데
다음 선거에 지면 그 자리에서 떨려나기 때문에 어떻게든 군수에게 힘
을 실어달라고 했다. 그런데 병호는 단도직입적으로 이번 취재에서 자
신의 인터뷰 기사를 넣어 달라고 요구했다. 현재 군의원인데 다음 선
거 때 도의원으로 나설 생각이었고, 더 말은 하지 않았지만 그 여세를
몰아 군수와 국회의원까지도 바라보는 눈치였다. 하지만 예정에도 없
었고 꼭 필요한 것도 아닌 인터뷰 기사를 올린다는 건 불가능한 일이었
다. 병호는 무언가 생각에 잠겼고, 처음부터 그랬지만 나는 자리에서
가시가 점점 돋쳐 올라오는 것같이 더욱 불편하고 사위스러운 느낌을
감출 수 없었다.

"어이, 정 마담. 여기 애들 넣어조라이."

병호가 어색한 침묵을 느꼈는지 아가씨들을 불렀다. 나는 해야 할
일이 생각났다는 어설픈 핑계로 빠져나오려고 해보았다. 그러나 그들
은 내 집에 불이 났다고 해도 믿지 않을 것 같았다.

"어머, 아까 그 아저씨잖아. 맞지예?"

맨 먼저 들어서는 아가씨의 낯이 익다고 생각하는 순간, 두 번째 아

가씨가 반색을 했다. 행사장에서 대거리하던 아가씨와 뽀루지였다. 낮과 달리 화장을 두껍게 한데다 젖가슴이 거의 드러나는 반짝이 옷을 입고 있어 보는 느낌은 사뭇 달랐다.

"어어, 니가 저 친굴 어떻게 아노? 둘이 벌써 뭔 일 있었던 거 아니가?"

"아니라예, 사장님. 사실은 아까 예술제 구경 나갔다가 어깨를 서로 부딪쳤거든예."

"으응, 그래? 그럼 니는 저기 김 기자님 옆에 앉고 우리 집에서 젤로 잘 나가는 이쁜이 니는 황 기자 옆에 앉아라. 니네 둘이 두 분 자알 모시야 된다이. 안 그랬다가는 아주 큰일 날 줄 알아라이."

"예이, 분부대로 하겠사옵니다. 호호…."

자리는 본격적인 술판으로 바뀌었다. 손님이 없는지 마담과 아가씨들 대부분이 들어와 좌우에 하나씩 앉아 연신 잔을 권해댔다. 한 명이 노래를 부르는 사이에 뽀루지가 춤추자며 가슴과 아랫배를 바짝 밀착시켰다. 김 기자는 대거리하던 아가씨의 등 뒤에서 두 손으로 가슴을 감싸 쥐고 춤추는 시늉을 했다. 다른 친구들도 아가씨들의 가슴이나 미니스커트 아래로 손을 집어넣거나 술을 권커니 잣거니 마셨다. 점점 술기운이 올랐다. 곧 장모나 아내로부터 전화가 올 터였다. 그런 생각이 들자 술기운을 빌려선지 되는 대로 두어보자는 생각이 들었다. 일부러 그렇게 생각한 것이 아니라 알지 못하는 사이에 내 마음에 들어와 있었다. 아이러니컬하게도 그토록 경원해 마지않던 세속풍진을 덕지덕지 덮어쓴 인간들의 모조품으로 전락하고 있는 한심한 나를 여실히 인지하면서도 휴대전화의 종료단추를 지그시 눌렀던 것이다. 은근히 우려하고 있던 바람소리는 들리지 않았다.

그런데 화장실에 갔다 나올 때 밖에서 기다리고 있던 병호가 빈방으로 나를 이끌었다. 그의 표정은 자못 진지했다.

"너도 잘 알다시피 우리 D군은 발전될 거리도 별로 없고 재정자립도도 전국에서 최하위권이다. 워낙 기반이 될 만한 게 없기 때문이지만, 행정담당자들의 의지가 전혀 없다는 게 더욱 큰 문제다. 지금 군수도 관선군수하다가 민선이 되긴 했지만 생각은 영 콩밭에 가 있는 사람이다. 오직 국회의원 한 번 해먹겠다는 생각에 눈이 시뻘건 사람인데 발전이 될 리가 없지. 어떻게든 개발을 하고 무슨 일이든지 벌여야지 이대로 가만 놔두면 천년만년이 가도 죽 한 그릇 못 얻어먹게 된다고. 모래든 자갈이든, 지하수 파서 나오는 샘물이든 팔 수 있는 건 일단 팔고 볼 만한 구경거리도 자꾸 만들어야 되는 기라. 이번에 니가 군수 피알하러 온 거는 잘 알고 있다마는 우리 고향 발전을 위해서 내 한 번 실어주라. 진짜 이 다음에는 나 같은 젊은 사람이 되어서 확실하게 바꿔야 안 되겠나. 그러니까 군수를 띄워 주면서도 나 같은 젊은 일꾼이 있어서 D군의 미래는 밝다는 식으로⋯. 이번 문화예술제에 내가 회장으로 있는 단체도 참여하고 있으니까 조그만 박스인터뷰라도 실어주면 금상첨화고⋯."

병호의 개발논리에 대해 나는 더더욱 할 말을 잃고 말았다. 한참 뒤에는 태수가 옆구리를 찔러 밖으로 불러내었다.

"병호 잘 좀 봐주라. 우리 동기 가운데 군수 나오고 국회의원도 나오면 좋다 아이가. 지금은 비록 군의원하고 있지만 원래 집에 돈 있겠다, 할 만한 사람은 천상 병호뿐이다. 나도 지금 군수의 측근이지만, 군수가 국회의원 하러 가고 병호가 군수 나오면 발 벗고 뛰어줄 계획이다. 어차피 줄 서는 거 동기한테 힘을 실어줘야지. 그러니까 너도 도와줄 수 있는 방법을 찾아봤으면 좋겠다는 말이다."

몽롱해지려던 정신이 차가운 바람을 맞은 듯 깨어버렸다. 황량한 벌판에 선 듯 으스스해졌다. 김 기자는 여자의 어깨에 기대어 마치 술 마시는 기계가 되어버린 듯 마셔댔다. 그들에게 긍정도 부정도 하지 못하고 고개만 주억이는 나 자신의 무지근함을 스스로 참아내기가 어려웠다.

화장실에 가는 척하고 단란주점을 벗어났다. 10여 분을 걸었다. 공중전화 곁을 스쳐 지나가면서 아내에게 전화를 해볼까, 생각만 했다. 그러다 근처 여관에 들어섰다가 웃옷이 없음을 알고 그만 난감해졌다. 지갑이 웃옷에 있었기 때문이었다. 여관주인에게 사정 이야기를 한 뒤 하는 수 없이 다시 천천히 황제단란주점으로 향했다. 문을 들어서자 김 기자가 여자의 목에 팔을 두른 채 특실을 나서고 있었다.

"아이고 황 기자님, 어디 갔다가 이제야 오십니까? 선배님 애인이 아까부터 눈이 빠지도록 기다리고 있는데. 저는 피곤해서 일찍 올라가 쉴랍니다."

김 기자가 단란주점 위층에 있는 황제모텔을 가리키며 눈을 찡긋했다. 내가 다시 나타난 걸 발견하고 뾰루지가 더욱 밀착해왔다. 오늘은 그럴 기분이 아니다, 너무 피곤해서 쉬어야겠다, 몸이 아프다, 지금 당장 해야 할 일이 많다는 등 갖가지 핑계를 들어 그 상황을 벗어나보려 했지만 그녀는 막무가내였다. 단란주점을 나설 때는 모두들 무슨 큰일을 하러 떠나보내는 것처럼 가게 앞까지 나와 부산을 떨어 무안하였다. 그녀는 마치 그래야 하는 절체절명의 이유라도 있다는 듯 내 허리를 붙안고 놓지 않았다.

"이쁜아, 니 서방님이다 생각하고 모셔야 한다이."

"옹녀가 변강쇠 만난 듯 해야지, 안 그랬다가는 여기 D군에서는 볼

짱 다 본기라."

"잘못 모셨다간 섬으로 팔아버릴지도 모르니까 화끈하게 조이고 기름칠해주란 말이다, 알았냐?"

계단을 올라가면서 그녀가 낮게 '씨팔놈 새끼, 지가 한번 해보라지' 어쩌고 중얼거렸다. 나는 제발 그러지 말고 친구에게 아무 말 안 할 테니 그냥 헤어지자고 했다. 그러자 그녀는 다급하게 내 손을 잡았다.

"아저씨 제발 그러지 마이소. 제가 여기 오기 전에 어떤 애가 말을 안 들어서 사창가로 팔려갔어예. 아저씨 땜에 그러는 거 아니니까 들어가입시더, 네?"

결국 단란주점과 함께 병호의 재산 중 하나인 모텔에 들게 되었다.

"우리 사장님예? 친구라면서 그런 것도 몰라예? 정말 오랜만에 만나셨나보네예. 원래는 돈 좀 있는 집안의 만인데 고등학교 졸업하고 계집질, 노름에 푹 빠져 재산을 많이 날렸다더라고예. 그러다가 보다 못한 아버지가 이 건물을 지어줬대예. 할 줄 아는 게 도둑질이라고 술집하고 여관을 시작했는데 제법 잘되더래예. 돈 좀 버니까 친구들이고 뭐고 옆에서 부추겨 군의원이 된 거라예. 요즘은 술장사, 계집장사보다는 저기 강변에 널려 있는 모래를 팔아서 돈 더 많이 벌어예. 군의원이 되더마 만날 공무원들 데리고 와 술 멕이고 오입시켜줘서 그걸 따냈다대예. 그건 허가만 받으면 완전히 땅 짚고 헤엄치기라하대예? 그런께네 자꾸 간이 부어서 이것저것 다 하고 싶어진 거라예. 이번에 오빠한테 부탁을 한 게 있지예? 사장님은 그게 다 내가 하기에 달린 거라고 믿고 있어예. 그러니까 오빠가 우리 사장님 부탁을 들어주지 않으면 제가 오빠를 잘못 모셨다고 몰아세울 거라예."

　새벽 3시가 다 되어 가고 있었다. 그녀는 그때까지 내 것을 붙잡고 조몰락거렸다. 중국의 《소녀경》과 인도의 《카마수트라》, 우리나라 어우동과 옹녀의 잠자리 비법까지 줄줄이 꿰고 있다고 큰소리쳤다. 그러더니 머리끝에서 발끝까지, 심지어는 항문 괄약근을 주무르기도 했다. 안 되면 낮에 서로 부딪친 일에서부터 사장과 주변사람들, 김 기자와 나에 대한 인물평, 다른 술집 여자들과 거의 다를 바 없는 그녀의 술집 유전 이야기 따위의 식은 소리를 되는대로 해대었다.

　"근데, 오빤 참 이상하네예."

　"뭐가?"

　"사람들은 대부분 이름을 묻거던예. 진짜 이름은 말해주지 않는다는 걸 알면서도 꼭 물어예. 그런데 오빤 안 물어봤잖아예."

　"……."

　"또 사람들은 나이를 묻고 고향도 물어예. 웃겨요, 정말. 이젠 나조차 기억하지 못하고 궁금해지지도 않는 것을 묻거든예. 바보 같애. 차라리 한 번 더 해줄 수 있냐고 묻는 사람이 훨씬 더 솔직해 보여."

　"……."

　"근데 오빤 아무것도 묻지 않는데, 이렇게 나 혼자 술술 다 얘기해 주고 있잖아예. 희한하지 않아예? 그래도 이름은 말 안 할래. 너무 촌스러워서 ….".

　그러다가 문득 생각났다는 듯 내 것을 다시 주물렀다. 내 것을 어루만지고 자극하는 방법으로 안 되자, 거꾸로 자세를 잡기도 했다. 종국에는 인터폰으로 녹차캔 세 개와 얼음을 주문했다. 녹차를 마셔 술을 깨게 하고 얼음을 내 것에다 갖다 대어 긴장시키려는 것이었다. 그것이 효과가 있었는지, 아니면 술이 깰 때가 되어서인지 10여 분 마사지 하자 내 것이 약간 부풀어 올랐다.

"이야, 살아난다."

그녀가 작게 소리쳤다. 하지만 나는 제대로 발기된 게 아니라는 걸 알 수 있었다. 단단해지지 않은 상태여서 금방 사그라질 것이기 때문 이었다. 그래도 그녀는 기회를 놓치지 않겠다는 듯 열심이었다. 자신 의 동굴을 들이대고 엉덩이를 흔들어 요분질치는 것이 애처로워 나도 한껏 힘을 주었다. 그러나 섹스는 아주 싱겁게 끝나버렸다. 그녀의 오 르내림이 시작되자마자 주책없이 정자가 불쑥 튀어나가 버렸고, 나는 사정 후의 긴 한숨을 토해낸 것이었다. 그녀는 나의 조루를 어이없어 하는 표정으로 내려다보았다. 그녀가 내 것을 놓아주었을 때 내 것은 콘돔 속에 반으로 오그라져 있고 나머지 반에는 정자가 포로로 잡혀있 었다.

"괜찮아예, 새벽에 한 번 더 시도해보지 뭐. 그땐 확실히 될 수 있겠 지예 뭐."

그녀는 아무 말 하지 않는 나에게라기보다는 자기 자신에게 말하듯 했다. 그리고 벽 쪽으로 돌아누워 이내 잠들었다. 불현듯 사정 후의 허 허로움이 찾아온 탓인지 헛웃음이 새어나왔다. 실실거리며 웃다가 그 녀의 등짝을 보면서 어쩐지 경아 오랜만에 같이 누워 보는군, 이라고 말해야 할 것 같은 기분이 들었다. 정말이지 그녀의 이름이 경아인지 도 모를 일이었다. 생활에 찌들고 지친 한 사내와 순수하지만 불행한 여자, 그리고 작은 여관이라는 배경이 통속소설이나 비디오용 영화의 한 장면 같아 우습고 어이없었다. 처음에는 실실거리다가 나중에는 데 굴거리며 웃었는데, 그것이 그만 갑자기 처량하고 초라하게 느껴졌다.

그러더니 그냥 눈물이 주르륵 흘러내렸다. 흘러내려 턱을 타고 바닥에 떨어져 부서졌다.

촛불은 그때까지 꺼지지 않고 자신의 몸을 태우고 있었다. 촛불과 같은 운명이라고 말했던 그녀가 그 아래 잠들어 있다. 옆에는 자신을 태울 줄도 모르고 구멍이 숭숭 뚫린 내가 있다. 내 것으로는 그녀의 동굴을 채워줄 수도 없었고, 모조품 같은 상황을 벗어나게 할 수도 없었다. 내 구멍에서 나는 갖가지 공명소리로도 나는 충분히 어지럽고, 모조품 같이 겉보기엔 비슷해 보이지만 실제로는 어긋나고 엇나간 인생을 바로잡을 대책도 대안도 없다.

황제단란주점을 나설 때 태수가 던진 한마디는 지극히 상징적인 것이었다. 그는 내게 다가와 제법 두툼한 봉투를 내 웃옷 안주머니에 쑤셔 넣고 완강히 거부하는 내 등을 떠밀었다. 그때 그가 던진 말이 아직도 무한궤도를 돌듯 귓바퀴를 맴돌았다.

"야야, 걱정하지 말고 받아둬라. 여기가 촌이기는 하지만 나도 기자 나부랭이들 많이 겪어봐서 잘 안다. 말이 그렇지 촌지 안 받는 놈이 어딨노? 게다가 이건 뭐 잘못한 걸 눈감아 달라는 것도 아니고, 기왕 홍보해주는 거 잘 좀 해달라고 부탁하는 거니까 아무 문제없다. 고마 넣어 놔라, 남세스럽다."

나를 친구라고 부른 이곳의 공보실장은 그때 내 직업을 그렇고 그런 것으로 만들었다. 직접 대놓고 가짜나 사이비나 모조품이라고 말한 것은 아니지만 행동으로 잘 보여주었다. 그가 내게 준 봉투에는 추적이 불가능한 만 원권 지폐가 백여 장 들어있었다. 적지 않은 액수이지만 아내의 월급에 비하면 아무 것도 아니었다. 이 얼마 되지 않는 촌지를 들고 고민하는 나를 본다면 아내는 무슨 말을 할까. 얼마 되지 않는 촌지에 거나한 술판과 낯선 여자와의 하룻밤까지 덤으로 받았다면?

내 살과 뼈, 모든 내장 곳곳에 난 구멍은 치유불능 상태의 진행형이었다. 바람구멍은 자꾸만 커지고 있었던 것이다. 나를 둘러싼 모든 것들이 처음부터 잘못 만들어져 아무리 고치려 해도 고칠 수 없는 싸구려 모조품 같아 보였다. 겉보기에는 제법 화려하고 그럴듯하게 보여도 속은 텅 비고 조잡함이 여실히 드러났다. 나는 처연한 심경이 되고 말았다.

치모가 성근 그녀의 불두덩은 여전히 빈약하고 황폐해 보였다. 나는 봉투를 그녀의 머리맡에 두고 여관을 나왔다. 버스정류소로 갔다. 그러나 이곳에는 우리나라 특별시나 광역시로 가는 버스가 없다. 가려면 인근 J시로 가서 고속버스나 비행기를 타야 한다. 기차역으로 가보았다. 새마을호도 여기엔 없다. 통일호나 비둘기호뿐이다. D군 사람들의 활동반경이 좁기 때문일까.

교통편을 정하지 못한 상태에서 전화를 걸었다. 김 기자는 전화를 받지 않았고, 나는 더 이상 취재할 것이 없어 먼저 가노라는 메시지를 남겼다. 비둘기호 열차표를 사고 텅 빈 대합실에 홀로 앉아 있을 때 휴대전화가 울렸다. 아내의 목소리가 전화기에서뿐만 아니라 대합실의 사방 벽에서 울리는 것 같았다.

"당신이라는 사람, 어쩜 그렇게 무책임할 수 있어? 전화 한 통 없고 전활 해도 받기를 하나, 도대체 어디서 뭘 하고 있는 거야?"

아내는 내 얘기나 변명을 듣고 싶어하는 것이 아니었다. 그녀는 기다리지 않고 밤새 혼자 투덜거렸을 말을 한꺼번에 쏟아놓았다.

"당신이 술통에 빠져 살든 새파란 것들과 원조교제를 하든 상관없지만, 애한테는 제대로 해줘야 할 거 아냐. 남들만큼 돈을 벌어다 주기를 하나, 그게 안 되면 집안일을 돌봐주기를 하나. 제발 다른 사람들 반만큼이라도 해봐. 이래가지고 같이 살 수나 있겠어?"

아내의 목소리는 온몸에 난 바람구멍을 통해 굴비 엮듯 내 몸을 옥죄고 있었다. 육신은 물론이고 내 영혼조차 그 구멍을 통해 다른 세계로 빠져나가는 것이 허락되지 않는 듯 답답했다.

창밖으로 눈길을 돌려 짙게 깔린 안개를 바라보다가 나는 다시 종료 단추를 눌렀다.

두 겹의 방

1

이제야 나는 비로소 말할 준비가 다 되었다. 말하고 싶어 준비를 해왔던 것은 아니지만, 아니 오히려 말하고 싶지 않은 것이지만, 뭐 그럴 때가 있지 않은가. 불이익이나 오해를 불러올지도 모르지만 언젠가는 말할 수밖에 없는, 피할 수도 없고 변명할 수조차 없지만 어쩔 수 없이 고백성사를 해야만 하는 일 혹은 그런 때.

"이제 그만 털어놓지 그래."

슬그머니 옆구리 찌르는 사람이 없어도 저도 모르게 비실비실 털어놓으려는 것이다. 그러면서 다른 한편으로는 예기치 않은 실토에 스스로 놀라 후회의 빛을 감추지도 못한 채.

다만 한 가지, 애기를 듣다보면 눈치 채겠지만 무슨 애긴지 주절댄다는 느낌이 들 수 있다. 집중하지 못하다 보니, 다소 산만하다는 것을 인정한다. 이야기를 하다가 갑자기 엉뚱한 데로 빠질 수도 있고 얼버무릴 때도 있을 것이다. 자세히 기억나는 것도 있지만 한두 장면, 혹은 한두 마디 말밖에 떠오르지 않는 일도 많다. 그래서 이야기가 이어지는 듯하다가도 자주 끊길 것이다. 그럼에도 불구하고 그런 것조차 내 상태를 적확히 반영해줄 수 있다는 점에서 용기를 내었다.

2

나는 시골의 한 중학교에서 국어를 가르치며 살고 있었다. 근처 소도시에 부모님이 계시지만 출퇴근이 번거로워 방만 하나 구해 지냈다.

대학복학 후부터 사귀고 있던 미정이 가끔 들러 빨래도 하고 청소도 해
주었지만 별로 달갑지 않았다. 저도 1시간 남짓 떨어진 도시의 여학교
에서 교편을 잡고 있어 자주 올 수도 없었지만, 서툰 솜씨로 여기저기
널려 있는 책이며 옷가지 따위를 정리하는 것이 어설퍼 보였다.

"그만둬라, 제발. 너 가고 나면 이것저것 찾느라 헤맨단 말이야."

그러나 그녀는 결코 그만두는 법이 없었다. 자신의 자리를 확인이라
도 시키려는 듯 부산을 떨고, 나는 옆에서 밀려난 시어머니처럼 고시
랑거렸다.

3

섹스에 대해서도 그녀가 나보다 더 적극적이었다. 한바탕 청소 아닌
청소가 대충 끝나면 블라우스 단추를 풀며 다가온다. 예전과 달리 풀
이 팍 죽은 내 물건을 슬슬 건드려대지만 침체기에 들어선 녀석은 요지
부동이다. 때리고 꼬집어 약을 올려놓으면 한두 번의 요분질이 끝나기
도 전에 허무하게 축 늘어지기 일쑤였다.

"아이 참, 전에는 안에 억세고 단단한 걸 넣어 다니더니 어쨌어, 응?"

4

사랑이 식었다느니, 학교에서 받는 스트레스가 심해서라느니, 환절
기에 기가 허해져서라느니, 온갖 추측을 하며 추궁을 해대었다.

"말을 해야 무슨 방법을 찾을 거 아냐, 응?"

그러나 나는 그럴듯한 이유가 없어서, 아니 정확하게는 그녀의 동의를 받을 수 없음이 거의 확실하기 때문에 아무 말도 하지 않았다. 그런 것에 전혀 굴하지 않고 미정은 이런저런 크고 작은 선물공세를 펴더니, 좁은 방에 화분을 갖다 두기도 하고 소품 액자를 벽에 걸기도 했다. 포르노물에나 나올 법한 속옷을 걸치고 한껏 분위기를 잡더니, 급기야 한약을 들이밀며 강권하기도 했다.

5

내가 섬세한데다 유약한 편이긴 하지만 미정의 추측과는 달랐다. 여전히 그녀를 좋아하고 체력(정력을 포함하여)도 전과 다름없었다.

다만 한 가지, 나를 괴롭히는 것이 있기는 했다. 그녀의 예상과는 다른 것이었는데, 소설이 전혀 쓰이지 않는다는 것이었다. 이제 등단한 지 겨우 2년차인데 작품이 나오지 않는다는 건 아무래도 변명의 여지가 없었다. 몇몇 안면 있는 편집자 보기도 민망했고, 내가 속한 문학단체에도 할 말이 없었다.

"등단 전후에 써놓은 게 있을 거 아냐."

그러면서 몇 군데 청탁을 해왔지만 써놓은 게 전혀 없었다.

"구상하고 있는 것, 이번이 안 되면 다음 가을호까지라도 써주쇼."

하지만 막상 쓰려고 책상 앞에 앉으면 아무것도 생각이 나지 않았다. 아무리 사건을 정리하고 나름대로 구성을 완벽하게 해도 자판을 두드리려고만 하면 소금기둥이 되어버린 것처럼 손가락이 움직여주지 않았다.

“작품 너무 아끼는 거 아냐? 그러다 똥 된다는 속담도 못 들어봤나?”

“우리보다 더 나은 문예지에 주겠다, 이거 아니오? 너무 그러는 거 아니오.”

6

라캉이 뒤라스의 소설을 보고난 후, “그녀는 자기가 쓴 것이 무엇인지 몰랐을 것이다. 왜냐하면 머리가 혼란스러워 뭐가 뭔지 몰랐기 때문이다. 그렇다면 그것은 낭패가 아닐 수 없다”고 말한 것은 거의 나에 관한 이야기였다.

이데올로기의 퇴조로 인해 일련의 운동가들과 작가들이 지향점을 잃고 헤매던 것과 비슷한 상황에 처했다면 아마도 이제 와서 무슨 뚱딴지 같은 소리냐고 했겠지만, 내가 말할 수 있는 것은 그 정도에 불과했다. 무언가가 나에게서 이탈 혹은 퇴조했고, 탄탄대로를 확신하고 있던 나는 어이없게도 길을 잃고 말았다.

7

‘슬럼프에 빠진 작가가 뽑은 이달의 단편소설’. 순전히 내 기준에서 원로나 중견, 신인작가에 상관없이 스스로의 입맛에만 맞춘 작품을 선정했다. 또 그런 것에 전혀 무관하게 나와의 친분 때문에 뽑아놓은 것도 있었다. 그렇게 해서 뽑은 11편을 주말 이틀 동안 열심히 타이핑했다. 선정하고 타이핑하는 일이 끝나는 순간을 놓치지 않고 ‘한글문서’

의 '새 글'을 클릭해 모니터의 흰 백지를 주시했다. 남의 글을 느끼던 손가락 감각을 이용해 내 글을 쓰려고 했던 것이다. 그러나 그뿐, 정말 그뿐이었다. 사흘 동안의 지극히 사적인 노동을 감당해낸 손가락들이 바들바들 떨며 새로운 일에 적응하지 못한 것이었다.

아무 것도 찍히지 않은 '새 글'을 닫은 후 내가 선정한 단편소설이 저장된 문서 이름을 바꿨다. '삼류 혹은 그 이하의 작가가 뽑은 이달의 단편소설'.

8

방학이 시작되자마자 내리 사흘을 잠만 잤다. 어떤 시인의 말마따나 '태아의 잠' 같은 아늑한 잠을 잤다. 전화코드를 뽑고 휴대전화도 꺼버렸다. 미정이 가만둘 리 없었으므로 근처 여관방을 빌려서 잤다.

글은 써지지 않았다. 나를 둘러싼 무력감은 찰싹 들러붙어 떨어지지 않았다.

하루를 곰곰 생각하다가 게으른 여행을 떠났다. 차를 운전해 가다가 관광지를 만나면 궁전이나 별장에 들어갔다. 추웠으므로 관광을 하는 일은 거의 없었다. 철저히 '게으른 여행'이라는 취지에 맞게 생각하고 행동했다.

시름에 겨워 여행을 하는 사람은 집을 떠나도 시름에서 자유로울 수 없다든가. 시름은 마음에 있는 것이지 집에 있는 게 아니기 때문이다. 그래서 그는 집보다 더 무거운 시름을 여행하는 내내 짊어지고 다니게 된다.

9

헌책방에 갔다. 대학 때 샀던, 지금은 책꽂이에서 사라진 김춘복 선생의 장편소설 《쌈짓골》을 다시 만났다. 책값 950원이라고 찍힌 1977년 초판본이었다. 선생 자신은 과연 초판본을 아직도 간직하고 있을까, 나중에 물어봐야겠다 생각하며 얼른 집어들었다.

오스트로프스키의 《강철은 어떻게 단련되는가》도 있었고, 마야코프스키의 시집 《내가 아는 한 노동자》도 있었다. 그러고 보니 1980, 1990년대 쏟아져 나왔던 동구권이 모두 그곳에 모여 있는 것 같았다. 1982년에 삼성출판사에서 나온 《세계의 명화》도 아주 깨끗한 채로 나와 있었다. 에두아르트 푹스의 《풍속의 역사》 2권도 건졌고, 유협의 《문심조룡》(文心雕龍)도 얻었다. 그렇게 며칠 동안 헌책방을 순례하면서 괜찮다 싶은 책들을 몽땅 샀다.

10

여전히 글은 안 되었다.

11

"쫄딱 망했씀, 개당 500원!"
소도시를 지나갈 때 문을 닫게 된 비디오가게를 만났다. 타르코프스키, 우디 알렌, 알프레드 히치콕, 장 뤽 고다르 등 내가 아는 감독들의 영화는 보이는 대로 집어들었다. 그래봐야 하나에 500원이지 않은가.

디브이디기를 사용하기 시작하면서부터 비디오 재생기는 먼지만 뒤집어쓰고 있었던 터라 작동할지 안 할지 몰랐지만, 상관없었다. 그 감독들이 내 손에 들어온 게 중요했다.

12

거의 한 달 만에 만난 미정은 차 트렁크를 들여다보고 입을 딱 벌렸다. 거기에는 매번 사 입고 벗어둔 속옷 무더기와 수십 권의 헌책, 비디오테이프, 관광지에서 뜻 없이 산 토산품 따위가 뒤섞여 있었다.

"이게 다 뭐람. 자기 꼴은 또 어떻고, 거울도 안 보고 다녔어? 꼭 노숙자 같아."

하지만 나는 일일이 설명하지 않았다. 처음에 그녀가 내게 관심을 보였던 이유 가운데 하나가 글을 쓴다는 것이었지만, 어디까지나 그 행위 자체나 결과물이었지 과정은 아니었다. 그런 것을 설명하기란 쉽지 않거니와 그럴 필요성도 느껴지지 않았다. 대신 오랜만에 그녀를 안고 싶었다.

"아이, 싫어. 냄새난단 말이야. 벌써 막 온몸이 근질거리는 것 같아. 하지 마!"

그리고는 오금을 박듯 앙칼지게 쏘아붙였다.

"꼭 이래야 글이 써지는 거야?"

두 겹 의 방 253

13

글을 쓰는 과정에서 겪는 고통이 이미 나에겐 일상이 되었지만 옆에서 보는 사람들에게는 여간해선 익숙해지지 않는 것 같았다. 미정도 그렇고 정수도 마찬가지였다.

아, 내가 정수 얘기를 하지 않았던가? 정수는 내 룸메이트다. 같이 지낸 지 어느새 일 년이 다 되어간다. 영화 조감독이다.

"야, 말이 좋아 조감독이지 완전히 감독 따까리다, 따까리."

나와 달리 정수는 직선적인 성격이었다. 오래 생각하지 않고 무엇이든 기분 내키는 대로 했다. 자신의 일은 물론이고 다른 사람의 일에 대해서도 느끼는 대로 거침없이 말했다. 처음에는 그것이 무례하게 보여 눈살을 찌푸리게 했지만, 곧 그 뒤에 숨은 열정의 소산이라는 것을 알게 되면서 호감을 갖게 되었다.

그의 일갈은 내 '게으른 여행'도 비껴가지 않았다.

"그렇게 네 삶을 비틀어 짜서 그래, 소설 한 방울이라도 얻어냈냐?"

14

정수를 처음 만난 건 고갈비로 유명한 느티나무집에서였다. 나는 문학회모임의 뒤풀이를 하고 있었고, 정수는 새로 시작할 영화의 스태프 몇 명과 함께였다. 우리는 제법 멀찍이 떨어져 앉아 있었는데 단박에 서로를 주목했다. 왜냐하면 쌍둥이가 아니냐고 오해할 정도로 닮았기 때문이었다. 다소 왜소한 몸집에 마른 것까지, 마치 거울을 보는 듯한

착각을 일으킬 정도였다. 다만 평소에 내가 해보았으면 하는 몇 가지
를 녀석이 하고 있다는 것 — 이를테면 가운데 가르마를 타고, 갈색과
노란색으로 염색한 머리, 귀고리를 한 것 따위 — 그런 것들만 빼면 말
이다.

화장실에서 마주친 우리는 곧장 의기투합해 근처 포장마차로 옮겼
다. 거기서 우리는 꽤 많은 이야기를 나누었는데, 포장마차 주인아주머
니가 자꾸만 우리를 쳐다보던 것이 생각난다. 우리가 너무도 닮아서였
으리라.

정수는 나와 같은 대학을 같은 시기에 다녔다. 학교를 다닐 때는 서
로 만난 적이 없었지만 얘기를 하는 과정에서 알게 되었다. 전공은 달
랐지만 미학이나 예술사 등의 과목을 같이 수강했었다.

"이야, 그런데 왜 학교에서 만난 적이 없었을까?"

하기야 내가 글을 쓰면서도 항상 영화에 관심을 두었던 것과 마찬가지
로 녀석도 시나 소설 쓰기에 관심을 가졌던 때가 있었다니까 그럴 수도
있었을 것이다. 어떻든 우리는 거의 동이 틀 때까지 함께 술을 마셨다.

15

그로부터 사나흘 뒤 정수는 나의 룸메이트가 되었다. 아직도 대부분
의 영화인들이 경제적 곤궁에 시달린다는 건 익히 들어서 알고 있는 사
실이었고, 그가 참여한 두어 편의 공포영화도 전혀 흥행하지 못했다.

"그러지 뭐."

내가 최대한 그의 자존심을 상하지 않도록 하기 위해 조심스레 말을

꺼냈을 때 나온 대답은 너무 선선해 싱거울 정도였다. 오히려 네가 그
렇게 원한다면 그리 해주마는 식이었다.

"대신, 집세와 공과금, 부식비도 책임질 것!"

이렇게 나올 때는 기가 막힐 노릇이었다. 하지만 나는 불평하지 않
았다. 내가 가지지 못한 부분을 얻은 기분이랄까, 잃어버렸던 나의 일
부를 되찾은 듯한 느낌 때문이었다.

그의 짐은 아주 간단했다. 여행용가방 하나가 전부였는데 그 흔한
비키니옷장이나 책상도 없었다. 가방 안에 든 속옷과 양말, 옷가지,
책 몇 권이 다였다. 오히려 십 년이 훨씬 넘어 보이는 사륜구동 소형
지프에 더 많은 짐을 넣어 다닌다고 말할 정도였다.

16

정수는 들어오는 날보다 안 오는 날이 더 많았다. 대개는 약간의 두
통이 일어나고 기분이 그다지 좋지 않을 때 들어오곤 했다. 아니, 녀석
이 아니라 내가 그런 때 말이다. 녀석의 직업이 직업이다 보니 그럴 수
밖에 없는 일이었다.

촬영은 잘 되어 가냐, 이번 여주인공은 누구냐, 밥은 잘 먹고 다니
냐, 따위의 내 말에는 아랑곳없이 집안 여기저기를 돌아보며 고시랑고
시랑 잔소리를 늘어놓았다. 욕실 바닥에 널린 머리카락이며, 치약 허
리를 눌러 짜는 버릇, 아무 데나 벗어둔 속옷, 먹다 버려둔 반찬찌꺼
기, 굴러다니는 책들이 모두 잔소리감이 되었다. 자잘한 잔소리로 서
두를 뗀 녀석의 본론은 항상 나를 긴장시켰다.

17

"내가 널 대학 때부터 보아 와서 잘 아는데, 솔직히 네가 작가로서 재능이 있다고 생각하냐? 순전히 네 후배가 일찌감치 등단한 데 대한 시기심에서 비롯된 것이잖아. 게다가 네가 점찍어둔 여자후배가 그 녀석에게 가버림으로써 더 증폭되었고. 재능은커녕 쥐뿔도 없는 네가 여기까지 온 건 장하고 가상한 일이지만, 안 되는 작품 끌어안고 고통스러워하는 걸 보니 안쓰러워서 그런다."

하거나,

"네 소설은 아무리 읽어도 재미가 없어. 소설처럼 보이게 하려고 얼기설기 짜맞추어 놓았지만 엉성하기 이를 데 없다는 말이다. 내가 네 소설을 가지고 어떻게 영화로 만들어볼까 하고 궁리에 궁리를 더해봐도 도대체가 아니올시다야. 영화나 소설이나 뭐 재미가 있어야 관객이나 독자가 볼 거 아냐. 너나 나나 작품성은 애당초 언감생심이고, 좀 재미있게 써라."

이 정도면 나은 편이었다.

18

수염도 깎지 못하고 추레한 모습으로 들어온 날이면 노골적으로 비난에 가까운 말을 퍼붓기도 했다.

"그건 허세야. 학교선생에다가 소설가라고 하니까 폼나지? 암, 그럴 거다. 애들한테, 학부모한테, 동료 교사들한테. 하지만 네가 가슴에 손을 얹고 생각해봐라. 네가 제대로 된 선생인지, 또 네가 제대로 된 작간지. 내 말은, 하려면 똑바로 하라는 말이다. 제대로 된 선생 노릇 하기도 어려운데, 작가로는 재주가 메주덩이보다 못한 네 놈이 하는 짓거리를 보면 두 가지 다 못하고 있는 게 사실이잖아. 글? 소설? 아서라, 말아라. 시기심 때문에 열에 들떠 엉뚱한 것 붙잡고 용두질하지 말고 국어선생이나 똑바로 해라."

정수의 잔소리나 그것을 넘어선 힐난은 듣기에 매우 거북했다. 얹혀사는 주제에 말이다. 하지만 나는 녀석에게 나가라는 말은커녕 듣기 싫다는 말조차 하지 않았다.

믿기 어렵겠지만, 녀석의 그런 말을 듣고 있으면 어쩐지 마음이 오히려 가벼워졌다. 정말 나를 생각해주는 사람이 아니면 어떻게 저런 말까지 할 수 있단 말인가. 다른 사람 — 미정을 포함해서 — 이 있는 자리에서는 절대 그런 얘기를 하지 않는 것만 봐도 알 수 있는 일이었다.

19

작가라면 모름지기 안 해본 일 없이 다 겪어보고 느껴봐야 한다는 게 정수의 지론이었다.

"솔직히 너 대학 다닐 때 학생운동도 안 해봤잖아. 항상 마음속으로만 광주에 대해, 수많은 열사들에 대해 부채감만 있었잖아. 백골단과 딱 마주쳤을 때의 느낌, 불붙인 꽃병(화염병)을 들고 있을 때의 떨림, 동지들과 어깨동무를 한 채 부르는 '동지가'나 '죽창가'의 울림을 넌 모르잖아. 그러니까 그런 게 작품으로 나올 수가 없었지. 그때보다는 낫다지만 사실 지금도 크게 다르지는 않잖아, 안 그래?"

녀석의 지적에 나는 묵묵부답일 수밖에 없었다.

"아니, 꼭 운동이 아니더라도 찐한 연애를 해봤냐? 사창가에 가보기를 했냐, 막노동을 해봤냐, 인생 제일 밑바닥에 뭐가 있는지 알아야 뭐든 쓸 거 아니냐. 똥인지 된장인지 분간도 못하는 주제에 무슨 소설가고 작가냐."

녀석의 말에 따르면, 대학 1학년 때부터 시위대 맨 앞에 선 덕분에 강제징집 되었고 제대해서는 영화운동에 관심을 두었다. 지금 비록 B급영화를 만들고 있지만 어느 정도 기반이 되면 자기 영화를 만들 생각이다. 어차피 조감독 해봐야 돈벌기 어렵기 때문에 요즘도 간혹 막노동을 한다. 여러 여자들을 만나는데, 생활비 정도 얻어 쓰고 있지만 언젠가는 제법 그럴듯한 물주가 나타나지 않겠느냐.

"당장, 나를 봐. 인생의 스케일이 다르지 않냐?"

20

"아니, 이 코딱지만 한 방에서 어떻게 친구랑 같이 지낸단 말이야?"

미정은 거부감을 감추지 않았다. 자신에게 아무 말도 하지 않고 그럴 수 있느냐는 어조였다.

"멀쩡한 자기 방 놔두고 이런 데까지 오다니, 속상하잖아."

언제 녀석이 들이닥칠지 몰라 여관에라도 갈라치면 미정은 어김없이 투덜거렸다. 한 번도 본 적 없는 둘은 마치 앙숙처럼 되어갔다.

"아니, 친구라는 사람도 이상하지만 요즘 자기가 더 이상해."

나는 자신의 남자를 혼자 차지하고 싶어하는 미정의 마음도 이해가가 그냥 허허 웃고 말았다. 그러나 미정과 정수의 보이지 않는 암투는 내가 생각하는 이상이었다.

21

나를 찾아왔던 미정이 집 앞에서 정수를 본 모양이었다. 내가 여행을 갔을 때였는데, 미정은 연락이 끊긴 내가 혹시나 저녁에는 들어오지 않을까 해서 들러보았다고 했다.

"그런데 자기하고 똑같이 생긴 사람이 나오는 거야."

내가 잘 입지 않는 청재킷을 걸치고 수염을 기르고 귀고리를 한 것 외에는 쌍둥이처럼 같더라는 것이다.

"같이 살면 닮아간다잖아."

심드렁한 내 대꾸에 미정은 세모꼴로 치뜬 눈을 풀지 못했다.

"정말 자기 아니었어? 나 몰래 딴 여자 만나러간다고 위장한 거 아니었냐 말이야. 하기야 힘이 넘쳐나는 목소리며 키가 좀더 컸던 것 같기도 하고…. 거참, 이상하네."

정수도 미정과 맞닥뜨린 이야기를 했다.

"네 애인 귀엽게 생겼더라. 그런데 한참동안 머리끝에서 발끝까지 훑어보더니, 내가 너하고 닮았다고 하더만."

정수는 헛웃음을 쳤다.

"나참, 기가 막혀서. 내가 샌님 같은 너하고 어디를 닮았단 말이야?"

260

그러더니 얼굴을 바짝 들이대며 어깨를 툭 쳤다. 뭔가 다짐을 둘 때의 버릇이었다.

"그리고 말이야, 네 애인이 나한테 얹혀사니 마니 하는데, 분명히 해두자고. 나중에 네 마누라가 될지 모르겠지만 지금은 아니니까, 알지도 못하는 일에 함부로 말하지 말라고 말이야. 너도 알다시피, 내가 갈데가 없어서 좁아터진 네 방에 있는 게 아니잖아?"

22

미정이 자기를 싫어하는 눈치를 보여서였을까. 원체 제멋대로인 녀석이었지만 여자를 데려오지는 않았는데, 하루는 작심한 듯 딱지가 덜 떨어진 것 같은 여배우를 데리고 온 것이었다. 새벽 한두 시가 지났을 무렵, 써지지 않는 소설을 부여잡고 터지려는 머리를 쥐어뜯고 있을 때였다. 갑자기 벌컥 문이 열리고 입술부터 온몸이 찰싹 달라붙어 서로를 더듬기 시작한 정수와 여자가 쏟아져 들어왔다. 둘은 나를 비롯한 모든 것은 안중에도 없다는 듯 내 침대에 쓰러지더니 서로의 옷을 벗겨냈다. 달라붙은 중에도 그렇게 빨리 벌거숭이가 될 수 있다는 게 신기했다.

"야 임마, 정수야."

깨져 금이 간 듯한 머리를 붙잡고 녀석을 불러보았지만 녀석은 물론이고 여자도 나를 쳐다보지 않았다. 눈을 감을 수도 없고 어찌할 바를 몰라 멍하니 서 있다가, 마냥 구경하고 있을 수도 없다는 생각이 문득 들었다.

녀석이 물건을 여자의 입으로 가져가는 걸 흘깃거리며 밖으로 나왔다.

차에서 새우잠을 자다가 아침 일찍 청소차가 땡땡거리는 소리에 깨어 올라가보았다. 여자는 벌거벗은 채 널브러져 있고 정수는 보이지 않았다. 살며시 이불을 덮어주자, 눈을 뜬 여자가 담배를 달라고 했다. 담배를 주면서 정수가 벌써 나간 모양이라고, 나도 출근해야 하니까 옷부터 입고 이젠 가보라고 했더니 여자가 나를 빤히 보다가 욕을 퍼붓기 시작했다. 개새끼, 씹새끼, 미친 새끼, 양아치, 날건달, 정수에겐지 누구에겐지 모를 욕을 쏟아놓았다.

23

"정말 그 사람 너무하는 거 아니야? 아니, 정신이 이상한 사람 아니야? 어쩜 사람이 그럴 수 있어. 친구한테 얹혀살면서 여자를 데리고 온 것도 그렇지만, 자기가 있는 데서 그짓을 해? 완전히 사이코잖아. 뭐? 지금 그런 말이 나와? 요즘 자기도 보면 정신병자 같은 거 알아? 보라고, 그런 어처구니없는 일을 당하고도 지금 친구를 감싸고 있잖아. 어떻게 그런 말이 나와? 그럴 수도 있다니. 자기 정말 이상해. 이상해졌어. 예전의 자기가 아닌 것 같아. 자기 관음증 같은 거 있는 거 아니야? 오히려 그런 거 보고 즐기는…. 왜 화를 내고 그래? 그런 이상한 친구를 감싸는 게 그럼 정상이야? 맞아, 자기 화내는 것도 그래. 자기는 무슨 말을 들어도 생전 화내는 성격이 아니잖아. 자기 화내는 거 처음 봐. 정말 자기 이상해진 거 맞다니까. 친구 내보내라고 하지 않을 테니까 일단 우리 외삼촌 한번 만나보자, 응? 뭐라고? 내가 더 이상하</p>

다고? 그래, 내가 이상한 건지 자기가 이상한 건지 알아보잔 말이야.
자꾸 그렇게 화만 내지 말고.”

24

　하루는 정수가 잔뜩 화가 나 들어왔다. 녀석은 내가 무엇 때문에 그
렇게 화가 나서 문을 부술 듯한 기세로 들어오느냐고 묻기도 전에 쏘아
붙였다.
　“임마, 네가 미친놈이냐? 정신과에 가게.”
　그저 미정이 요즘 내 정신이 어떻게 된 거 아니냐고 하는 말을 듣고
‘아, 현대사회의 정신분열적 양상을 취재해보는 것도 좋지 않을까’ 해
서 가보았을 뿐이라는 내 말도 귓등으로 흘렸다.
　“상담을 통해 마음의 병을 치료한다고? 청소년 선도하듯이 건성으로
해주는 충고 같은 거 말이지. 그러다 안 되면 프로작이나 발륨 따위의
시시껄렁한 약물을 처방해주는 게 고작 아냐?”
　하도 핏대를 세우며 욕까지 퍼붓는 통에 내가 정신과에 간 사실은
어떻게 알았는지, 거기에서 사용하는 약물 이름은 어떻게 알고 있는지
물어보지도 못하였다.
　“그 인간들, 믿을 게 못돼. 알겠어?”
　그러고는 휭 하니 다시 나가버렸다.

25

미정이 나를 이끌고 간 신경정신과는 자기 외삼촌이 일하는 대학병원이었다. 눈꼬리가 살짝 내려간 그는 항상 웃는 듯한 표정을 짓고 있었다. 프로이드의 책을 읽으면서 머릿속에 그려졌던 진료실의 모습—환자를 소파 같은 곳에 반쯤 눕게 하고 뒤에 서서 환자의 자유연상을 통해 잠재의식 아래 있는 무언가를 끄집어내려는—과는 달라 흥미로웠다.

"프로이드가 선구적이긴 하지만 요즘은 여러 가지 다른 학파의 학설도 많이 나와 함께 받아들인다네."

"절충주의인 셈이군요?"

"말하자면 그런 셈이지. 비지시(非指示) 요법이나 자기폭로 요법, 집단 요법 등 환자의 특성에 맞추어 적용하지."

"저한테는 어떤 방법을 적용하실 생각입니까?"

그러자 그가 미소를 띠며 자세를 고쳐 앉았다.

"글쎄, 미정이가 나한테 한 얘기만으로는 알 수 없고 자네의 진짜 문제가 뭔지에 달려 있겠지."

"문제 … 요?"

"그러니까, 자네가 여기에 오게 된 뭐랄까, 내적 요인 같은 것 말일세."

나는 그 지점에서 한동안 생각에 잠겼다.

26

나는 글이 써지지 않는 것에 대해 털어놓았다.

"행시주육(行尸走肉)."

"행시주육?"

"살아있는 송장이요, 걸어 다니는 고깃덩어리처럼 되어버렸다는 뜻
이지요."

미정의 외삼촌, '의학박사 정선우'가 고개를 주억거렸다.

"별의별 방법을 다 써보았지요. 어떤 미국작가의 소설에서 보았던
것처럼 모든 형용사와 부사를 지워버리기도 하고, 받침을 몽땅 지워보
기도 했어요. 마침표를 없애 소설 한 편을 한 문장으로 만들어보기도
했지요. 〈광염소나타〉 아시지요? 김동인의 소설. 심지어는 그런 방법,
혹은 그 이상까지도 생각해보았어요. 하지만 생각뿐이지요. 불을 지르
거나 사람을 죽인다고 소설이 써지겠어요? 단지 미정이가 그런 제 모
습을 보고 민감하게 받아들인 것일 뿐입니다."

고개를 주억거리는 것이 이해를 표시하는 것인지, 단순한 습관인지
알 수 없었다.

27

정 박사가 엄격한 초자아니, 급격한 심리적 피로로 인한 강박증, 뇌
의 기저핵이 어떻게 되었다는 둥, 히스테리성, 또 뭐 분리성 신경증 따
위의 이러저러한 병명을 댔다. 하지만 갑자기 머리가 아파오고 어지러

워 제대로 듣고 생각할 수 없었다.

"두통약 좀 주세요. 아, 머릿속에서 이상한 게 튀어나올 것만 같아요."

28

간호사가 붙임성 있고 상냥했다. 최선미라는 이름의 그 여자는 예쁘지 않았지만 수더분한 편이었다. 백오십이 될까 말까한 키에 통통했지만 흰 가운이 잘 어울렸다. 다른 사람보다 반음 정도 높은 목소리에 말끝을 한마디나 한마디 반 정도 끄는 것이 듣기 좋았다.

"어머, 소설가세요? 어쩐지 ⋯."

그녀는 매우 적극적으로 말하고 행동했다.

"소설로 쓰면 좋겠다 싶은 이야기가 얼마나 많다고요."

그 때문인지 그녀가 말을 걸어오면 나도 모르게 뭔가를 얘기하게 되곤 했다. 한번은 나도 모르게 그녀에게 데이트신청을 하게 되는 것은 아닐까 하는 생각마저 들었다.

그녀와 잠자리를 하면 어떤 기분일까.

29

정 박사는 갑자기 정수를 만나고 싶어했다. 직업이며 성격, 생김새, 그리고 언제 어디서 어떻게 만났는지 따위에 대해서 세세하게 물었다.

"하지만 정수의 연락처는 모르겠어요. 그 녀석은 방해받는 걸 병적으로 싫어해서 같이 잠자리를 한 여자에게조차 전화번호를 알려주지 않는다더군요. 자유주의자로서 살고 싶다는 거죠."

정 박사는 눈을 반짝이며 나를 보았다.

"자네는 그렇게 살고 싶다는 생각을 해본 적 없나?"

나는 정 박사가 무엇 때문에 자꾸만 정수와 연관시켜 이야기를 하는지 알 수 없었다. 대답을 하면서도 슬금슬금 짜증이 목구멍 안에서 똬리를 틀었다.

"제일 큰 이유는 정수가 정신과 의사를 싫어하기 때문이지요."

"싫어해?"

"사실은 그 이상이에요."

30

최 간호사는 내가 보이기만 하면 다가와 흥미있는 환자에 대해 이야기했다. 그녀는 별 것 아닌 이야기도 그럴듯하게 말할 줄 알았다.

"며칠 전에 온 대학생인데요, 자기 어머니한테 끌려왔더라고요. 몇 달 전부터 계속 쓸데없는 질문을 늘어놓는대요. 수업시간에 교수한테 왜 그렇게 생각하는지, 다르게 생각할 수는 없는지, 그것이 학문적 태도로 온당한 것인지 등 수업이 진행되지 못할 정도래요. 그날도 와서는 정 박사님께 이런저런 질문을 늘어놓더라고요. 정신과 전문의로서 직업에 공헌한 정도와 영향력에 대해 어떻게 생각하느냐고 하더라고요."

결혼하기 전에 정신과 상담을 받은 사실을 숨겼다고 한 달 만에 이혼당한 여자, 밤낮 국가정보원을 비롯한 미국 CIA로부터 감시를 당하고 있다는 마늘농사꾼, 귀에 바퀴벌레가 들어가 머릿속 여기저기를 파먹고 있다고 귀에 살충제를 뿌려댄 할머니, 약을 먹다가는 제멋대로 약을 끊고 입원하기를 해마다 반복하는 30대 회사원 등. 세상에서 가장 긴 이야기를 끝도 없이 해댄다는 옛날이야기처럼 그녀의 이야기도 한없이 계속될 것 같았다.

"정신분열병이 앞으로는 암이나 에이즈보다 더 큰 사회문제가 될 거라고 하는 선생님도 있다니까요."

무슨 큰 비밀을 이야기하듯 바짝 얼굴을 들이밀고 소리를 낮추기도 했다.

"정신과 전문의로 개업해놓고 한 번씩 와서 정 박사님께 진료를 받는 의사도 있어요. 생각해보세요. 정신과 의사가 정신과 진료를 받는 모습을…."

31

"오늘은 자네의 무의식 세계를 들여다보려고 하네."

"구체적으로 어떻게 하는 건가요? 최면을 거는 그런 건가요?"

"나는 자유연상이라는 표현을 더 좋아한다네."

"그게 그거 아닌가요?"

"인위성의 정도 차에 따라 다르지. 자연스럽게 자네가 의식하지 못한 채 잊고 있던 일들을 생각나게 해줄 거야."

"제가 다 얘기하지 않은 일들이 있다는 말인가요?"

정 박사는 가볍게 손을 저었다.

"너무 민감하게 받아들일 필요는 없네. 지금 자네의 비일상적인 행동이 어디에서 비롯된 것인지 문제를 해명해줄 단서가 더 있는지 알아보려는 것뿐일세."

"제가 기억하지 못하는 것들이라면 거의 영향을 미치지 못한 것이 아닐까요? 그런 것들이 과연 단서로서 효용가치가 있을지…."

"가치가 없을지도 모르지만, 그렇다고 단언할 수만도 없지."

"은근히 긴장되는데요."

"그럴 필요 없네. 편히 앉아서 마음을 가라앉히게."

"이거 원, 소설 쓸 소재나 얻어 볼 요량으로 미정일 따라나선 거였는데…."

"소재? 그 이상일 걸세. 자, 천천히 시작해볼까?"

나는 크게 한 번 숨을 들이켰다가 내뱉었다.

"지금부터 편안하고 안락한 여행을 시작할 것이네. 자동차를 타고 가는 것도 좋고 기차여행도 좋네. 같이 가고 싶은 사람이 있다면 자네 옆자리에 앉게 해도 좋겠지. 서서히 출발하면 온몸으로 그 움직임을 느끼면서 상쾌한 공기를 마음껏 들이켜게. … 달리고 달려서 이제 도착했네. …여기에서 몇 시간 동안 지낼 거네. 천천히 주위를 둘러보게, 무엇이 보이는지…."

32

"여동생이 있었어요. 나하곤 세 살 터울인데, 무척 밝고 명랑한 아이였어요. 똑똑했고요. 큰댁이나 우리집에 아들들만 줄을 잇고 딸이 없었기 때문에 뒤늦게 태어난 여동생은 귀여움을 많이 받았어요. 게다가 어릴 때부터 글을 무척 잘 썼지요. 일기나 동시 따위를 써서 교내에서 주는 상을 일 년에 한두 번은 꼭꼭 받아왔으니까요. 그맘때 아이들이 쓰는 글이라는 게 사실 뻔하잖아요. 그런데 얘는 아주 평범한 일상을 아주 특별하게 묘사하고 표현하는 능력이 있었어요. 학교에서는 담임선생이 자주 애 일기를 읽어주곤 했고, 부모님이나 나도 보고 싶어서 일부러 보여달라기도 했어요.

중·고등학교 다니면서는 늘 문예반원이었고 교육청이나 신문사 같은 외부에서 백일장이 열릴 땐 학교 대표였었지요. 공부도 잘했지만, 나중에 작가가 될 거라는 것을 의심한 사람은 아무도 없었어요. 프랑스 소설, 그중에서도 특히 로맹 가리를 좋아했고 소설가 박경리 선생의 열렬한 팬이었어요. 그 애 때문에 집에는 항상 책이 있었고, 여동생 덕분에 나도 얻어들은 게 많았지요. '에밀 아자르가 바로 로맹 가리야. 전처가 약물자살한 직후에 권총자살한 사람. 이 책, 《자기 앞의 생》은 정신병자와 창녀 사이에서 태어난 모모의 이야기야.' 교과서를 벗어나지 못했던 내가 물어보는 작가와 작품을 줄줄이 꿰고, 한 번씩 한심하다는 표정으로 읽어야 할 책들을 내밀기도 했지요. 내가 억지로 떠맡긴 글짓기 숙제를 척척 해냈고, 내가 쓴 연애편지의 감수자이기도 했어요. 딱히 목표가 정해져 있지 않았던 제가 국어선생이 된 것도 그 애의 영향이라고 해도 무방할 정도이지요. 정말 사랑스러운 동생이었어요.

예? 여동생이 지금은 어디 있냐고요? 지금은 … 없어요, … 없어요.”

33

“저는 지금 대학 2학년이에요. 나는 사귀는 여학생이 있어서 매일 바빠요. 같은 과 친구한테 소개받았는데 불문과 여학생이에요. 사귀기 시작한 지 한 달 조금 지났는데, 같이 영화를 봤어요. 〈피아노〉라는 영화예요. 그 배우, 홀리 헌터가 벙어리로 나오는 영화. 그 영화 보고 그녀를 집까지 바래다주고 돌아왔는데, 자정이 다 되어가고 있어요. 나는 혼자 기분에 취해 누군가와 이야기하고 싶어졌어요. 그래서 부모님이 깨시지 않게 살며시 여동생 방으로 향했어요. 그 영화와 홀리 헌터에 대해서 말하려고 했는지, 그녀와의 데이트에 대해 말하려고 했는지 잘 기억나지 않아요. 여동생 방에서 흘러나오는 가느다란 불빛이 나를 자꾸만 끌어당기고 있었지요. 소리 나지 않게 살그머니 문을 열었는데, … 동생은 책상 앞에 앉아 있지 않고, … 서 있어요. 아니, … 서 있는 게 아니라, … 날고 있는 것처럼 보여요. 허공에 붕 떠있었으니까요. 얘가 왜 이렇게 있을까, 전, … 그게 뭘 의미하는지 몰라 멍하게 보고만 있어요. 그리고 잠시 후, 모든 상황을 이해하게 되자, … 온몸이 부들부들 떨리기 시작했어요. 동생은, … 거기에 매달려 있었던 거였어요, … 대롱대롱. 도무지 그 이유를 알 수 없었어요. 왜, … 도대체 왜, … 그렇게 사랑스런 동생이 왜 그랬을까. 너무 무서웠어요. 그 여자, 홀리 헌터처럼 내가 벙어리가 되어버린 듯 아무 말도 할 수 없었어요. 온몸의 피가 거꾸로 선 채 얼어붙는 것 같았는데, 나중에 보니

바지에 오줌을 쌌더군요. 언제 왔는지 어머니는 정신을 잃어버리셨고 아버지도 그저 주저앉아 있었지요. 영안실에 안치하고 난 뒤에 얘기를 들었어요. 뱃속에 아기가 있었다고, … 칠 개월 된 핏덩이가. …결국 둘이 죽은 셈이었는데, 누구의 아인지는 아직도 몰라요. 우리 앞에 나타나지 않았으니까요. 아무도 … ."

34

"아, 여기는 할매 고갈비집이에요. 상호는 느티나무집이지만 우리는 그냥 할매 고갈비집으로 부르지요. 문학회모임이 한 달에 한 번씩 있는데, 끝나고 나면 늘 뒤풀이를 하는 곳이지요. 말씀드렸지요? 정수를 만난 곳이라고. 예, 바로 이 날이에요. 정수를 처음 만났던 날. 박 선배가 나를 보고 원고를 내놓지 않는다고 재촉하는 모습이 보이네요. 박 선배의 친구가 운영하는 문학잡지에 소설을 싣기로 했는데, 사실 마감기한을 지키지 못했거든요. 다른 한 잡지와의 약속도 지키지 못해 이래저래 곤란한 지경이어서 술잔만 들었다 났다 했었지요. 게다가 박 선배가 일하는 신문사의 조그만 칼럼도 펑크를 내고 말았던 터였어요.
　그래요, 맞아요. 내 여동생을 떠올리고 있었어요. 걔였다면 그다지 어렵지 않게 원고를 넘겨주었을 텐데, 어쩌자고 내가 글을 쓰기 시작해서 이 지경으로 일이 꼬이게 하고 말았을까 하는 자책이었지요. 그런데, 술이 들어갈수록 박 선배의 질책이 점점 더 따가워지는군요. 사실, 속으로는 반발감이 들었지만 애써 참고 있었어요. 젠장, 그깟 원고 늦을 수도 있는 거 아닌가 하는 생각. 아, 곧 정수가 나타날 거예요. 정수가 나 대신 박 선배한테 한소리 해주더군요. 그 때문에 정수와 친해진 것이지요. 아, 제가 일어나서 화장실로 가는군요. 이제 화장실 앞에서 정수와 마주칠 거예요.

아니, 잠깐만요. 제가 누군가를 아는 체하는데, 가만, 사람이 안 보이네요. 분명 저 때 정수를 만났는데, 그러고 보니 제가 화장실 앞에 걸린 거울을 보고 말을 하는 것 같네요. 그리고 조금 있다가, 제가 박 선배한테 약속 어긴 것 한 번 말했으면 됐지 자꾸 씹지 말라고 쏘아대네요. 아니, 저건 분명히 정수가 한 말인데 어찌 된 일이지? 할매 고갈비집에서 나와 근처 포장마차로 가는군요. 주인아주머니가 이상하게 쳐다보고, 제가 사람은 둘인데 왜 잔은 하나밖에 안 주느냐고 따지네요. 아주머니가 술 많이 취한 것 같으니까 그냥 가라고 하다가, 마지못해 잔을 하나 더 주네요. 아아, 정말 이상하네요. 뭔가 잘못 되었어요. 대체 정수는 어디로 가버렸을까요?"

35

"가운데 가르마를 타고 노란색과 갈색으로 염색을 했고요, 두꺼운 반지를 끼고 귀고리도 했어요. 이렇게 자세히 기억하는 건 두 눈으로 똑똑히 봤기 때문이라고요."

정 박사는 진정하라는 뜻으로 손을 들어보였다.

"맞아, 그게 사실이라는 건 나도 알아. 그런데 정수는 전혀 별개의 사람이 아니라 자네 마음속에 살고 있는 또 하나의 인물이라는 거지."

"그렇다면 제가 다중인격 증후군이라는…?"

"여러 가지로 미루어 보아 분명한 것 같아. 그러니까 몸은 하난데 정신은 둘인 셈이지. 여동생의 자살을 목격한 충격, 거기에다가 글쓰기가 주는 강박증이 또 하나의 인격을 불러들인 것으로 보이네."

심한 멀미를 하듯 어지럽고 속이 메스꺼웠다.

"아니, 그럴 리가 없어요. 분명히 내 방에서 함께 생활하는 친구라고요. 아…, 머리야. 깨질 것 같아."

36

그때, 정수가 진료실 문을 열고 들어섰다. 표정으로 봐서는 매우 화가 난 표정이었다.

"저길 보세요, 마침 정수가 왔네요. 분명히 그럴 리가 없다고 말씀드렸잖아요. 아이고 참, 박사님도….."

정 박사도 문 쪽을 바라보았다.

"어서 와, 정수야."

"비켜봐. 아니, 당신이 박산지 뭔지 모르겠지만 엄연히 있는 사람을 없다고? 당신 돌팔이 아니야?"

정수는 나를 밀치며 정 박사에게 거칠게 항의했다. 나는 무슨 일이 벌어질지 몰라 정 박사와 정수 사이에 버티고 섰다. 말려야 할 것 같기 때문이었다.

"박사님, 제가 이 친구하고 얘기를 해볼게요. 이 친구가 지금 너무 흥분한 것 같네요."

그런데 정 박사는 고개를 끄덕이며 조용히 벽면을 가리켰다. 그곳에는 상반신 크기의 거울이 걸려있었다. 그리고 그 거울은 정 박사와 나 이외에는 아무것도 비추고 있지 않았다. 정수가 계속 나를 비켜서라고 하는 중인데도 어떻게 된 일인지 정수의 모습은 거울 속에 전혀 비쳐지지 않는 것이었다.

나는 맥없이 소파에 주저앉고 말았다.

37

진료실을 나오자 맞은편에서 최 간호사가 걸어왔다.

"선생님, 안 그래도 찾고 있었어요."

나는 너무 지쳐 그녀를 바로 쳐다볼 수조차 없을 지경이었다.

"고등학교 때 국어선생님 생각이 났어요. 그 선생님도 작가셨는데, 반전에 유독 집착하는 걸 본 적이 있어요. 기막힌 반전이야말로 단편소설의 꽃이라고 하더라고요. 염려마세요. 기막힌 반전이 있는 환자 얘기를 해드릴게요. 그 환자 이야기를 소설로 써보시라고요."

복도 끝에서 남자 간호사 두 사람이 이쪽으로 걸어왔다. 구두가 대리석 바닥에 닿을 때마다 공명을 일으키며 무게감을 더했다.

"한번 들어보세요. 제가 처음 정신과에서 근무하기 시작했을 때 본 환자 얘긴데, 쇼킹, 그 자체예요."

남자 간호사가 천천히 다가오자, 그들이 나를 어디로 데리고 갈지 궁금해졌다. 어딘가에 격리를 시킬까, 아니면 수면제를 주어 재울까, 충격요법을 사용할까. 내가 그들에게 끌려갈 것을 아는지 모르는지 최 간호사는 계속 자기 할 말만 했다. 나는 자포자기한 심정으로 내버려

두었다.

발걸음이 멈추어졌다 싶어 얼굴을 들자, 그들은 최 간호사 앞에 서 있었다.

"자, 선미 씨. 이제 간호사놀이 그만해. 선미 씨 방으로 가자고."

그들은 최 간호사의 팔을 양쪽에서 붙잡았다.

"아이, 이거 중요한 얘기란 말이야. 놔, 놓으란 말이야. 아, 이 새끼들이 이제 막 이야기를 시작했는데, 봐, 선생님이 내 이야기를 기다리고 있잖아. 다 이야기 해드려야 소설로 쓸 거 아냐. 선생님, 이따가 그 얘기 들려줄게요. 참, 주제도 중요하지요? 주제야 뭐, 누가 진짜로 미친 건지는 아무도 모른다거나 사실 알고 보면 모두 다 미친 사람일 수 있다 정도면 되겠지요? 사실이 그렇거든요. 아잉, 팔 아파. 씨발놈들아, 살살 좀 해."

끌려가는 최 간호사, 아니 선미 씨는 가운이 아닌 환자복을 입고 있었다.

다시 어지럽고 머리가 아파왔다.

38

로비의 수많은 사람들이 둘 혹은 셋으로 나뉘어 보였다. 대기실 의자에 앉아있던 두 명의 미정이 일어서며 똑같이 손을 흔들었다. 그 뒤에서 정수가 나에게 줄 일회용커피를 들고 미소를 지어보였다.

"따바리로 ✕✕ 가리는 소리"

작품 이외에 작가의 말이 필요한가? 그렇지 않다고 배웠고 지금도 그렇게 믿고 있다. 그런데도 뭔가 자꾸만 주절거리게 된다. 뱀다리, 나의 세 번째, 아니 세 번째는 이미 있으니 네 번째 다리다. 비겁한 변명일 뿐이라고 일축해도 좋고, '악플'보다 무섭다는 '무플'식 무시도 좋다. 그러면 나도 더 마음 놓고 주절거릴 수 있을 테니까. 주절주절주절. 그것이 '따바리로 ✕✕ 가리는 소리'라 타박할지라도 꿋꿋하게 주절주절주절.

장면 1 : 이야기

이야기를 좋아하는 아이가 있었다. 하지만 아버지는 이야기를 싫어했다. 누가 경상도 사내 아니랄까봐 과묵하였고, 남이 따따부따 이러쿵저러쿵하는 것도 질색팔색을 했다. 게다가 이야기를 좋아하면 가난하게 산다고 하지 않았던가.

그런데 명색이 장남인 아이가 이야기를 좋아했으니 일찍부터 아버지 눈밖에 난 것은 불문가지. 아버지는 눈이 와도 태풍이 몰아쳐도, 1년 365일 심지어 명절에도 가게문을 닫지 않고 '애탕고탕' 고생해가며 오로지 자식새끼들을 위해 일했다. 그런데 아이는 틈만 나면 만화나 동화, 소설책을 끼고 살았으니 당연한 일이었다. 그에게는 교과서나 참고서 외에 다른 책은 몽땅 쓰레기였다.

그래도 아이는 이야기책을 버리지 못하였다. 이런저런 거짓말을 해가면서 '삥땅'을 쳐 책을 샀다. 요즘에야 부모가 책을 사줘가면서 아이들에게 "제발 책 좀 읽어라" 사정사정을 해도 책은 쳐다보지도 않고 게임만 해댄다지만 당시엔 어림 반 푼어치도 없는 말이었다.

거짓말을 해서 책을 사 보느라 책은 자꾸 늘어만 가는데 마땅히 둘 데가 없었다. 그래서 장롱 위나 책상 뒤, 이불장 아래 등 틈이란 틈, 후미진 곳에 온통 책을 몰래 '짱박아' 두었다. 그런데 그것도 얼마 안 가 들통이 나곤 해서 혼쭐이 나곤 했다. 학교에서도 마찬가지였다.

한번은 여름 장마에 둑이 터지는 바람에 갑자기 큰 홍수가 났다. 아이가 중학교 2학년 때였는데, 한 번도 터진 적 없는 둑이 터지는 바람에 피해가 컸다. 순식간에 물이 쏟아져 들어와 비설거지를 할 시간도 없었기 때문이었다. 천장까지 물이 들어왔는데, 그 바람에 아이가 여기저기 '짱박아' 두었던 소설책들이 속절없이 둥둥 떠 모습을 드러내고 말았다. 나중에 물먹은 책들만 모아보니 근 백여 권이 넘었다. 당연한 일이지만, 그 일로 아이는 아버지에게 '비 오는 날 먼지가 날' 정도로 얻어맞았다. 기실 그런 일들로 집안에 빗자루 몽둥이는 성할 날이 없던 터였다.

그렇게 아이는 자주 거짓말을 했고 또 자주 회초리로 맞았다. 아이가 "소설책 안 보고 공부했다" 거짓을 고할 때마다 아버지는 비아냥거렸다. "에레기, 따바리로 조지 가리는 소리 작작해라, 이놈아."

따바리는 여자들이 무거운 물건을 머리에 일 때 머리의 충격을 덜기 위해 쓰는 물건이다. 표준어는 똬리다. 도넛처럼 가운데가 뻥 뚫렸으니 그걸로 가운데를 가려봐야 헛일이다. 빤한 거짓말을 늘어놓으면 하는 욕인데, 본래는 '자지'가 아닌 여성들의 성기를 가리키는 말이 들어간다. 주로 여자들이 쓰는 물건이다 보니 여자의 성기를 가리키는 말이 들어간 속담이 생겨난 것이다.

어쨌든 이야기를 좋아하던 아이는 거짓말을 많이 했고 그 실력도 점점 늘었던 모양이다.

장면 2 : 현실

소설 속 이야기보다 현실 속 이야기가 훨씬 더 다양하고 구체적이었다. 그 어떤 비극보다 비참하고 처참하고 참혹하고 참담했다. 아이는 대학에 들어가자마자 현실 속 이야기에 더 귀 기울이기 시작했다. 뒷골목에서, 사창가에서, 기름때 찌든 공장 구석에서, 비린내 진동하는 갯가에서 이야기의 주인공을 찾아 헤매기도 했다. 당연하게도 아버지는 그 이야기마저 싫어했다. 자신이 살아온 이야기와 닮았기에 더 진저리를 쳤고 고개를 돌려버렸다.

하지만 아이는 자연스럽게 밤새워 붉은 페인트로 펼침막을 만들기도 하고 시너 냄새 맡아가며 꽃병을 만들기도 했다. 다른 사람의 눈을 피해 책을 읽고 토론하며 분노하고 눈물을 흘리기도 했다. 검은 투구와 갑옷을 입은 자들을 향해 구호를 외치고 짱돌을 던졌다. 그러다가 조용히 찌그러져 있든지 아니면 학교에서 나가달라는 말을 들었다. 아이는 미련 없이 학교를 등졌으나 아버지는 대학졸업장에 대한 미련을 버리지 못하였다.

나중에 아이는 자신의 이야기를 모티프 삼아 소설이라는 걸 썼다. 〈달맞이꽃〉과 〈상사화〉가 그것이다. 경험의 일부분을 가지고 온 이야기지만 어설픈 감상이나 회고조가 되지 않도록 신경을 썼다. 누구는 성장소설이라기도 하고 회고문학이라거나 리얼리즘 문학이라고도 하지만, 아이는 그 셋 모두를 섞은 짬뽕문학이라 주장하였다.

장면 3 : 전업

어른이 된 아이는 가난하게 살고 있다. 역시 옛말 하나도 틀린 게 없다. 이야기 좋아하면 가난하게 산다고 했지 않느냐, 아버지는 볼 때마다 눈총을 주었다. 게다가 아들만큼이나 이야기를 좋아하는 며느리도 마음에 들지 않았고, 마찬가지로 손자 손녀까지도 이야기를 좋아하게 만드는 교육방법마저 눈엣가시였다. 모르긴 해도 종국에는 쌓아놓은 책더미에 깔려 죽고 말 거다 싶었다.

그러나 어른이 된 아이는 행복했다. 보통 사람들처럼 직장생활하고 돈 많이 벌어 잘 먹고 잘 살아보려던 생활을 접은 것, 늦었지만 서른 후반에 비로소 이야기의 세계에 푹 빠져 살 수 있게 된 것, 비록 가난하게 살더라도 하고 싶은 것 하고 살자던 아내의 제안에도 그랬다.

신이 난 그는 이런저런 이야기들을 쏟아내었다. 현대인이라면 누구나 가지고 있다는 강박증, 우울증, 해리성정체장애 등과 같은 마음의 문제로부터 시작하였다. 수술 후 의사가 "수술은 아주 잘되었는데 환자는 죽었습니다"라고 말하는 것처럼, 우리는 지금 "경제는 크게 발전했는데 살아가는 건 갈수록 팍팍합니다"는 처지에 놓여 있다. 피폭환자처럼 현대인은 거의 예외 없이 돌이키기 어려울 정도의 넝마처럼 너덜너덜해진 '마음병'을 앓고 있다는 게 그의 생각이었던 것. 그래서 나온 게 〈마우스브리더〉, 〈두 겹의 방〉, 〈닫힌 밤〉과 같은 소설이었다.

그런 과정에서 만난 것이 사회에서 소외되고 밀려나 잊힌 사람들, 존재 자체를 의심받는 이른바 '잉여인간'(剩餘人間)이었다. '루저'로 일컬어지는 이들은 〈백제고시원〉에서 '나'와 나의 불륜 파트너인 그, 그리고 고시원 식구들로 나타나고, 〈국도 2호선〉에서 영우와 순옥, 그리고 성인용품 노점상을 하는 두찬과 양지다방 레지 엄지, 〈달맞이꽃〉의 '나', 〈상사화〉에서 노래방 도우미를 하는 '그녀'와 그녀의 가족 등으로 모습을 바꿔 그려졌다. 미국의 사회학자 케빈 베일스는 이렇게 소모품처럼 취급당하는 이들을 '일회용 사람들'이라고 명명한 바 있거니와, 이는 그가 소설 속에서 고발하고자 했던 모습 중 일부였던 것이다.

이에 대해 문학평론가 양윤의는 "사회적 구조의 모순과 자본주의사회의 증식 경쟁 속에서 낙오되는 인간 군상에 대한 소설은 2000년대 문학의 가장 중요한 화두 중 하나"라면서 "그들은 이른바 '新잉여인간'에 속하는데 이들은 안착할 집도 없이 방황하는 떠돌이인생들"이라 했다. 그러면서 "〈백제고시원〉이 보여주는 그 고독한 이들의 '하루'는 우리의 일상 '전체'를 대표한다고 말할 수 있을 듯하다. 그것은 비굴하고 무력한 우리 모두의 삶, 그 단면을 부조하고 있기 때문"이라고 평가하였다.

동시에 그는 이 같은 경쟁과 모순이 발생하게 된 원인을 찾아 나섰다. 이미 극대화된 욕망을 채우기 위해 이윤의 극대화를 추구하는 자본주의, 바로 그 욕망을 제어하지 못해 문제가 문제를 낳고 있다는 것. 그래서 그는 〈고도를 찾아서〉에서 인간의 끝없는 욕망 추구를 고도의 행위를 통해 표현하는가 하면, 〈부서지기 쉬운 날들〉을 통해서는 좌절할 수밖에 없는 욕망을 그렸다.

무정자증의 상근과 시어머니의 이루어질 수 없는 자식(손자)에 대한 욕망
은 얼핏 비배우자 인공수정(AID)을 통해 이루어지는 것처럼 보이지만 결국
영진의 비뚤어진 욕망에 의해 파국으로 치닫고 만다.

이렇게 전업을 선언한 후 이런저런 이야기를 쏟아낸 끝에 그는 마침내 한
권의 소설집을 묶어내기에 이르렀다.

장면 4 : 이후

그런데 이상한 일이었다. 소설집을 묶기로 결정하고 나자 이상하게도 맥
이 탁 풀려버렸던 것이다. 1년 내에 책을 내는 조건으로 얼마간의 발간비를
지원받기로 했는데도 도무지 일이 손에 잡히지 않았다. 아니, 오히려 마지막
순간까지도 책을 묶어 세상에 내어놓아야 하는가 반추를 거듭했다. 얼마나
되씹고 곱씹었으면 더 이상 씹을 건덕지조차 없을 정도가 되었지만 그래도
하릴없이 그러고만 있었던 것. 주구장창 쪼물락거리고 있으니까 급기야 주위
에서 "그만 곱씹고 이젠 뱉어버려!", "시원하게 눈 딱 감고 싸버려!" 막말을
해대기조차 했다. 할까 말까 엉덩이를 까 내리고 앉은 모양새를 들켜버렸으
니 참으로 난감한 일이 아닐 수 없었다.

그런 중에도 그는 써야 할 작품 구상에 골몰해 있었다. 장편소설이었는데,
이제껏 그가 써왔던 이야기와는 사뭇 다른 것이었다.

그는 우연한 기회에 지리산 일대를 돌며 한국전쟁 전후 피해자 실태조사
를 한 적이 있었다. 함양을 중심으로 '진실·화해를 위한 과거사정리위원회
(진화위)' 활동을 한 것을 비롯해 산청, 진주, 하동 등에서 200여 명의 노인
들로부터 증언을 수집하고 채록했던 것이다. 보도연맹 관련자들을 비롯한

사상 의심자로 몰린 민간인들이 군경에 의해 집단학살된 사건, 그에 대한 보복으로 빨치산에 의한 학살사건, 그리고 누구에 의한 것인지 이유가 무엇인지 알 수조차 없는 학살 등 그 참상은 기존 소설이나 수기, 영화 등에서 본 것 이상이었다.

그렇게 상상 이상의 참극을 듣고 그는 도무지 그냥 지나칠 수가 없었다. 하지만 문제는 방법이었다. 기존 분단문학에서 다루어왔던 방식으로는 쓸 수 없었고, 그들의 필력이나 성과를 뛰어넘을 수 있는 재능이 자신에게 없다는 것도 분명했다. 단순히 기존에 나왔던 것과 다른 피해 사례만을 나열한다는 것은 무의미했던 것이다. 현대적이고 무언가 달라야 한다. 세대를 뛰어넘어 요즘 세대도 읽을 수 있어야 하고 내용도 형식도 새로워야 한다. 하지만 그의 뱁새 다리로 그 모든 문제를 뛰어넘기에는 역부족이었고, 슬슬 가랑이가 아파오기 시작했다.

그때 뒤통수에서 불이 번쩍 일면서 선배의 목소리가 들려왔다.

"임마, 앞엣것부터 제대로 마무리를 해야 다음 일이 손에 잡히지."

그래서 다시 마음을 다잡았다. 선배 말 잘 들으면 자다가도 떡이 생긴다지 않는가.

인사

인사를 할 차례다.

무거운 짐 작은 어깨에 지고도 늘 격려를 잊지 않는 아내 한양하에게 미안하고 고맙다. 교통사고로 두 달 반 넘게 병원 신세인 딸 다은이, 그 와중에 부모의 관심 범위에서 밀려나버린 아들 태원이에게도 마찬가지로 미안하고 고맙다.

늘 곁에서 챙겨주는 시인 최영욱 형, 김남호 형, 박구경 누님도 고맙다. 못난 소설집에 과분한 표사를 주신 한국작가회의 구중서 이사장님을 비롯해 김춘복, 이경자 선생님께도 큰절 드린다.

이 책은 하동군을 비롯해 경남작가회의와 경남소설가협회 등으로부터 물적·심적 지원을 받았고, 나남출판사 조상호 사장과 방순영 편집부장의 배려에도 힘을 입었다. 인사드린다. 그 밖에도 기다려준 혹은, 기다려주는 척해준 분들에게도 고마운 인사를 전한다. 혹은 고마운 척해본다.

2010년 봄
평사리문학관 문인집필실에서
하 아 무